구름 사람들

구름 사람들

이유리
장편소설

문학동네

차례

1부 … 구름

1

다음달쯤, 시에서 드디어 인공 강우제를 뿌릴 거라는 소문
이 돈다.

구름 사람들은 아무도 겁먹지 않는다.

인공 강우제가 뿌려지면 어떻게 될지 몰라서가 아니다. 반
대로 너무 잘 알기 때문이다. 구름이 녹아내려 비가 되겠지.
우리는 분홍색 빗방울과 함께 1.5킬로미터 아래로 떨어질 것
이다. 모든 게 착착 뭉개지고 깨져 곤죽이 된다. 집도, 세간살
이도, 몸뚱어리도. 이미 수백수천 번 상상하여 실제로 겪은 것
마냥 모두의 머릿속에 생생한 장면이다. 그것이 이제 다음달
에 실제가 된다니. 정작 곤죽이 될 사람들은 시큰둥한 얼굴이
다. 뿌린다, 뿌린다 말만 많았지 실제로 뿌린 적은 없는데다,

뿌려진다 해도 별 뾰족한 수가 있는 것도 아니기 때문이다. 갈 곳이 있다면 진작에 갔을 테니까.

인공 강우제는 분명 땅 사람들의 아이디어지만, 구름 바로 아래에 사는 땅 사람들의 의견은 또 다르다. 이미 구름 때문에 이 동네 땅값은 똥값이 된 지 오래인데도 이 아래 있는 땅 사람들은 인공 강우제 살포에 반대하고 있다. 정확히 뭔진 몰라도 아무튼 몸에 더럽게 나쁘다는 유독물질이 허공에 엉겨붙어 만들어진 이 구름, 그런 게 녹아 내리는 비를 꼼짝없이 뒤집어쓰라는 거냐면서. 하긴 꼭 그게 아니어도 우리가 그들의 집이나 머리 위로 떨어지는 게 결코 유쾌한 일은 아닐 거다. 그들이 원하는 건 '친환경적'이고 '인도적'인 '납득 가능한' 철거다.

결국 우리보고 꺼지라는 말인 건 마찬가지다.

그들이 원하는 구체적인 해결책은 다음과 같다. 우선 구름과 땅을 잇는 줄사다리 앞에 경찰을 두서넛 세워 구름 사람들이 내려오는 족족 체포 및 구금하기, 철거반을 보내 텅 빈 게딱지 같은 집들을 모조리 헐어버리기, 집을 잃은 구름 사람들이 다시는 이 동네에 돌아오지 못하도록 멀리 쫓아버리기. 땅 사람들이 특히 강조하는 건 마지막 단계다. 그들은 기본적으로 구름 사람들을 무서워하니까. 구름 사람들은 아무렇지 않게 사람을 죽이고 물건을 훔친 뒤 구름 위로 숨어버린다는 게 그들의 생각이다.

문화생활에는 도통 관심이 없는 나조차 알고 있다. 이런 인식이 생긴 건 어떤 영화 때문이라는 걸. 구름에 살며 내킬 때마다 땅에 내려와 깡패 짓을 하는 남자가 주인공인 영화다. 구름엔 아무도 그 영화를 본 이가 없지만 내용만은 모두 알고 있다. 정체 모를 사투리를 쓰며 툭하면 품에서 회칼을 꺼내 어루만지는 남자가 부잣집 땅 여자와 사랑에 빠진다나. 그 남자가 신혼집으로 얻은 멋진 새 아파트 베란다에 서서 먼 하늘에 뜬 구름을 보며 착잡한 표정을 짓는 마지막 장면이 가히 압권이라고 들었다. 그 영화는 외국에서 큰 상을 받아 전세계적으로 유명해졌다. 황금 트로피를 쥔 영화감독은 수상 소감으로 이렇게 말했다고 한다.

저 아름다운 분홍빛 구름을 보세요. 마치…… 불행으로 만들어진 솜사탕 같지 않습니까.

텔레비전이 있었다면 그 웃기는 개소리를 실시간으로 볼 수 있었을 것이다. 물론 구름 위에 그런 걸 가진 집은 하나도 없지만.

그 영화 덕분에 구름 사람들은 원치 않는 주목과 더불어 이미 굳건했던 사회적 편견을 한 겹 더 얻게 되었다. 그러나 그건 구름 사람들만의 문제지 땅 사람들의 문제는 아니다. 아무도 신경쓰지 않는다는 점이 그 증거다.

구름 사람들도 땅 사람들의 일에 별로 관심이 없기는 마찬가지다. 우리는 생계를 유지하는 것만으로도 바쁘기 때문에 편견 같은 고급진 문제에는 신경쓸 겨를이 없다. 어차피 땅에 발을 붙이고 사는 사람들은 우리의 처지를 절대 이해할 수 없다고 나는 생각한다. 예를 들자면 뭐가 있을까. 그렇다, 우리는 아주 간단하게 생을 끝낼 수 있다. 집에서 나와 앞으로 걸어가기만 하면 된다. 구름 끝에는 난간도 울타리도 없으므로 그냥 발 닿는 대로 쭉 걸어가다보면 떨어져 죽는다. 깔끔하고 단순하게. 하지만 땅 사람들은 어떤가. 아무리 걷고 걸어도 두 발이 땅에 온전히 붙어 있다. 여간해선 죽을 일이 없는 것이다.

그러나 언젠가 이 이야기를 했을 때 원은 내가 아무것도 모른다고 했다. 자살한 땅 사람을 본 적이 있다면서. 원은 고층 빌딩의 사무실 청소 일을 꽤 오래 했는데, 청소를 시작하는 밤 열두시쯤에도 아직 남아 일을 하는 땅 사람들이 있다고 했다. 어느 날엔가 그중 한 명이 옥상에서 뛰어내렸다는 것이다. 도대체 왜? 내가 묻자 원은 어깨를 으쓱했다.

모르지. 나름대로 좆같은 점이 있었나보지 뭐.

좆같은 점이 뭐였을까.

모르지.

그런 좋은 직장에 다니면서. 좋은 옷 입고 좋은 차 타면서.

그걸 니가 어떻게 아냐.

뻔하지, 땅 사람인데.

병신아. 땅 사람들이라고 다 잘사는 거 아냐.

씨발, 우리보단 낫잖아.

원은 딱하다는 표정을 짓고는 더이상 말을 잇지 않았다. 아마 부정할 말이 더는 떠오르지 않았기 때문일 것이다. 그럴 수밖에. 땅 사람들의 집은 인공 강우제 따위에 녹지 않는다. 거센 바람이 불지도 않고 태워 죽일 듯이 햇빛이 내리쬐지도 않는다. 그런 데 살면서 죽긴 왜 죽어. 내게 그런 집이 있다면 나는 절대 죽지 않을 것이다. 악착같이 돈을 긁어모아서 집을 늘리고 차를 늘리고 식구를 늘리고.

그리고 그 식구들 모두의 배를 항상 맛있는 음식으로 가득 채울 테다.

2

나는 구름 위에서 태어났다.

이 사실은 내 남은 일생에 관한 많은 것을 예언한다. 나는 평생 분홍색 옷은 절대로 입지 않을 것이다. 나는 평생 햇볕에 그을린 검은 얼굴로 살 것이다. 나는 평생 반려동물을 기르지 못할 것이다. 나는 평생 자동차를 가져볼 수 없을 것이다. 나는 평생 바람의 방향을 온몸으로 체감해야 할 것이다. 나는 평생 모터로 작동하는 1.5킬로미터짜리 사다리의 발판을 오르내릴 것이다. 벽돌을 쌓아 만든 네 개의 벽으로 가로막힌 공간을 집이라고 부르며 빨지 않은 이불을 덮고 잠을 잘 것이다.

아주 오래전에는 구름이 이렇게 단단하지도, 분홍빛이지도 않았다고 들었다. 하늘도 지금보다 훨씬 더 파랗고 구름은 락

스에 담았다 뺀 것처럼 새하얀색이었다나. 내가 아는 구름이
란 대기중에 급격히 늘어난 뭐라더라, 무슨 먼지인가를 핵으
로 삼아 단단하고 널찍하게 뭉쳐진 분홍색 덩어리이다. 허공
에 둥둥 떠 있는 거지들의 핑크빛 요새.

이 구름 위에는 총 서른 가구 정도가 산다. 가구라고 부를
수 있다면 말이다. 다른 지역에도 비슷한 구름 덩어리들이 있
고 거기에도 사람이 산다고 들었다. 땅을 돌아다니다보면 그
사실이 정말로 신기하게 느껴진다. 이렇게 번화하고 부유한
땅 위에 우리처럼 가난한 사람들이 존재한다니. 물론 다른 구
름에 가본 적도 없고 거기 사람들을 만나본 적도 없다. 건너
건너 이야기를 들었을 뿐이다. 건너오는 이야기들이 대개 그
렇듯 순 좋지 않은 말들뿐이다. 어느 동네 구름이 기어이 철거
되었대. 어디는 구름 위에서 싸움이 나서 사람이 죽었대. 무슨
동 구름인가는 폭풍에 쓸려가서 초토화됐대. 우리에게도 얼마
든지 일어날 수 있는 일이지만 말로만 들어서는 정말 남의 얘
기처럼 느껴진다. 아마 그들도 우리 이야기를 들으면 그렇게
생각할 것이다.

구름 위에선 모든 것이 남의 일 같다.

때로는 내 일조차도.

구름의 양 끝에 있는 두 개의 커다란 기둥은 지상으로 이어
진다. 두 기둥 모두에 쇠로 된 두꺼운 사슬이 친친 감겨 있다.

왼쪽 기둥은 구름을 정박시키는 용도이고, 오른쪽 기둥은 구름을 오르내릴 때 사용하는 사다리를 지탱한다. 구름 위의 오른쪽 기둥 옆에는 작은 플라스틱 의자와 파라솔이 놓여 있다. 원의 할머니가 하루종일 앉아 있는 곳이다. 사람들은 원의 할머니를 춘여사라고 부르는데, 아마도 성이나 이름의 첫 글자를 딴 것이 아닐까 추측만 해댈 뿐 정작 진짜 이름이 무엇인지는 아무도 모르는 것 같다. 춘여사가 하는 일은 단순하다. 기둥 옆에 있는 모터를 돌려서 쇠사슬 도르래를 작동시키는 것이다. 땅으로 내려가려면, 쇠사슬에 달린 발판에 올라서서 손잡이를 꽉 잡고 춘여사에게 신호를 보내면 된다. 춘여사가 모터를 작동시키면 웅 하는 소리와 함께 도르래가 돌아가며 발판이 땅을 향해 내려가기 시작한다. 그게 땅에 부딪치기 전에 적당한 높이에서 뛰어내리면 끝. 반대로 땅에서 구름으로 올라갈 때도 춘여사의 도움이 필수적이다. 아래에서 전화를 걸면 구름 위에서 모터를 켜주는데, 내려갈 때보단 느리지만 꽤 안정적으로 올라갈 수 있다.

구름 사람들은 매달 조금씩 돈을 모아 춘여사에게 월급을 준다. 그 대가로 춘여사는 평생을 발판 앞에 앉아 모터 스위치를 달그락거리며 보냈다. 새벽에도 오가는 사람이 있으면 부스스 일어나 모터를 켜주러 온다. 그러나 정작 춘여사가 땅을 밟아본 일은 손에 꼽는다. 양 발목이 비틀려 제대로 중심을 잡지 못해 발판에 안정적으로 올라탈 수 없기 때문이다. 원의 말에 따르면 초기에 병원에 갔으면 간단히 치료될 일이었다는데, 구름 위에 의사 나부랭이가 있을 리 없으니까. 그래도 춘여사는 아침마다 출근하려고 길게 줄을 서 있는 구름 사람들에게 일일이 밝게 인사를 건넨다.

잘 다녀와요. 오늘도 돈 많이 벌어요. 손잡이 잘 잡고 내려가, 응.

나는 가끔 돌아오는 길에 시원한 보리차나 팥양갱 따위를 사다가 춘여사에게 쥐여주곤 한다. 원의 할머니라서가 아니라 춘여사라서다. 나에게 유일하게 인사를 건네주는 사람이어서다. 그런 것들을 주면 춘여사는 항상 고맙게 받는다. 아이고 우리 하늘이가 최고다, 그렇게 말해준다. 나는 머쓱해하며 다시는 이런 짓을 하지 말아야지, 생각한다.

우리집에서 춘여사의 신세를 지는 사람, 즉 땅으로 돈을 벌러 다니는 사람은 다섯 중 셋이다. 엄마, 아빠, 나. 할아버지는 몸이 아프다. 그리고 내년에 초등학교에 들어가는 동생은 아직 어려서 일을 할 수 없다. 지금은 밥만 축내고 있는 것이다. 하긴 동생도 의무교육인 중학교까지만 졸업하면 바로 일을 시작할 것이다. 내가 그랬듯이. 그러나 어쨌든 그전까지는 식충이인 셈이다. 동생 역시 그 점을 잘 알고 있기 때문에 집에서는 쥐죽은듯이 지내려고 노력한다. 우리의 심기를 거스르면

밥을 굶는다는 것을 동생은 태어나자마자 학습했다.

하지만 누군가의 심기를 거스르지 않는 것은 쉬운 일이 아니다. 나는 동생을 사랑하지만, 자주 때린다. 아빠가 나를 사랑하지만 자주 때리는 것처럼.

아빠는 새벽 네시에 땅으로 내려가 인력사무소를 찾는다. 그때부터 쭉 일을 기다리는 것이다. 한 번도 가본 적은 없지만, 나는 인력사무소에 앉아 있는 아빠의 모습을 어렵지 않게 그려볼 수 있다. 아마 거기에는 싸구려 가죽으로 된 푹 꺼진 소파가 있고 그 위로 담배 연기가 자욱하게 고여들 것이다. 창문에 시트지로 붙어 있는 인력사무소라는 글자가 모두의 얼굴 위로 그림자를 드리울 것이다. 금이 간 바닥에 먼지와 머리카락이 굴러다닐 것이다. 그곳에 다른 모두와 함께 앉아 있는 아빠. 돈을 기다리는 아빠. 일이 올지 안 올지는 그날의 운수에 달렸다. 하지만 보통은 온다. 땅 사람들은 약간의 빈틈만 있어도 건물을 지어대니까. 건물을 짓는 데는 자재가 필요하고 자재를 나르고 쌓고 치우는 사람도 필요하다. 그러니까, 아빠는 집을 짓는 것이다. 평생 살아보기는커녕 들어가볼 일도 없는 남의 집을.

그 생각만 하면 똥이 마렵다고 아빠는 말한다.

너 그거 아냐. 현장에서 일하는 사람들은 아무데나 똥을 싼다. 아니 그렇다고 정말 아무데나 싸는 건 아니고, 그래, 예를 들면 화장실에 욕조를 넣으려고 파놓은 공간 같은 거 있잖냐. 그런 데가 있으면 꼭 똥을 싸 넣어. 그 위에 시멘트를 붓고 기물을 얹으면 매끈하거든. 아무도 모르거든. 땅 사람들은 똥이 든 집을 몇십억씩 주고 사는 거야. 그런 집을 쓸고 닦고 아끼면서 사는 거지. 내 똥이 있는 줄도 모르고. 후후후. 웃기지. 나는 그 생각만 하면 자다가도 웃음이 나더라. 나는 꼭 똥을 싼다. 높고 좋은 건물일수록 많이 나온다.

아빠는 이 이야기를 하면서 정말로 크게 웃는다. 온 구름이 쩌렁쩌렁 울리도록.

나는 속으로 생각한다. 웃을 일도 많다고.

아빠는 내게 항상 기술을 배워야 한다고 강조한다. 자기는 등짐 지는 것밖에 몰라 잡부를 하고 있지만 미장이며 타일, 도배 따위를 할 줄 아는 사람들은 네가 상상도 못할 어마어마한 일당을 받아간다면서. 그래서 그 상상도 못할 어마어마한 일당이 얼마인지 나는 묻지 않는다. 알게 되면 실망할 게 뻔하기 때문이다. 금액이 적어서가 아니라 아빠의 그 빈약한 상상력, 상상 속에서조차 가난해서 고작 그만한 돈밖에 소망해볼 수 없는 그 거지같은 수준 때문에 실망할 것이다. 나는 대신에 그 기술은 어디서 배우면 되느냐고 물어본다.

일하는 사람들을 따라다녀야지.

그럼 따라다니는 동안에도 돈 줘요?

안 주지, 인마. 일 가르쳐주는 것만으로도 감지덕지해야지.

그럼 그동안 뭐 먹고 살아요?

뭐? 이게, 싸가지 없긴.

나는 좋지 않은 일이 일어날 것을 예감하고 황급히 몸을 피하지만 소용없다. 이미 아빠의 단단한 주먹이 날아와 내 머리를 때린 뒤다.

아! 왜 때려요.

싸가지 없는 딸년은 맞아도 싸다.

내 어디가 그렇게 싸가지 없다는 것인지 모르겠지만 나는 더이상 말하지 않는다. 아빠도 말없이 어딘가 먼 데를 바라본다. 아빠의 몸에서 진한 땀냄새가 나고 있다. 내 몸에서도 같은 냄새가 나는 중일 것이다. 나는 벌떡 일어서서 웅크려 앉은 아빠의 어깻죽지를 내려다본다. 티셔츠 소매에 반쯤 가려졌지만 그 아래엔 팔꿈치부터 어깨까지 이어지는 커다란 흉터가 있다. 공사 현장에서 떨어지는 철근에 스치는 바람에 난 상처다. 운이 나빴으면 머리로 떨어졌을 거라고들 했다. 그랬다면 큰 보상금을 받았을 텐데. 어쩌면 땅에 집을 살 수 있었을지도 모른다. 철근이 머리 아닌 어깨로 떨어진 것은 행운일까, 불운일까.

아무튼 아빠는 그 사고로 수술비를 내고도 남는 돈을 받긴했다. 그 돈은 지금 우리집 바닥에 묻혀 있다. 항상 이불을 깔

아두는 자리, 겹겹이 깔아둔 낡은 요를 들추고 나무판자까지
들어내면 나오는 큼지막한 구멍 안에. 아빠가 직접 구름을 파
내어 만든 구멍이다. 아빠는 내가 그 구멍의 존재를 안다는 걸
모른다. 우리집의 돈은 다 거기 있다. 더럽고 누덕누덕한 지폐
들. 가끔 집에 혼자 남으면 나는 요를 들추고 돈을 세어본다.
늘어 있는 때도 있고 줄어 있는 때도 있다. 후자의 경우가 더
많다.

   땅을 걷다가 공사장을 발견하면, 나는 괜히 그 아래에서 어
슬렁거리곤 한다.

3

아무래도 아빠보다야 엄마가 좀더 낫다. 최소한 나를 때리지는 않으니까.

엄마가 나를 때리지 않는 이유는 그럴 힘이 없기 때문이다. 엄마는 항상 지쳐 있다. 머리를 지탱할 힘도 없는 듯 꺾인 목과 축 처진 어깨에 팔을 길게 늘어뜨린 자세로, 손끝 하나 까딱할 힘이 없다고 자주 말한다. 그러나 엄마의 혀와 입술은 쉬지 않는다. 아무 의미 없는, 좀전에 했던 말을 끊임없이 반복하며 중얼중얼 떠든다. 평생 한마디도 하지 못하는 형벌을 받았다가 방금 막 풀려난 사람처럼.

그럴 만도 하다. 엄마는 땅 사람 집 세 군데를 돌며 파출부로 일하는데, 거기엔 말동무가 아무도 없다. 아침 일찍 첫번째 집 문 앞에 도착해 기다리고 있는 엄마를 출근하러 나서는 집 주인이 들여보내준다. 첫번째 집 일이 끝나면 두번째로 이동하고, 두번째가 끝나면 세번째 집으로 간다. 장소는 다르지만 하는 일은 같다. 청소, 빨래, 설거지, 환기, 간단한 반찬과 국을 만들어 그들의 냉장고에 넣어두는 것. 땅 사람들은 입을 모아 엄마의 음식 솜씨를 칭찬한다고 한다. 집에서 요리라곤 라면밖에 안 끓이는 엄마가 어디서 그런 걸 배웠는지는 모를 일이다. 하긴 여기에도 번듯한 부엌이 있었다면 달랐을지도 모르겠지만. 엄마는 그들이 떠들어댄 칭찬을 심드렁하게, 하지만 빠르게 반복한다. 그들이 엄마의 음식을 얼마나 게걸스럽게 먹어치우는지, 얼마나 비싼 식재료들이 그들의 냉장고에서 썩어가고 있는지도. 그러고는 덧붙인다. 재료만 있으면 누구나 만들 수 있는 걸 가지고. 요즘 땅 사람들은 손 하나 까딱하려 하지 않아. 빨래는 세탁기가 해주고 설거지는 식기세척기가 해주는걸.

나는 엄마를 고용한 그 땅 사람들이 굉장히 부자라고 생각했지만, 엄마는 그렇지 않다고 했다. 부자긴 하지만 굉장한 정도는 아니라는 거였다.

걔들은 그냥 바쁜 것뿐이야.

뭘 하느라 바쁜데요?

돈을 버느라 바쁘지.

엄마를 쓰는 데도 돈이 들잖아요.

당연하지. 아니면 내가 뭣 때문에 그 집에 가서 일을 하겠
니?

돈을 버느라 돈을 쓴단 말이에요?

더 큰돈을 벌기 위해서 적은 돈을 쓰는 거지.

나는 그제야 고개를 끄덕인다. 엄마는 말하는 내내 손에 덕
지덕지 붙어 있는 벗겨진 각질을 잡아 뜯는다. 고무장갑은 불
편하다며 굳이 맨손으로 일하는 엄마의 손은 습진이 나을 틈
이 없다. 뜯겨진 허물이 얇은 비단 조각처럼 하늘거리며 공중
으로 날아간다.

너 그거 아니.

뭐요?

두번째 집에 개가 있거든. 주먹만한 갈색 푸들.

물론 그 개에 대해서도 질리도록 들어 알고 있지만, 나는 처
음 듣는 것처럼 고개를 끄덕이며 엄마의 말을 들어준다.

그게 사람을 졸졸 따라다니면서 아주 귀찮게 해서 골치가
아팠는데, 오늘 가보니까 없어졌더라고. 개는 어디 갔느냐고
물으니까 뭐라는 줄 아니?

뭐라는데요?

유치원에 보냈대. 유치원!

유치원이요? 개를요?

그래! 개를! 유치원에!

개들이 다니는 유치원도 있어요?

그렇단다. 거기서 뭘 하느냐니까 간식도 먹이고 낮잠도 재우고 산책도 시켜준대. 친구들도 만나고. 친구들! 개 친구들!

그렇게 말하고 엄마는 아주 잠깐 동안 입을 다문다. 나와 같은 생각을 하고 있는 것이다. 땅에서 태어났으면 동생은 지금 유치원에 다녔을 나이다.

그래도 개들의 유치원이라는 곳을 생각하면 기분이 좋아진다. 일렬로 누워 낮잠을 자는 개들. 세상의 불행은 아무것도 모르는 채로.

엄마의 몸에서는 냄새가 나지 않는다. 땅 사람들의 집에서 욕실 청소를 하고 자기 몸도 씻는다고 했다. 그 위에 깨끗하게 세탁한 옷을 입고 다닌다. 행색이 지저분하면 아무도 집에 들이려고 하지 않기 때문이다. 그래도 얼굴이 새까만 것은 어쩔 수 없다. 이곳에는 햇빛을 가려줄 처마도 가로수도 없기 때문에, 구름 사람들의 얼굴과 목덜미는 항상 새까맣다. 새까만 얼굴은 구름 사람들의 상징과도 같다. 평생을 통틀어 새까맣지 않을 때는 단 한 순간, 태어난 직후뿐이다.

엄마는 돌아오는 길에 장을 봐온다. 사다리 앞에서 만나 나와 물건을 나눠 들고 올라오기도 한다. 냉장고가 없으므로 오래 보관해야 하는 것은 사지 못한다. 가장 값싼 것들로만 채워진 비닐봉지를 하나씩 끌어안고 구름 위로 올라가는 엄마와 나. 그 안에는 보통 컵라면, 생수병, 뻥튀기, 약간의 야채, 부탄가스 같은 게 들어 있다. 그런 날이면 부스럭거리는 소리를 듣고 동생이 집밖으로 뛰쳐나와 항상 같은 것을 묻는다.

사 왔어?

응.

나는 봉지에서 초콜릿 바 하나를 꺼내 동생에게 쥐여준다. 동생은 낚아채듯 그것을 받아 뒤도 돌아보지 않고 집안으로 들어가버린다. 구름에는 동생과 동갑내기인 꼬맹이들이 서너 명 있는데, 동생은 그중에서 대장 노릇을 하고 있다. 다른 애들보다 체격도 작고 멍청한 편인 동생이 대장질을 할 수 있는 건 초콜릿 덕분이다. 녀석은 그걸 나눠주거나 나눠줄 것처럼 굴며 아이들을 수족처럼 부리는 모양이다. 그걸 아는 엄마는 돈이 정말 없는 날에도 초콜릿은 꼭 하나씩 산다. 덕분에, 동생은 유치원을 못 가도 행복하다.

4

나는 고깃집에서 일한다. 오후 세시부터 새벽 한시까지. 손님을 자리로 안내하고 숯에 불을 피우고 불판을 갈아주고 반찬을 더 갖다주는 것이 나의 할일이다.

처음에 사장은 나를 채용하지 않으려고 했다. 너무 어린데다 딱 봐도 구름 사람인 티가 난다는 거였다.

어디서 티가 나는데요?

얼굴.

얼굴이 왜요?

새까맣잖아.

……

월 백, 어때?

뚱뚱한 남자 사장은 그렇게 말하며 내 얼굴을 흘깃 쳐다보고는 두꺼운 금목걸이를 만지작거렸다. 싫으면 꺼지라는 듯한 태도였다. 양아치 같은 새끼. 나는 속으로 욕을 했다.

백오까지만 맞춰주세요.

좋아.

계약서 따위는 없었다. 나는 그날부터 주 육일을 일하기 시작했다.

불을 피우는 일은 재미있다. 토치를 사용해 쇠로 된 화로 위로 불을 한참 쬐어주면 동그란 숯이 빨갛게 달아오른다. 빨간 알사탕처럼. 손아귀에 넣고 돌돌 굴리면 도르륵 도르륵 소리가 날 것 같다. 보기엔 예쁘지만, 긴 쇠집게로 화로째 집어 나를 때 조심해야 한다. 손님에게 엎어버리기라도 했다간 큰일이 날 테니까. 아직까진 한 번도 그런 실수를 한 적이 없지만 꿈에서는 가끔 일어나는 일이다. 테이블에 줄지어 앉은 손님들의 머리통 위로 불붙은 숯을 쏟아버리고, 고기 냄새에 그들의 살과 머리카락이 타는 냄새가 섞여드는 꿈. 비명을 지르는 손님들 앞에서 나는 당황해 오줌을 쌀 것만 같은 기분이 된다. 방광이 부풀어오르는 느낌이 실제처럼 생생하다. 이건 꿈이야.

잠에서 깨면 온몸에 땀이 흥건하다.

손님들이 얼마나 많은 음식을 남기는지 알면 구름 사람들은 소스라치게 놀랄 것이다. 밑반찬은 물론, 심지어 가끔 고기를 남기고 그냥 가기도 한다. 처음에 나는 앞치마 주머니에 비닐 봉지를 끼운 채로 그 모든 것들을 챙겨 담았다. 어느 날 그걸 본 사장이 봉지를 가로채 모두가 보는 앞에서 쓰레기통에 처넣고는, 나를 가게 뒤로 끌고 가 누구 장사 망하게 할 일 있냐면서 윽박질렀다. 어차피 버리는 음식을 가져가는 건데 뭐가 문제냐고 따지자 사장은 두툼한 손으로 내 입을 틀어막았다. 네 의도가 뭐든 간에, 그걸 본 손님은 식당에서 음식을 재활용하는 줄 알 거 아니냐. 나는 할말이 없어 그저 사장의 손이 내 입을 막고 있도록 놔두었다. 사장은 다시 한번 그런 짓을 하면 가만두지 않겠다고 을러댔다.

그뒤로는 상을 치울 때 보란듯이 모든 음식을 커다란 그릇에 싹싹 모아 치우곤 한다. 얼마나 많은 음식이 버려지는지! 하지만 곧 그것에 무뎌지게 되었다. 아무렇지 않은 얼굴로 젓가락도 안 댄 음식들을 쓸어 담아 돼지죽처럼 만들어버릴 수 있게 된 것이다.

그래도 손님들이 불판 위에 남기고 간 구운 고기만큼은 거리낌없이 입에 집어넣는다. 그렇게 더러운 것도 아니니까. 특히 기다랗고 큰 뼈에 붙어 있는 갈빗살은 발라 먹기가 어려워서 그런지 곧잘 버려지는데, 나는 그게 제일 좋다. 어느 날 사장의 눈을 피해 뼈를 따로 챙기는 나를 보고 직원 하나가 물은 적이 있다. 집에 개를 키우나봐? 나는 천연덕스럽게 대답했다. 네, 개구쟁이가 뼈다귀를 어찌나 좋아하는지. 그러고는 불을 피우는 가게 뒤쪽 빈터에 가서 아작아작 뜯어먹었다. 덜 구워져 핏물이 조금 배어나왔지만 맛있었다.

월급날이면 원에게 고기를 사준다.

구름 사람들이 대개 그렇듯이, 원은 사주는 음식을 마다하지 않는다. 양념갈비를 딱 이 인분만 시켜서 고기는 원에게 굽게 한다. 주방 이모들이 친구를 데려왔냐며 물냉면을 한 그릇 말아서 갖다주면 내 어깨에 힘이 바짝 들어간다. 우리는 상에 올라온 그 어떤 것도 남기지 않는다. 모든 그릇을 싹싹 비운다. 깻잎 한 장, 마늘 한 점, 불판에 새까맣게 눌어붙은 양념 방울까지 싹싹 떼어먹은 뒤에야 아쉽게 입맛을 다시며 일어선다.

씨발, 먹은 것 같지도 않다.

이 새끼가, 사준 사람 민망하게.

원은 녹말 이쑤시개를 후식이라도 되는 듯 질겅질겅 씹으며, 출입문 앞에 놓인 섬유탈취제를 제 몸에 미친듯이 뿌려댄다. 식구들에게 고기 냄새를 풍기지 않기 위해서다. 원의 집에는 먹성 좋은 어린 동생이 셋이나 있다. 혼자 고기를 먹고 온 것을 알면 그애들은 원을 산 채로 뜯어먹으려 할 것이다. 나야 어차피 항상 온몸에 배어 있어서 상관없지만.

고기에 대한 답례로 원은 가끔씩 내게 솜 인형을 하나씩 갖다준다. 인형 뽑기 기계에서 뽑아오는 것이다. 뽑기에 재능이 없는 원이 원하는 인형을 뽑기 위해 얼마를 쓰는지는 알 수 없다. 어쨌든 나는 만족한다. 아무짝에도 쓸모없는, 먹을 수도 없고 입을 수도 없는, 다만 귀엽고 폭신하기 위해서만 존재하는 무언가를 갖는 일은 기쁘다. 그것을 얻기 위해 원이 했을 고생을 생각하면 더욱 그렇다.

인형을 받으면 나는 구름 끝까지 걸어간다. 구름의 가장자리는 바람이 거세어 위험한데다 난간도 하나 없어 아무도 오지 않는다. 비닐봉지에 꽉꽉 담긴 채 산처럼 쌓여 있는 쓰레기들을 피해 나는 곡예하듯 조심조심 걸어간다. 반쯤 부서진 서랍장과 금간 아이스박스 사이에 있는 폐지 무더기를 들추면, 거기에 있다. 내가 숨겨둔 커다란 상자가. 가장 최근에 받은 회색 고양이 인형까지 합하면 총 열다섯 개의 인형이 그 안에 얌전히 놓여 잠자고 있다. 나는 고양이 인형에 코를 묻는다. 학종이, 색연필, 갓 빨아 말린 수건 냄새가 이와 같을까. 보드랍고 무해하고 깨끗한 요것, 요 예쁜 것 같으니라구. 그러고는 행여 누군가에게 들킬세라 얼른 상자를 닫고 그 위에 도로 폐지를 덮어둔다. 감쪽같다.

5

돈이라면 그야말로 먹고 죽을래도 없는 구름 위에도, 돈 먹는 귀신은 어느 집에나 하나씩 살고 있다. 우리집의 경우에는 할아버지다.

할아버지에게는 병이 있다. 폐의 조직이 서서히 섬유화되는 병이라는데, 구름에 사는 노인들에게 흔히 생긴다고 했다. 어쨌든 구름은 유독한 물질로 이루어진 덩어리이니 그 위에 누워 시간을 보내는 노인들의 폐에 좋지 않을 것이 분명하니까. 한 달에 한 번씩 병원에 가서 약을 타오지 않으면 할아버지의 폐는 완전히 돌덩어리가 될 것이다. 죽는다는 뜻이다.

그것이 나쁜가, 나는 자주 생각한다.

일단 도대체 할아버지에게 사는 게 무슨 의미가 있는지 알 수가 없다. 꼭 폐 문제가 아니더라도 할아버지는 늙고 이곳저곳 병들었기 때문에 혼자서는 구름에서 내려가지도 못한다. 그래서 병원에 갈 때마다 아빠와 몸을 친친 얽어 함께 내려가야만 한다. 그리고 나서도 의사를 만나는 건 늘 요원하다. 기껏 비싼 택시 요금을 내가면서 병원 앞에서 내린 뒤, 들어가서는 진료 대기표를 뽑고도 또 한참을 기다려야 한다. 그동안 넝마 같은 옷을 걸친 할아버지는 끊임없이 기침을 해대며 주변 사람들의 눈총을 받는다. 깨끗한 병원 바닥에 새까맣고 진득한 가래침을 뱉기도 한다. 그러다가 겨우 번호가 불리면 의사의 얼굴을 삼 분 정도 보고 나온다. 약국에 들러 베개만한 크기의 한 달 치 약 봉투를 받아 집으로 돌아온다. 발판 앞에서 다시 한번 두 사람의 몸을 묶는다. 발이 땅에서 떨어지는 순간부터 검질기게 아빠의 몸에 엉겨붙는 할아버지의 가느다란 팔. 절대로 놓치지 않겠다는 듯이.

그게 할아버지가 하는 유일한 외출이다. 보통은 온종일 집에 누워만 있다. 의사는 집에 드러누워만 있지 말고 가끔 운동이나 산책을 하라고도 했지만 소용없는 소리다. 할아버지의 다리로는 구름 위에 쌩쌩 부는 바람을 버티면서 걸을 수 없으니까. 하긴, 괜히 나가서 돌아다니다가 넘어져 어디가 부러지고 터지느니 그냥 집안에 얌전히 있어주는 게 모두를 위한 길이긴 하다.

모두를 위한다는 말이 나와서 말인데, 나 같으면 어서 죽고 싶을 것이다.

그러나 할아버지는 전혀 그렇게 생각하지 않는다. 삶에 대한 그의 집착은 엄청난 수준이다. 이가 다 빠진 입으로도 끊임없이 음식을 씹어 삼키는데, 따로 부드러운 음식을 준비해줄 필요도 없다. 갈비 뼈다귀를 갖다줘도 할아버지는 어떻게든 먹을 것이다. 식사하는 그의 모습은 민달팽이가 뭔가를 먹는 장면을 연상시킨다. 천천히, 느리지만 집요하게 음식을 녹여 빨아먹는다는 점이 꼭 그렇다.

매달 그 앞으로 들어가는 돈이 어마어마하다. 할아버지의 병은 구름으로 인해 생긴 지 얼마 안 된 난치병이라 건강보험이 적용되지 않는다. 아직까지는 치료법도 없다. 어마어마하게 비싼 그 약도 폐의 섬유화를 조금 늦출 수 있을 뿐, 아예 멈출 수는 없다고 했다. 그래도 누구도 할아버지에게 이제 약을 끊자거나 그만 죽으라고 말할 수는 없다. 언젠가 우리 중 하나가 병에 걸리거나 다쳐 거동을 못 하게 될 수도 있기 때문이다. 할아버지처럼. 할아버지를 버린다면, 언젠가 자신에게 비슷한 일이 닥쳤을 때 일말의 망설임도 없이 버려지게 될 거란 사실을 우리는 알고 있다. 그렇기 때문에 아무도 그런 말을 하지 않는다. 식구란 그런 것이니까. 먹을 식, 입 구. 말 그대로 서로의 먹는 입을 책임지는 사이.

할아버지는 우리집에서 유일하게 땅 생활을 해본 사람이다. 할아버지가 지금의 나보다 훨씬 어렸던 시절에는 구름이 희고 뽀얗고 부드러웠다고 했다. 모양도 제각각이라 뭉게구름, 새털구름, 양떼구름 같은 귀여운 이름들도 있었다고 들었다. 양떼구름이라니! 나는 푸른 하늘을 뛰어다니는 양떼와 그 아래 서 있는 어린 할아버지를 상상한다. 그러다가 갑자기 생각난 듯 할아버지에게 묻는다.

그때도 할아버지는 가난했어요?

돈이야 먹고 죽을래도 없었지.

할아버지가 푸헐헐 소리를 내며 웃는다. 나는 반사적으로 고개를 돌린다. 이가 하나도 없는 할아버지의 입에서 지독한 냄새가 나서다. 마지막으로 남아 있던 이빨마저 빠져버린 이후로 할아버지는 양치질을 하지 않는다. 그렇다고 이빨이 있던 시절에는 양치질을 잘 했던가, 모르겠다. 어쨌든 할아버지도 나처럼 튼튼한 이를 가졌던 때가 있을 것이다. 그때의 할아버지는 어땠을까.

아마도 나와 비슷했겠지.

그렇게 생각하면 왠지 역겨움을 참을 수가 없다.

나, 엄마와 아빠, 그들의 엄마와 아빠, 그리고 그 위로 아무리 거슬러올라가고 올라가도 우리집에는 가난하지 않았던 사람이 없다. 어떻게 된 노릇인지 한 명도 빠짐없이 모두 돈이 없고 어딘가 아프고 많이 배우지 못한 사람들이었고, 또 귀신같이 비슷한 사람들끼리 짝을 지어 똑같은 아이들을 낳았다. 나도 그렇게 될 것이다. 예를 들어 내가 원과 결혼해 아이를 낳는다면, 그 아이는 나처럼 분홍빛 구름 위를 뛰어다니며 얼굴과 폐가 새까매지겠지. 아래를 내려다보며 뛰어내릴까 고민하는 어른으로 자라겠지.

끈적하고 더러운 액체에 허벅지까지 잠겨 있는 기분이다.

그래서 나는 할아버지를 잘 쳐다보지 않는다. 할아버지의 주름지고 새까만 얼굴은 우리 집안의 거지같은 역사와 지저분한 삶을 고스란히 담아놓은 사진 앨범처럼 보인다. 다시는 기억하기 싫은 것들이 갈피마다 담긴 낡고 더러운 앨범.

6

구름에서 내려오는 것이 무섭지 않느냐고 누군가 물은 적이 있다. 내가 구름 사람임을 알아본 고깃집 손님 중 하나였다. 그 손님은 매일매일 롤러코스터를 타는 기분일 것 같아요, 말하고는 다들 그렇지 않냐는 듯 다른 사람들의 얼굴을 차례로 둘러보았다. 나는 별로 무섭지 않아요, 매일 하는 거니까, 라고 무심히 대답하곤 그 테이블을 떠났다.

그런데 그날부터였다. 구름을 오르내리는 것이 무서워진 건. 정확히는 무섭다기보단 이것을 무섭게 여겨야만 한다고 생각하게 된 것에 가깝다. 이건 무서운 것. 무서워야 정상인 것. 1.5킬로미터 높이의 롤러코스터를 타는 것. 물론 실제로 롤러코스터를 타본 적은 한 번도 없고 앞으로도 없을 테지만.

그날 일을 마치고 평소처럼 구름 밑에 도착해 춘여사가 내려보내준 발판에 올라탔는데, 둥실 몸이 떠오르는 순간 갑자기 머릿속이 아득해졌다. 무섭다. 무서워. 나는 점점 멀어지는 지상을 내려다보며 되뇌었다. 무섭다. 무섭다.

그런데 정말 무서운가?

이런 걸 무섭다고 여기는 사람들은 이럴 때 무슨 생각을 할까. 좋은 것들을 생각하면서 마음을 가라앉히려 애쓰지 않을까. 나는 매일 발판 위에서 열심히 좋은 것들을 생각한다. 이번 달 월급날. 숨겨둔 인형들. 엄마와 아빠가 번갈아 코를 고는 소리. 고깃집 뒤편을 자주 들락거리는 고양이. 그러다가 아래를 내려다보면 차들과 사람들, 건물이 점점 작아지고 있다. 바람이 거세게 불어와 내 머리카락과 옷자락을 날린다. 시원하고 개운해. 아니, 이것을 시원하다고 생각하면 안 된다. 그건 거지들이나 하는 생각이고 일반적인 사람들은 이것을 무서워한다.

아, 무서워.

나는 중얼거리며 눈을 꼭 감는다. 하지만 사실은 전혀 무섭지 않다. 무섭기로 따지면 땅 사람들의 출근길이 더하다. 그들은 몇천만원짜리 자동차를 몰고서 몇천만원짜리 자동차들이 넘치는 도로로 나간다. 어떻게 그게 맨정신으로 가능한지 도무지 알 수가 없다. 차체를 조금이라도 긁히면 수십, 수백만원이 날아가는 상황에서 평정심을 유지하고 운전을 할 수가 있다니. 땅 사람들은 심지어 운전석에서 꾸벅꾸벅 졸기도, 휴대폰을 보기도 한다. 만일 나라면 무서워서 눈이 튀어나오고 말 것이다.

그에 비하면 구름으로 올라가는 길은 평화롭기 이를 데 없다. 손잡이를 잘 잡기만 한다면 떨어질 걱정도 없다. 오늘 저녁은 뭘까, 가족들은 뭘 하고 있을까, 원은 일 나갈 준비를 하고 있을까, 그런 것들을 생각하며 차분히 발판에 몸을 맡기고 있으면 되는 것이다. 이딴 게 뭐가 무섭다고. 나는 흩날리는 머리카락을 한 손으로 모아쥐고 아래를 보며 침을 뱉는다. 침이 빙글빙글 돌며 지상으로 떨어진다. 자유롭고 자유롭게.

7

우리집은 대부분 주워온 물건들로 이루어져 있다.

이곳은 밤이 되면 여름이건 겨울이건 살을 에는 찬바람이 불기 때문에 집을 굳이 넓게 만들 필요가 없다. 기다란 나무판자 열 장 넓이의 방 한 칸이 전부다. 발로 밟아 단단하게 다진 구름 위에 나무판자를 대고, 그 위에 땅 사람들이 버린 이불과 카펫을 가져다 두껍게 깔아놓았다. 빨래를 하는 일은 없다. 쓰다가 천조각이 해져 발톱에 걸릴 정도가 되면 맨 위부터 벗겨내어 버리면 되니까. 가구들 역시 두서없이 놓여 있다. 좌식 밥상, 부직포로 된 옷장, 식료품을 보관하는 서랍장 같은 것들. 역시 대부분 주워온 것들이다.

벽돌로 쌓은 벽 위에는 얇은 플라스틱 지붕을 덮어놓았다.

처음에는 햇빛을 그럭저럭 가려주었는데, 하도 바람이 불다보니 틈 사이가 벌어져 빛이 새어드는 곳이 많아졌다. 쉬는 날 어두운 방구석에 앉아서 그것을 보고 있으면 마음이 좋다. 거지같은 집구석에 일직선으로 내리꽂히는 빛줄기들. 빛이 자주 닿는 벽 부분은 일자로 색이 바래 있다.

우리집에서 제일 비싼 물건은 바깥에 놓여 있다. 태양광 패널이다. 그건 일부 땅 사람들의 호의로 마련된 것이다. 원리는 잘 알 수 없지만, 아무튼 이걸 설치해주고 간 땅 사람들의 말에 의하면 낮 동안 넘쳐나는 햇빛을 전기로 바꾸어주는 장치라고 했다. 이게 없었다면 구름 위의 밤은 코앞도 볼 수 없을 만큼 깜깜했을 거다. 냉장고나 세탁기까지 돌릴 수는 없지만 전구 한두 개 정도는 충분히 켤 수 있고, 휴대폰 배터리를 충전할 수도 있다. 이 소중한 태양광 패널에 먼지가 앉지 않도록 매일 닦는 것은 동생의 일이다.

집은 강한 바람과 햇빛에 매일 조금씩 허물어진다. 공사장에서 벽돌을 주워온 아빠가 집을 고친다기에, 나는 개어놓은 시멘트가 든 양동이를 들고 그 옆에 서 있다. 새빨갛게 익은 아빠의 뒷덜미에 송글송글 맺힌 땀방울을 바라보면서. 아빠는 낡은 벽돌을 부수고 떼어내어 등뒤로 던진다. 바닥에 부딪힌 벽돌이 파사삭 깨져나간다. 저렇게 약한 물체가 집을 이루고 있었다는 사실이 믿기지 않을 지경이다. 아빠는 남은 벽돌 위에 시멘트를 바르고 새 벽돌을 꾹 누른 뒤 삐져나온 것을 솜씨 좋게 닦아낸다. 닦아낸 시멘트는 다음 벽돌에 사용한다.

아빠는 그런 거 어디서 배웠어요?

너도 살다보면 다 하게 된다.

아빠는 벽돌을 하나 얹을 때마다 끙, 소리를 낸다. 귀에 거슬리는 소리다. 일 나가서도 저럴까. 힘들어서 그러는 건지 다른 이유가 있어서 그러는 건지 알 수 없다. 자기 자신을 덜어내어 쌓는 것만 같은 소리다. 처덕, 쿵, 끙, 처덕, 쿵, 끙. 벽돌을 모두 쌓고 난 뒤 우리는 장갑을 벗고 서로의 손에 물을 부어준다. 물이 연분홍빛 구름 위에 스며든다.

아빠, 구름이 내려앉으면 어떡해요.

구름은 절대 부서지지 않아. 봐라.

아빠가 발을 탕탕 구른다. 말마따나 구름은 아무렇지도 않다. 대신 집이 흔들린다. 지붕 쪽에서 덜그럭, 뭔가가 굴러떨어지는 듯한 소리가 들린다.

땅에 내려가서 살고 싶어요.

여기도 좋은데 왜.

덥고 바람 불잖아요.

땅도 똑같이 덥고 바람 분다.

할말이 없어진 나는 입을 다문다. 아빠를 따라 젖은 손을 바지에 문질러 닦았더니, 손이 다시 더러워진다.

아빠 내가 평생 구름 위에 살았으면 좋겠어요?

아빠는 대답 대신 주머니에서 찌그러진 담뱃갑을 꺼내더니, 한 개비 불을 붙여 물고는 고개를 돌릴 생각도 않고 연기를 휘익 뿜어낸다. 매캐하고 새하얀 연기가 내 얼굴을 스치고 지나간다. 꼭 연기에 얻어맞은 것 같다.

인마, 너도 니 동생도 나중에 부자 됐음 좋겠지?

연기 너머에서 아빠가 말한다. 부자가 되기 위해선 어떻게 해야 되는 걸까. 나는 그것을 묻지 않는다. 아빠도 모를 게 뻔하기 때문이다. 담배 냄새가 내 머리카락에 배어든다. 원이 담배를 피울 때는 그 냄새가 달큰하다고 느꼈었는데, 아빠가 피우는 것은 왜 다를까. 나는 묵묵히 아빠가 담배 한 대를 다 태울 때까지 기다린다. 아빠는 꽁초를 구름에 쿡 쑤셔박는다. 치익 소리가 난다.

아직 멀었어?

벽 너머에서 엄마가 소리쳐 묻는다. 이 벽 바로 뒤는 부엌이다. 봉지 부스럭거리는 소리가 들린다. 오늘 점심은 라면인 모양이다.

다 됐어.

아빠는 대답하곤 다시 한번 끙 소리를 내며 목을 이리저리 돌린다. 달걀이 있던가 집에. 나는 아빠를 따라 집안으로 들어간다. 라면에 식구 수대로 달걀을 넣어 먹는 것이 우리집에서 부리는 유일한 사치다. 노른자를 헤치지 않고 덩어리 그대로 익혀서 한 사람 앞에 하나씩. 라면 국물과 달걀을 생각하자 입 안에 군침이 돈다. 달걀을 생각할 때, 나는 더이상 부자에 대해 생각하지 않는다.

8

어느 날 동생이 쭈뼛거리며 다가와서는 리코더를 한 개만 사달라고 한다.

쓰던 거 있잖아.

그거 친구 건데 이제 안 빌려주려고 한단 말이야.

니가 못 부니까 그렇지.

나 잘 불어.

……

나 잘 분다고. 나 진짜 잘 분다고 씨발.

무심코 욕을 하고 난 뒤 동생은 몸을 움찔하며 양손을 머리 위로 들어올린다. 나는 머리 대신 배를 때린다. 동생은 신음소리도 내지 않고 맞는다.

그날 저녁 퇴근길에 문구점을 들러 리코더를 하나 산다. 길쭉한 새 비닐에 싸여 있는 연두색 리코더. 만오천원이었다. 이깟 게 뭐라고. 집에 돌아와 리코더를 내밀자, 동생은 초콜릿을 받을 때처럼 낚아채 구석으로 도망치려고 한다. 그런 동생의 목덜미를 잡아다 앞에 앉힌다.

야, 한 곡 불어봐라. 너 잘 분다며.

……뭐 불어?

아무거나 잘하는 거 불어봐. 친구들이랑 부는 거.

동생은 조심스럽게 비닐을 뜯고 리코더를 꺼낸다. 부는 곳에다 코를 갖다대고 킁킁 냄새를 맡더니 이를 드러내며 히 웃는다.

새것 냄새 난다.

닥치고 빨리 불어봐.

동생은 어른 흉내를 내는 것처럼 헛기침을 몇 번 하고는 리코더를 문다. 후후 소리 내며 도, 레, 미, 파, 솔, 라, 시, 도를 차례로 한 번씩 분다. 나는 양반다리를 하고 앉아 그 모습을 바라본다. 동생의 볼이 새빨갛다. 왜 속절없이 빨간색일까, 아이들의 얼굴은.

분다. 진짜 아무거나 불 거야.

그리고 연주가 시작된다. 이 노래를 아느냐고 묻는 듯이 눈짓을 해오는 동생을 보며 나는 고개를 젓는다. 그래도 동생은

삐익 삐익 소리 내며 열심히 분다. 눈을 감고 가만히 들어보
니, 잘 부는 것 같지는 않지만 나름대로 멋이 있다.

연주를 끝낸 뒤 동생은 바닥에 대고 리코더 안에 고인 침을
툭툭 턴다.

존나 잘 부네. 연습했냐?

응. 애들 중에서 내가 제일 잘 불어.

그거면 됐지 왜 사달랬냐, 그럼.

말을 뱉고 나서 후회하지만, 이미 늦었다. 동생은 눈을 크게
뜬 채로 침방울이 튄 바닥을 내려다보고 있다.

한 곡 더 불어봐.

이제 끝까지 할 줄 아는 거 없어.

씨발 그럼 중간까지라도 불어.

내 말에 동생은 리코더를 다시 입에 갖다대지만 아무 소리
도 나지 않는다. 이윽고 커다란 눈물방울이 동생의 볼 위로 뚝
뚝 떨어진다. 동생이 숨을 씩씩거릴 때마다 리코더에서 삐, 삐
하는 작은 소리가 난다. 나는 그것을 눈을 감고 듣는다. 마음
이 아프다.

동생이 갖고 있는 휴대폰도 내가 가져다준 것이다. 훔쳤다
고 말하긴 좀 애매하니 가져왔다고 하는 것이 낫겠다. 손님이
고깃집에 두고 간 것이었는데 두어 달이 지나도 찾으러 오는

사람이 없었고 전화도 걸려오지 않았다. 오래된 기종이었고 화면엔 이리저리 금이 가 있었다. 아마 찾기를 포기한 거겠지. 나는 그것을 카운터 안쪽에 처박아둔 채 눈여겨보고 있다가, 몰래 가져와 동생에게 줬다. 동생은 휴대폰을 받고는 꽁지에 불이 붙은 닭처럼 소리를 지르며 구름 위를 뛰어다녔다. 나는 흐뭇하게 그 모습을 바라보았다. 구름 위 또래 아이들 중에서 휴대폰을 가진 아이는 내 동생밖에 없다.

그걸로는 전화도 문자도 할 수 없지만 동생은 전혀 개의치 않는다. 동생이 하고 싶은 건 그게 아니었으니까. 동생은 그 휴대폰으로 인터넷방송을 본다. 예전에 태양광 패널과 함께 땅 사람들이 설치해주고 간 공공복지 와이파이 덕분이다. 더 럽게 느린데 최저 화질로 보면 볼 만해. 동생은 뻐기듯 말하며 내게 화면을 들이민다. 웬 빡빡머리 남자가 세숫대야만한 그 릇에 가득 담긴 짜장면을 꾸역꾸역 입에 처넣고 있다. 온 얼굴 이 짜장면 양념으로 범벅이다. 나는 얼굴을 찌푸리고 동생을 노려본다.

이딴 걸 왜 보냐.

재밌잖아. 봐봐. 이 새끼 짜장면 열 그릇 먹는다.

그걸 다 먹어?

어. 진짜 다 먹어.

동생의 대답은 왠지 의기양양하고 나는 그것이 마음에 들지 않는다. 도로 뺏을까.

애들한테 이거 보여주면 좋아서 미친다.

누가.

응?

누가 좋아서 미치는데.

그냥…… 애들.

그제야 이상한 낌새를 눈치챈 동생이 내 손에서 슬그머니 휴대폰을 가져간다.

이딴 거 좀 보지 말고 인생에 도움이 되는 걸 봐라.

어떤 거?

몰라. 알아서 찾아봐.

동생은 휴대폰을 꼭 쥐고는 묵묵히 제 손아귀를 바라본다. 그러다가 불쑥 말한다.

나도 이런 사람 되려고.

뭔 사람?

인터넷방송 하는 사람.

뭐? 개같은 소리 하고 앉았네.

애 봐봐. 앉아서 짜장면만 먹는데 돈 진짜 많이 벌어.

얼마 버는데?

어…… 몰라, 아무튼 엄청 많이. 봐봐. 후원 터지면 대박이야.

후원? 그런 거 거지들이나 받는 거잖아.

아냐. 후원은 그냥 돈이라는 뜻이야.

동생이 나를 힐끗 쳐다본다. 이런 것도 모르고 한심하다는 듯한 눈빛이 스쳐간 것을 나는 알아차린다. 때릴까. 팰까. 흠씬 두들겨패서 아주 곤죽을 만들어놓을까. 나는 주머니 속에서 주먹을 꽉 쥐었다 푼다. 동생은 그것도 모르고 다시 휴대폰에 열중해 있다. 음식 씹는 소리가 요란하게 들린다. 대머리 남자가 입안 가득 욱여넣은 짜장면을 꿀떡 삼킨다. 화면 한쪽의 채팅창에선 댓글이 빠르게 올라간다. 가끔 귀퉁이에서 알록달록한 무언가가 팡팡 터지기도 한다. 동생이 그것을 가리킨다.

이게 후원이야.

이게 왜 돈이야?

돈으로 바꿀 수 있으니까.

사람들이 이 새끼한테 돈을 왜 주는데?

재밌으니까.

이게 재밌냐?

동생은 대답하지 않고 실실 웃으며 휴대폰을 들여다본다. 이번에는 남자가 입속에 든 짜장면을 울컥 뱉었다가, 양념이 사라져 하얘진 면을 다시 입에 집어넣는다. 더럽고 역겹다.

얘 팬 진짜 많아. 방송할 때마다 와서 돈 엄청 주는 애들.

너도 돈 내냐?

내가 돈이 어딨어.

나는 안심한다. 앞으로도 동생에게 용돈을 줄 일은 없을 것이다.

이렇게 재밌는 거 하면서 돈 벌고 싶어. 나도 크면 비제이 될 거야.

한마디만 더 해라. 존나 패버릴 거니까.

동생은 목을 움츠리고 휴대폰을 꼭 쥔다. 그러면서도 화면에서 눈을 떼지 못하고 있다. 그 꼴이 더 화가 난다. 어린 나이에 벌써부터 남의 후원이나 바라고. 좆같은 일 해서 돈 벌 생각이나 하고. 글러 먹었다. 완전히 글러 먹었다. 나는 동생의 머리를 잡아채서 몸통과 팔 사이에 끼우고 주먹으로 밤톨 같은 머리통을 쿡쿡 쥐어박는다.

아! 아파! 잘못했어!

뭘 잘못했는데?

대답을 들으면 풀어줄 작정이었는데 동생은 얼른 대답하지 못한다. 머리통이 꽉 낀 채 눈알 두 개를 데굴데굴 굴린다. 자기가 뭘 잘못해서 맞고 있는지도 모르는 어린애. 이유를 모르겠으면 지어내기라도 해야 그만 맞을 텐데 도무지 핑계가 떠오르지 않아 괴로운 얼굴을 한 어린애. 동생의 머리통에서 후끈, 열기와 함께 땀냄새가 올라온다. 동생이 떨어뜨린 휴대폰이 발밑에서 계속 음식 씹는 소리를 내고 있다.

9

어느 저녁, 엄마가 나와 동생을 부른다.

할아버지는 잠에 빠져 있고 아빠는 온데간데없다. 분명히 아까까지는 집에 있었는데, 아마 땅으로 내려간 건 아닐 테고 어딘가에서 담배를 피우고 있을 것이다. 좋지 않은 신호다. 나는 불길함을 느끼고 동생을 힐끗 쳐다본다. 동생도 불안한 표정으로 나를 마주본다. 엄마는 부엌 쪽에 양반다리를 하고 앉아 우리를 기다리고 있다. 우리는 그 앞에 앉는다.

왜 불렀어요.

너희에게 할말이 있다.

불길한 예감은 더욱 강해진다. 나는 손톱을 물어뜯는 동생의 손을 툭 쳐서 멈추게 한다.

새 직장을 구했어. 훨씬 더 좋은 곳이야.

잘된 일이네요.

그런데 그게 말이지, 참.

엄마가 과장된 한숨을 폭 내쉰다. 저건 말이 길어질 거라는 뜻이다. 과연, 숨을 들이쉰 엄마는 쉬지 않고 말을 쏟아내기 시작한다.

원래 일하던 땅 사람 집 있잖니, 개 키운다는 집. 그 집 여자가 소개해준 집인데, 자기 친구가 이혼을 한다지 뭐니. 하여튼 땅 사람들은 끈기가 없어. 뻑하면 갈라서네 마네, 그렇게 나약해서야 원. 갓난쟁이까지 있다는데 서로 뭐 때문에 수틀린 건지 얼마나 꼴도 보기 싫었으면 여자가 아예 지방으로 내려가버렸다는 거야. 생각해봐, 애엄마가 애를 놔두고 도망갈 정도면 남자가 얼마나 개차반이란 거겠니. 아무튼 그래서 남자 혼자 졸지에 애를 데리고 덩그러니 남게 된 거지. 근데 그 남자가 또 아주 웃겨. 혼자서는 양말 한 짝도 빨아 신을 줄 모르는 반푼이 같은 인간인데 무슨 제약회사에 다닌다나, 돈은 꽤 버는 모양이더라고. 그런데……

엄마는 여기서 잠시 말을 멈추고 우리의 눈치를 본다. 이제 본론이 나올 차례인 것이다. 나는 상체를 꼿꼿이 세우고 엄마의 얼굴을 똑바로 본다. 무슨 말이 나올지 대강 눈치챘기 때문이다.

마누라가 나갔으니 방이 남잖니. 내가 거기 살면서 하루종일 애를 돌보고 자기 집 살림을 맡아줬으면 하는 모양이야. 상주 가정부가 돼줬으면 하는 거지.

엄마와 나의 눈이 마주친다. 엄마는 열심히 내 표정을 읽고 있다. 내가 무슨 생각을 하는지 알고 싶은 얼굴이다. 나는 속에서 약간의 욕지기가 치미는 것을 느낀다. 아무것도 모르는 동생이 끼어든다.

거기서 일하면 딴 사람들 집에선 일 못 하잖아요.

얘 좀 봐. 엄마가 바본 줄 아니? 다른 집에서 일하는 거 다 합친 것보다도 훨씬 많이 준다니까 가는 거지. 엄마도 그 정도 셈은 할 줄 안단다.

얼마 주는데요?

동생이 불쑥 묻는다. 엄마는 잠자코 손가락을 펴 자기 몸 아래로 쑥 들이민다. 나와 동생은 그 개수를 눈으로 헤아린다. 동생의 눈이 커진다. 제대로 센 게 맞다면 상당히 큰돈이다.

와, 진짜 그 돈을……

그럼 집에서 나가겠다는 얘기예요?

나는 눈이 동그래진 동생의 말을 자르고 단도직입적으로 묻는다.

그렇게 되겠지만 주말 하루는 집에 올 거야. 나도 쉬어야지. 너희도 돌보고.

우리는 돌볼 필요 없어요. 이제 다 컸고 혼자서도 잘살 수 있어요.

동생이 동의를 구하듯이 나를 보는 게 느껴지지만, 나는 동생을 쳐다보지 않는다.

아빠는 뭐래요?

좋다고 했어.

엄마가 간단히 대답한다. 어딘가에서 줄담배를 피우고 있을 아빠를 생각하자 다시 속이 메슥거린다.

별일 아니야. 그냥 집에 일주일에 한 번 오게 됐다고 생각하면 돼.

그럼 나머지 육일은 그 집에서 자요?

그 남자랑, 이라는 말을 굳이 덧붙이지는 않는다. 하지만 이 자리에서 그 함의를 읽어내지 못한 건 멍청하고 어린 동생뿐이라는 걸 나는 안다.

아니, 그럼 새벽에 아기를 혼자 두니? 너희도 이제 다 컸고 할아버지도 계시고 하니까 수락한 거다. 엄마가 없는 동안 너희끼리 잘 지낼 수 있지?

언제 그렇게 우릴 돌봤다고 그래요.

나는 일부러 불퉁하게 말한다. 평소 같았으면 발끈해서 따지고 들었을 엄마가 이번에는 말없이 내 눈을 피한다. 잘못했다는 것을 아는, 뭔가 켕기는 것이 있는 사람의 표정이다.

그만 가봐라.

엄마가 손을 휘휘 내젓는다. 나는 동생을 끌고 집을 빠져나와 무작정 집을 등지고 걷기 시작한다. 동생이 끌려가다 말고 내 손을 뿌리친다.

왜 그래? 잘된 거잖아. 돈 많이 번다는데.

너는 병신이냐 진짜?

왜?

엄마가 일주일에 육일을 그 남자 새끼랑 단둘이 한집에서 보낸다는데 그게 괜찮아 넌? 그 집 마누라처럼 살림하고 애 돌본다는데 그게 괜찮냐고. 그 새끼가 우리 엄마 어떻게 하면 어쩔 건데?

아.

그제야 깨달았는지 동생의 얼굴이 어두워진다. 멍청한 새끼. 나는 한숨을 길게 내쉬며 주저앉는다. 바람이 세게 불어와 우리 둘의 머리카락을 날린다. 달빛에 생겨난 동생의 긴 그림자가 내 것과 겹쳐 있다. 동생이 내 얼굴을 들여다본다. 그리고 말한다.

근데 우리 엄마, 못생겼잖아.

들려온 말에 순간 나는 귀를 의심한다. 이윽고 아주 천천히, 내가 들은 말이 문장이 되어 머릿속으로 퍼진다. 동생은 뭐가 웃긴지 샐샐 웃고 있다. 문득 나는 그것이 무섭다고 생각한다.

이 새끼가 진짜 미쳤나. 뭐가 웃긴 거야 대체 뭐가. 나는 벌떡 일어나 동생을 등뒤에 남겨두고 걷기 시작한다. 뭘 어째야겠다는 생각조차 없다. 그저 이 자리를 벗어나고 싶다는, 이 새끼와 최대한 멀리 떨어지고 싶다는 마음만이 존재한다. 그 밖에는 지금 여기에 아무것도 없다. 나도 없고 동생도 없고 엄마도 아빠도 없고 다만 이 마음만이 있다.

누나, 어디 가?

등뒤에서 동생이 소리쳐 묻는다. 나는 대답하지 않는다. 둥근 달이 아주 가까이서 나를 지켜보고 있다. 이제 어쩔래? 하고 묻는 것처럼. 나는 터벅터벅 구름 위로 발을 구르며 걷는다.

저멀리 달빛을 받은 아빠의 실루엣이 보인다.

한쪽 어깨를 축 늘어뜨린 채 서 있던 아빠는 나를 보고 반대 방향으로 몸을 돌린다. 그러나 움직이지는 않는다. 도망가려다가 도망갈 곳이 없다는 것을 깨닫고 체념한 커다란 짐승 같다.

왜 좋다고 했어요?

뭐가.

말 돌리지 마세요. 진짜 괜찮아서 좋다고 한 거예요?

뭘 어쩌겠냐. 지가 하겠다는데.

아빠는,

병신이에요? 라고 덧붙이려던 걸 꾹 삼킨다. 문득 왠지 그래선 안 될 것 같다는 생각이 들었기 때문이다. 맞을까봐 두려워서, 혹은 아빠가 상처받을까봐 걱정돼서는 아니다. 병신이 아닌 것에게 병신같다고 말하는 건 농담이지만, 진짜 병신한테 병신이라고 하는 건 해서는 안 되는 일이다. 그건 나쁜 짓이다. 하면 안 되는 짓이다. 그래서 나는 입을 다물기로 한다.

고개를 돌려 아빠의 시선이 향한 곳을 보니 커다란 달이 손에 잡힐 것처럼 가깝다. 나는 손을 뻗어본다. 빈 손아귀에 싯누런 달빛이 한 움큼 잡혔다가 사르르 빠져나간다.

10

떠나기 전날 저녁, 엄마는 삼겹살을 굽는다. 고소한 고기 냄새가 온 구름 위에 퍼져나간다. 우리는 밥상 앞에 둘러앉는다. 김이 모락모락 나는 쌀밥이 한 사람 앞에 한 그릇씩 돌아간다. 이 빠진 플라스틱 바구니에는 상추와 깻잎이 가득 담겨 있고 고깃기름에 구운 김치가 전등불 밑에서 반들반들 윤이 난다.

후식으로 사과도 있어.

엄마가 삼겹살을 숭덩숭덩 자르며 말한다.

아이구, 오늘 무슨 날이야?

아무것도 모르는 할아버지가 신이 나서 묻는다. 누구도 대답하지 않는다.

먹자.

아빠가 숟가락을 들고 밥을 한 숟갈 크게 퍼넣기가 무섭게 동생이 고기에 달려든다. 양볼이 미어터지도록 고기를 씹으며 연신 음, 음 소리를 낸다. 할아버지도 쭙쭙거리며 고기를 빨고 있다. 나는 잠자코 접시 가장자리에 고인 기름을 내려다본다. 역겹다. 젓가락을 조용히 내려놓는다.

집을 나서는 나를 아무도 붙잡지 않는다. 느릿느릿 걷던 나는 이내 속도를 높여 빠르게 걷기 시작한다. 지금 어디로 가고 싶은지 깨달았기 때문이다. 골목으로 들어서서 벽돌을 대충 쌓아 만든 허름한 집들을 지나쳐, 이 길의 끝에 있는 집을 향해서 걷는다. 불이 환히 켜져 있다. 나무토막에 두꺼운 비닐을 붙여 만든 문을 두드린다.

누구야?

안에서 춘여사가 묻는다.

저예요.

나는 문을 밀고 들어서며 말한다. 바닥에 길게 누워 있던 원이 나를 보고 상체를 일으킨다.

이 시간에 어쩐 일이니?

원이 보러 왔어요.

원은 반쯤 누운 채로 문간에 선 내 얼굴을 빤히 올려다본다. 나는 그 시선을 피해 방구석으로 눈을 돌린다. 저녁 밥상을 막 물린 참인지, 어지럽게 흐트러진 밥상이 방구석에 놓여 있다.

우리집 것과 같은 흐린 주광색 전구 아래 보이는 모든 물건이 낡고 더럽다. 그 가운데 누운 원도 그렇다.

여기서 얘기하렴. 밤도 늦었는데.

아니에요. 나가서 얘기하자.

대답을 기다리지 않고 나는 돌아선다. 비닐 문을 등지고 서서 말을 고른다. 원이 슬리퍼를 죽죽 끌며 나올 때까지. 슬리퍼 소리가 가까워지자 나는 묵묵히 걷는다. 등뒤에서 원이 담뱃불을 붙이며 따라오는 소리가 들린다. 구름 가장자리, 쓰레기장에 이르러서야 나는 뒤돌아본다.

무슨 일인데.

쓰레깃더미를 등지고 삐딱하게 선 원이 묻는다. 나는 원을 새삼스럽게 위아래로 뜯어본다. 어둠 속 보이는 훤칠한 실루엣. 덥수룩한 머리와 추리닝 바지 밑으로 드러난 앙상한 발목. 나는 불쑥 말한다.

키스하고 싶어.

뭐? 지금?

그래, 지금.

뭔데? 이거 무슨 상황인데?

나는 대꾸 없이 기다린다. 원이 어이없다는 듯 웃고는 머리를 긁적거린다.

싫어?

아니, 해달라니까 하긴 하겠는데.

하겠는데?

아니 참, 이게 참.

싫으면 말아.

싫다곤 안 했는데.

원이 괜히 아무도 없는 주변을 둘러보는 척한다. 슬슬 짜증이 나서 가슴 앞으로 팔짱을 끼자, 원이 쭈뼛거리며 다가온다. 나보다 머리 하나만큼 더 큰 그림자가 내 그림자와 겹친다. 우리가 이렇게 가까이 선 적이 있었던가. 고개를 숙인 원의 얼굴이 천천히, 내 얼굴 가까이 다가온다. 담배 냄새와 땀냄새, 집에서 묵은 눅눅한 옷 냄새가 난다. 나는 눈을 감는다. 머리가 터질 것처럼 두근거린다. 심장이 양쪽 관자놀이까지 올라온 것만 같다. 아니, 머리 전체가 심장이 된 것 같다. 눈알 뒤에서 뜨거운 것이 펄떡펄떡 뛴다. 입술 바로 앞까지 다가온 원이 잠시 멈추더니, 입술을 달싹거리며 속삭인다.

……너한테 삼겹살냄새 난다.

별안간, 나는 양손을 뻗어 원을 세게 밀쳐낸다.

갑작스런 공격에 원은 비틀거리며 몇 발짝 물러나 주저앉는다. 원이 뭐라고 말하기 전에 나는 돌아서서 반대 방향으로 달리기 시작한다. 쓰레깃더미와 쓰레깃더미 앞에 주저앉아 있는 원이 빠르게 멀어진다. 뭐라고 외치는 것 같지만 들리지 않는다. 나는 뛰고 뛰고 또 뛴다. 심장은 아직도 머리 꼭대기에 붙어 있다. 나는 이를 악문다. 스스로에게 중얼거린다. 뭘 기대한 거야. 뭘 바랐던 거야. 죽어. 죽어버려.

하지만 나는 내가 죽지 않을 것을 안다. 이대로 땀투성이가 되어 뛰다가 구름의 끄트머리에 다다르면 멈춰 서서는, 아래를 조금 내려다보다 말 것을 안다. 터덜터덜 집으로 돌아가 더러운 이불을 덮고 가족들 사이에 몸을 누일 것을 안다. 왜 우는지도 모른 채 미지근한 눈물을 흘려보낼 것을 안다. 나는 나의 남은 삶을 다 알 것 같다.

다음날, 퇴근하려는데 고깃집 앞 가로등 밑에 원이 서 있다. 원은 나를 보자마자 씩 웃더니 등뒤에 숨긴 것을 불쑥 내민다. 깜짝 놀라 엉겁결에 받아들고서야 그것이 무엇인지 알아차린다. 꽃이다. 번쩍거리는 투명한 비닐에 싸인 새빨간 장미 한아름이 낯선 동물처럼 어색하게 내 품에 안겨 있다.

이게 뭐야?

뭐긴 뭐야, 꽃이지.

왜 주는 건데?

그냥 주면 안 되냐.

줄지어 가게를 나서던 주방 이모들이 꽃을 안고 서 있는 나를 보고 어머, 어머를 연발한다. 꽃 받았네? 오늘 무슨 날이야? 우리는 서로 눈을 피하다가 쑥스럽게 웃는다. 아이구, 좋을 때다. 이모들이 깔깔거리며 멀어진다. 좋은가. 좋을 때인가. 그렇다면 좋아보자. 그렇지 않아도 입꼬리가 슬슬 올라가려던 참이다. 우리는 고깃집을 등지고 걷기 시작한다. 꽃다발이 품에서 바스락바스락 소리를 낸다. 나는 걸으면서 꽃잎에 코를 묻어본다. 꽃을 받은 사람들이 으레 하듯이. 생각만큼 진하진 않지만 그럭저럭 향긋한 냄새가 콧속을 파고든다. 꽃이라는 것을 받아본 일은 평생을 통틀어 처음이다. 이제 알 것 같다. 이래서 축하해줄 사람에게, 좋아하는 사람에게 꽃을 주는 거구나. 먹을 수도 돈으로 바꿀 수도 없지만 단지 이 기분과 향기를 전하기 위해서. 옆에서 걷는 원이 내 표정을 힐끔힐끔 살피다 말한다.

어젠 미안했다.

뭘.

분위기 깨서.

와장창 깨긴 했지.

사실 뭐든지 용서해줄 수 있다, 이런 것을 준다면. 배알도 없이 그런 생각을 하고 나자 괜히 얼굴이 화끈해진다.

이런 건 얼마씩 하냐.

왜 물어봐, 그딴 건.

비쌌을까봐 그러지.

어, 오늘부터 점심 굶어야 할 듯.

말을 마치고 원이 낄낄 웃는 걸 보고서야 농담이구나, 하고 안심한다. 우리는 발판을 향해 천천히 걷는다. 미지근하고 달콤한 공기, 여름의 밤거리. 사람들이 스쳐지나간다. 우리와 저들이 뭐가 그렇게 다를까. 좋아하는 사람과 함께 걷고 있고 발걸음은 이렇게나 가벼운데. 내 손에는 장미꽃 한 다발이 쥐여 있는데.

그러나 저멀리 발판이 보일 때쯤, 갑자기 내 마음에 시커먼 어둠이 드리워진다.

이 꽃을 둘 곳이 없다.

참으로 그렇다. 이것을 어디에 두어야 하나. 물이 없으면 금세 시들어버릴 테니 어딘가에 꽂아두긴 해야겠는데, 그야 반자른 생수병이라도 괜찮겠지만 왠지 그런 것에 이 꽃을 꽂기는 싫다. 이왕이면 예쁜 유리 화병이면 좋겠는데, 아니, 화병이라는 것이 있다고 해도 그걸 어디다 두나. 할아버지와 엄마와 아빠와 동생이 먹고 자는 그 방에다? 국물 튄 자국, 냄비 눌은 자국이 선명한 앉은뱅이 밥상 위에다? 상상만 해도 참을 수 없는 기분이 든다. 어울리지 않는다. 이런 꽃은 아름다운 곳에 놓여야 한다. 흰 커튼이 걸린 커다란 창문으로 부드러운 햇빛이 들어오는 방에. 체크무늬 테이블보가 깔려 있고 과일 바구니가 놓인 둥근 테이블 위에. 꽃은 그런 곳에나 어울린다.

그런 곳에 놓으려고 길러지고 꺾인 것들이다. 그게 아닌 다른 곳에 꽃을 두는 것은 범죄나 다름없다. 범죄. 원이 춘여사에게 발판을 내려보내달라는 전화를 거는 동안 나는 그 단어를 곰 곰이 곱씹는다. 그렇다. 범죄다. 꼭 남의 돈을 훔치거나 누구를 다치게 해야만 범죄인 것이 아니다.

이윽고 머리 위 까마득한 곳에서 끼릭끼릭 소리를 내며 발판이 내려오기 시작한다. 우리는 익숙하게 발판에 올라 서로 몸을 붙이고 선다.

그리고 절반쯤 올라갔을 무렵, 나는 갑자기 장미꽃을 잡아 뜯기 시작한다.

야, 왜 그래!

원이 소리치지만 아랑곳하지 않는다. 나는 주먹 한가득 장미꽃 대가리를 쥐고 무작스럽게 꽃대에서 뜯어낸다. 한 손 가득 움켜쥔 꽃잎이 손가락 사이에서 빨간 종잇장처럼 구겨진다. 아래를 내려다보며 손을 펴니 팔랑팔랑, 부드럽고 향긋한 꽃잎들이 점점이 지상으로 떨어진다. 그것을 반복한다. 아까 코를 박고 맡았던 것보다 훨씬 짙은 향기가 바람에 흩어진다. 원은 더이상 소리치지 않는다. 그저 장미 꽃잎이 춤추듯 밤하늘을 수놓는 것을 내려다보고 서 있을 뿐이다. 나와 함께. 나는 원이 나를 이해한다는 사실을 안다. 그것이 내가 원을 사랑하는 이유니까. 원은 우리가 딛고 선 발판이 지금 우리를 어디로 데려가고 있는지 잘 알고 있다. 그곳에 무엇의 자리가 있고 무엇의 자리가 없는지도.

발판이 구름에 닿기 직전, 나는 줄기만 남은 꽃다발을 발밑으로 집어던진다. 반짝이는 비닐 포장지가 바람에 날리며 빙글빙글 도는 것이 보인다. 우리는 그것을 한참 내려다보다 발판에서 내려선다. 각자의 집을 향해 미련 없이 걷는다.

11

네 엄마는 어디 갔냐.

엄마가 떠난 다음날 할아버지가 묻는다. 늘상 머무는 그 자리에 누운 채로. 할아버지가 한참 기침을 하다 가래를 뱉어내기 전까지 나는 뭐라고 대답할지 생각한다. 이윽고 끈적하고 둔탁한 소리가 들려온다. 머리맡에 놓여 있는 플라스틱 통에 가래가 떨어지는 소리다. 저 통을 비우는 건 엄마가 하던 일이었다. 이제는 내가 해야 할 것이다.

일하러 갔어요.

어제 집에 안 들어왔잖아.

이제 평일엔 안 와요. 주말 하루만 온대요.

할아버지는 못마땅한 표정이 되어 이빨 다 빠진 입을 비죽거린다. 할아버지는 눈치챘을까. 엄마가 무얼 하고 있는지. 아니, 그건 나조차 알 수 없는 일이다. 어쩌면 내가 너무 나쁘게만 생각하고 있는 건지도 모른다. 엄마는 정말 그 집의 살림을 해주는 것뿐이고 그 외에 다른 일은 하지 않을 수도 있다. 그래, 그럴 수도 있다.

동생은 이어폰을 낀 채로 할아버지 옆에 길게 엎드려 휴대폰을 들여다보고 있다. 집에서 소리가 쩌렁쩌렁 울리도록 인터넷방송을 보는 것이 거슬려 이어폰을 하나 사다주었는데 그 뒤로는 항상 저 모양이다. 집에서 누구와도 대화하지 않고 오로지 휴대폰 속 세상에만 골몰해 있는 것이다. 나는 동생이 틀어놓은 화면을 들여다봤다가 깜짝 놀란다. 화면 속 남자가 자기 머리에 간장을 붓고 있다.

야, 이게 뭐야?

툭 쳤더니 동생이 한쪽 이어폰을 뺀다.

이 새끼 왜 이래?

그냥 웃기려고 그러는 거야. 보지 마.

동생은 휴대폰 화면을 숨기며 내 눈치를 본다. 이어폰에서 남자의 비명소리와 함께 웃음소리가 새어나온다. 짜증이 난 나는 몸을 돌려버린다. 이 거지같은 놈의 집구석. 차라리 일이라도 나가면 좋겠는데 하필이면 고깃집도 쉬는 날이다. 나는 훌쩍 일어나 집을 나와서 터덜터덜 구름 위를 걷기 시작한다.

햇빛을 받은 목덜미가 뜨끈하다.

걷다보니 어느새 쓰레기장에 다다른 나는 원이 준 인형들을 숨겨놓은 곳으로 향한다. 폐지 무더기 아래에 놓아둔 상자는 그대로다. 뚜껑을 여니 내가 눕혀놓은 인형들이 그 자리 그대로 쪼르륵 누워 있다. 귀여운 것들. 나는 가장 최근에 받은 고양이 인형을 들어올려 얼굴을 파묻는다. 아직 향기로운 냄새가 난다. 인형에 얼굴을 묻은 채로 숨을 깊게 들이쉬자 조금씩 마음이 안정되는 것이 느껴진다. 나는 인형에게 속삭인다.

고양이야, 죽고 싶어.

말하고 나서야 생각한다. 나 죽고 싶은 건가. 그건 아닌 것 같은데, 정말 아닌지를 생각해보면 그렇지도 않은 것 같다. 나는 고양이 인형을 상자에 다시 잘 넣어두고 뚜껑을 닫는다. 폐지 뭉치를 그 위에 올려 상자를 감춘다. 그러고는 하릴없이 주저앉아 하늘을 올려다본다. 그곳엔 아무것도 없다.

엄마는 지금 뭘 하고 있을까.

가끔 문자를 보내곤 하지만 답장은 대개 아주 늦거나 아예 오지 않는다. 아기를 보느라 정신이 없다는 이유에서다. 아기가 까탈스러워 고생이 많다나. 그렇지만 엄마는 사실 행복하다는 걸 나는 알고 있다. 지긋지긋한 집으로 돌아오지 않아도 되니까. 깨끗한 물과 변기가 있는 화장실을 언제든 쓸 수 있고 널따란 침대에서 잠을 잘 수도 있겠지. 모르긴 몰라도 자기만의 방도 생겼을 것이다. 그건 누가 뭐래도 행복한 일임이 틀림없다. 한 번도 그 집이며 아기의 사진을 보내준 적이 없다는 게 그 증거다. 늘상 그날 있었던 모든 일을 떠들어댔던 수다스런 엄마는 이제 아무 말도 하고 싶어하지 않는다. 그건 엄마도 알고 있기 때문이다. 자신이 행복하다는 것을, 그리고 그건 우리 가족에 대한 끔찍한 배신이라는 사실을.

나는 쓰레깃더미에 등을 기대고 앉아 생각한다. 나도 그런 배신을 할 수만 있다면.

일어섰다 앉았다를 반복하며, 나는 배신에 대해 생각한다.

12

손톱이 참 예쁘네요.

무심코 말해놓고 나서 나는 입술을 깨문다. 이런 말을 하려던 건 아니었는데. 그러나 이미 내 말을 들은 듯 계산서를 쥔여자는 이가 다 드러나도록 활짝 웃는다.

그죠? 어제 받았어요.

여자가 손을 부채처럼 쫙 펼쳐 내 눈앞에 들이민다. 크게 관심이 있는 것은 아니지만, 해놓은 말이 있으므로 나는 그의 손톱을 자세히 들여다본다. 매끈하고 날렵하게 다듬어진 열 손톱이 반투명한 핑크색으로 칠해져 있다. 어릴 적 아껴 먹느라뱉었다가 다시 입에 넣길 반복했던 딸기맛 사탕 같다. 엄지손톱에는 커다란 보석도 박혀 있다.

진짜 예뻐요.

나는 미소 띤 얼굴로 말해준다. 여자가 웃으며 고맙다고 답하곤 카드를 내민다. 칠만 오천백원 나왔습니다. 서명해주시겠어요? 영수증 드릴까요? 안녕히 가세요. 그것으로 대화는 끝이다. 나는 더이상 손톱에 대해 생각하지 않는다.

그런데 휴일이 되자 나는 네일 숍 앞을 서성거리고 있다.

오랫동안 일한 골목이다보니 여기 네일 숍이 있다는 것쯤은 알고 있었지만 한 번도 관심을 가져본 적 없어 늘 심상하게 지나쳤던 곳이다. 내가 왜 이곳을 기웃거리는지도 모르는 채 나는 예쁜 커튼이 쳐진 유리창 안을 들여다본다. 아직 가게를 열지 않은 듯 안에는 아무도 없고 불도 꺼져 있다. 벽에 일렬로 늘어서 있는 색색의 매니큐어들이 제법 예뻐 보인다. 저중 하나를 내 손톱에 바른다면 어떤 것이 좋을까. 슈퍼에서 과자를 고르는 아이처럼 나는 매니큐어들을 주의깊게 살펴본다. 그러다가 깜짝 놀란다. 그 아래에 적힌 가격을 봤기 때문이다. '젤네일/케어 회원가 6만원부터'. 나는 눈을 의심한다. 기껏해야 손톱을 칠하는 것뿐인데 육만원이라고? 뭐, 저 안에 금이라도 들었나? 어이가 없어 코웃음을 픽 치며 돌아선다. 육만원이라니 먹고 죽을래도 없다.

왜 없어 있잖아, 하고 내 안의 내가 속삭인 건 그때다.

돈은 있다. 방바닥에. 지저분한 이불을 몇 겹 들춰내면 나타

나는 구멍 안에. 마침 그저께 월급을 받아온 참이다. 매번 그랬듯이 월급봉투에서 돈을 끄집어내서 고스란히 거기 넣어두었다. 아빠가 그걸 세어봤을까. 아마 아닐 것이다. 육만원, 아니 십만원 정도가 빈다고 해도 모를 게 틀림없다. 고작해야 오만원짜리 두 장이니까. 만약 들킨다면 식당에서 무슨 실수를 하는 바람에 메꿔야 했다고 핑계를 대면 된다. 그 정도 거짓말쯤이야 눈 감고도 할 수 있다. 벌써 귓가에 그런 말을 하는 내 목소리가 들리는 것 같다. 계산을 잘못해서 돈이 비는 걸 나한테 채워넣으라고 하더라고요. 나는 천천히 돌아서서 주머니에 손을 찔러넣고 콧노래를 부르며 걷기 시작한다.

꿈 같은 몇 시간이 흐른 뒤, 네일 숍을 나서는 나는 이전과 전혀 다른 사람이 되어 있다.

열 손톱 모두가 아름답게 빛난다. 주변의 지저분한 살을 깨끗하게 도려내고 아몬드 모양으로 다듬은 손톱 위에 색을 칠했다. 그냥 칠한 것이 아니라 무슨 뜨거운 기계에 집어넣었다 뺐다 하면서 공을 들인 덕분에 마치 가마에 구워낸 도자기처럼 단단하고 매끈하다. 그 위에 보석도 붙였다. 하나에 만원씩하는 스와…… 뭐라고 하는 것을 다섯 개나. 자꾸만 눈앞에서 손가락을 움직여보게 된다. 손끝의 각도에 따라 빛이 달라지며 휘황찬란하게 번쩍인다. 돈이 전혀 아깝지 않다.

하지만 좋은 것은 이 아름다움뿐만이 아니다. 양손을 힘없이 내맡기고 거기에 앉아 있었던 시간, 이 분야의 전문가가 오직 내 손톱을 예쁘게 꾸미고 다듬는 것에만 집중하도록 손을 내어주었던 일. 그것이 정말로 좋았다. 작은 도구들이 손끝을 간질이던 감각과 뜨거운 물수건으로 손을 덮을 때의 온기, 향긋한 핸드크림이 발리던 순간의 기분. 그 모든 것들이 좋다는 말로는 부족할 만큼 좋았다. 심지어는 느긋하게 이런 대화까지 나누었다. 이 근처 사세요? 학생이세요? 손이 거치신데 핸드크림을 자주 바르세요. 물론 내 대답은 전부 거짓말이었지만, 좋은 핸드크림을 하나 사야겠다는 다짐만은 정말로 하게 됐다. 그런 것을 주머니에 넣고 다니면 기분이 좋을 것이다.

나는 한껏 들뜬 채로, 이 기분을 망치지 않기 위해 정신을 바짝 차린다.

아빠나 동생에게 보여줄 수는 없다. 구체적인 금액까지야 모르겠지만 적어도 이게 매우 비싼 거라는 사실은 금세 알아챌 테니까. 돈이 어디서 났느냐고 꼬치꼬치 캐물으며 기분을 잡칠 게 틀림없다. 그들은 이게 얼마나 예쁜지 모른다. 이 절대적인 예쁨을 돈으로 살 수 있다는 사실을 이해하지 못한다. 그런 사람들에게 보여줘봤자 소용없는 노릇이다. 원도 마찬가지다. 돈이 썩어나서 그딴 곳에 쓰냐며 면박이나 줄 테지.

결국 내가 택한 사람은 춘여사다. 구름으로 올라온 뒤, 나는 춘여사에게 인사 대신 손을 쫙 펴서 내보인다. 고깃집에서 본 그 여자처럼. 춘여사의 표정이 단번에 밝아진다.

어머! 예쁘기도 해라, 이게 뭐야?

네일아트 받았어요. 아빠나 원이한텐 비밀.

나는 춘여사가 만져볼 수 있도록 앉아 있는 그의 얼굴 가까이 손을 들이민다.

정말 예쁘네. 어디서 했어?

일하는 데 근처에서요.

너무 잘했네. 그럼, 젊은 아가씨 손이 이래야지.

춘여사가 목소리를 높여 호들갑을 떤다. 그의 무거운 엉덩이가 의자 위에서 들썩거린다. 나는 당연하다는 듯 미소 짓는다. 이게 내가 원했던 반응이다. 춘여사의 눈 속에서 내 손톱 위 보석이 반짝거리는 것을 본다. 그리고 동시에, 마음속에서 기쁨이 조금씩 스러지는 것을 느낀다. 춘여사는 내 나이 때 이런 손톱을 가져보지 못했을 것이다. 물론 앞으로도 마찬가지겠지. 내 손을 쓰다듬는 춘여사의 손은 거칠고 쪼글쪼글하다. 낯설지 않은 그 촉감이 내 마음을 아프게 한다. 나는 미소를 잃지 않은 채 가만히 손을 잡아 뺀다.

그럼, 들어갈게요.

그래, 잘 가.

내 허리께를 툭툭 두드리는 춘여사에게 고개를 끄덕인 뒤 나는 집을 향해 걷기 시작한다. 엄지에 붙은 보석을 검지 손가락 끝으로 비비자 가장자리의 날카로운 면이 만져진다. 꾹꾹 누른 뒤, 손끝에 그어진 자국을 아랫입술에 대고 문질러본다. 거칠다. 얄팍하구나, 모든 것이. 그렇게 생각하자 정말로 텅 빈 껍데기가 된 것만 같다. 내가 느끼는 모든 감정은 지나치게 가변적이다. 사춘기인가, 나이도 먹을 만큼 먹은 주제에. 나는 이유 없이 비어져나오는 눈물을 아무렇지 않은 척 참아낸다.

13

인공 강우제를 뿌린다는 소식이 또다시 들려오기 시작한
다. 이번에는 진짜래. 구름 사람들은 불안한 얼굴로 저마다
들은 이야기를 수근거린다. 그사이 새로 부임한 시장이 구름
철거를 대표 숙원 사업으로 내세웠다는 거다. 비인도적인 방
법도 불사하겠다 공언했다는 그를 나도 본 적이 있다. 투실투
실 살찐 목을 가진, 사람 좋은 얼굴로 웃고 있는 사진에서였
다. 선거 포스터니까 웃고 있는 게 당연하지만. 나는 그 남자
에게 투표하기 위해 투표소 앞에 줄지어 서 있었을 땅 사람들
을 상상한다.

가만히 앉아서 당하고 있을 순 없잖아.

누군가 말한다. 하루 일을 마친 사람들이 약속이나 한 듯 발

판 근처의 공터로 모여든 밤이다. 모두들 험악한 표정을 하고 있다. 아마 나도 마찬가지일 것이다. 그렇다, 앉아서 가만히 당하고 있을 수만은 없다. 무엇이든 해야 하는데 그렇다면 대체 무엇을 해야 하나. 다들 서로의 눈만 보고 있는 가운데 시원하게 대답을 내놓은 것은 의외로 우리 아빠다.

내려가서 확 불이라도 질러버릴까.

나는 놀란 얼굴로 아빠를 쳐다본다. 아빠의 얼굴에는 아무 표정도 없다. 그것이 오히려 그 말을 더 진심처럼 느껴지게 한다. 지금 아빠는 정말로 어딘가에 불을 지를 것만 같은 사람의 모습을 하고 있다. 나이든 여자들이 겁먹은 눈초리로 아빠를 힐끔거린다. 곧이어 사람들 사이에서 말문이 터진다. 일단 얘기를 해보는 게 먼저 아닐까. 언제 우리 말을 들어준 적이나 있었나. 강경하게 나가지 않으면 물로 본다고. 그래도 먼저 대화를. 나는 공놀이를 구경하는 아이처럼 머리를 획획 돌리며 이 사람 저 사람의 말에 귀를 기울이다가, 맞은편 구석에서 원의 얼굴을 발견한다. 원은 삐딱하게 선 채로 어른들의 이야기를 듣고 있다. 원이라면 어떻게 생각할까 궁금하지만 원은 입을 꾹 다문 채로 그저 달빛 아래 서 있을 뿐이다. 구름이 부서져내리면 원도 곤죽이 될까. 되겠지. 나는 원의 몸이 그려낸 기다란 그림자를 바라보며 생각한다.

웅성거리던 사람들은 이윽고 모였을 때처럼 스르르 흩어진다. 집에 가서 살림을 돌보고 아이를 챙기고 잠을 자야 하니까. 언제 부서질지 모르는 구름보다 당장 눈앞에 닥친 일이 먼저라는 사실에 모두가 암묵적으로 동의하고 있다. 나는 돌아서는 아빠를 따라 슬금슬금 집으로 향한다. 머리카락이 덥수룩한 꼭뒤에 대고 묻는다.

아빠, 정말 불지를 거예요?

아빠의 뒤통수는 대답이 없다. 못 들었나 싶어 아빠, 하며 가까이 다가서는데 아빠의 등에서 언제부터 어려 있었는지 모를 열기가 확 끼쳐온다. 그제야 나는 더럭 무서워진다. 그 후끈한 열기에서 순수한 악의를 느꼈기 때문이다. 아빠는 인공강우제 살포를 막기 위해 불을 지르고 싶은 것이 아니다. 그냥 어디에든 불을 지르고 싶은 거다. 무언가 불타 내려앉고 철저히 망하는 꼴을 보고 싶은 것뿐이다.

아빠.

왜 자꾸 부르냐.

진짜 불지를 거냐구요.

지르면 지르지, 그까짓 게 어렵냐.

돌아보는 아빠는 미소를 짓고 있다. 나는 그만 기가 질려 입을 다물고 만다. 차라리 분하거나 억울한 표정을 짓고 있었다면. 아니, 그렇다고 해도 무슨 말을, 그러니까 이런다고 엄마가 돌아오는 건 아니라는 말 따위는 할 수 없었겠지만. 그건 아빠도 알고 있을 것이다. 나보다 훨씬 더 잘 알고 있을 것이다. 그러므로 나는 그냥 아빠를 따라 집안으로 들어간다. 상처 투성이인 채로 웅크린 게딱지 같은 우리의 집으로. 이불이 보여 그 위에 벌러덩 누워버린다.

사람은 왜 좌절했을 때 미소 지을까. 그런다고 기분이 나아지는 것도 아니면서.

잠에 빠져들며, 나는 인공 강우제에 녹아내릴 구름을 상상한다. 모든 것이 꿈속처럼 천천히 느릿느릿 떨어져내리겠지. 이곳의 모든 사람들이, 우리들의 집과 거지같은 세간살이들이, 내가 숨겨놓은 쓰레기장의 인형들이. 그 낙하의 순간은 짜릿할까. 지면과 정면으로 맞닥뜨리는 순간의 기분은 어떨까. 그리하여 잠들기 직전에 내가 한 생각은 높은 곳에서 떨어지는 꿈을 꾸면 키가 큰다던데, 하는 것이었다.

14

엄마가 돌아오는 첫 주말, 나는 고깃집에서 숯불을 조심스럽게 나른다. 반찬을 얹은 카트를 요리조리 밀어 좁은 테이블 사이를 지나 밑반찬을 더 달라던 이에게 정확히 가져다준다. 엄마에 대해서는 전혀 생각하지 않는 사람처럼. 오늘이 아무 날도 아닌 것처럼. 사실 그렇다. 오늘은 아무 날도 아니다. 그저 앞으로 매주 반복될 날들 중 하나일 뿐이다. 나는 뒷마당에 쪼그려앉아 빨갛게 달아오른 숯불을 내려다본다. 혹시 나는 엄마가 보고 싶었던 걸까. 그럴 나이는 이미 지난 지 오래다. 나는 그냥 있어야 할 것들이 제자리에, 올바르게 있었으면 하는 거다. 그뿐이다. 그러니까 예를 들면, 마음속으로 우리집 저녁 풍경을 그렸을 때 떠오르는 모습. 할아버지는 낡은 요 위에 누워 이 빠진 입을 벌린 채 코를 골고, 그 옆에 엎드린 동생의 휴대폰 불빛이 방구석을 환히 밝힌다. 아빠는 집에서 가장 밝은 전구 아래 웅크리고 앉아 딱, 딱 소리 내며 발톱을 깎는 중이다. 엄마는 벽에 기대앉아 말을 하고 있다. 오늘 일하면서 있었던 일들에 대한 불만, 이웃 여편네들의 험담, 날씨에 관한 불평들. 딱히 누구 들으라고 하는 말은 아니다. 입은 부지런히 움직이고 있지만 눈은 그 누구도 쳐다보고 있지 않으니까. 엄마는 허공과 열정적으로 대화한다. 마치 거기에 자신의 말을 귀담아들어주는 투명인간이라도 있는 것처럼.

그래, 나는 그 소리가 없어서 불안한 것뿐이다. 아주 어릴 적부터 배경음악처럼 들으며 자란 그 투덜거림이.

일을 마치고 돌아가는 내 발걸음은 평소보다 빠르다. 끼익거리며 올라가는 발판이 오늘따라 느릿한 것 같다. 올라오자마자 나는 춘여사에게 묻는다.

엄마 왔어요?

춘여사는 고개를 끄덕이며 미소를 짓는다. 어딘지 미묘한 그 미소가 평소와 다르게 느껴진다. 이미 우리집 이야기를 들어 알고 있구나. 하지만 그렇다는 사실이 지금 이 순간 전혀 부끄럽지 않다. 나는 구름을 박차고 집으로 날듯이 달린다. 손잡이를 잡자마자 문을 열어젖힌다.

엄마는 잠들어 있다.

아빠는 어디 갔는지 보이지 않는다. 동생도 없다. 할아버지만이 늘 그랬듯 같은 자리에 누워 있고, 엄마는 그 옆에서 자는 중이다. 베개도 없이 자기 팔을 베고 옆으로 웅크린 채로. 나는 문간에 서서 엄마의 잠든 얼굴을 바라본다. 여러 가지 이야기, 하지만 막상 하려고 하면 입 밖으로 꺼내기 어려운 그런 이야기들을 오늘은 하고 싶었는데. 하지만 엄마는 너무나 곤하게 자고 있다. 이토록 조용하고 편안한 곳에 처음 와본 사람처럼, 꼭 감은 두 눈을 평생 뜨지 않을 사람처럼. 나는 소리 나지 않게 문을 닫은 뒤 엄마의 옆에 앉아 양 무릎을 끌어안는다. 엄마에게서 낯선 냄새가 난다. 그 집 비누 냄새일 것이다. 입을 다문 채 조용히 잠든 엄마는 내가 기억하는 엄마와 영 딴판이다.

하지만 엄마는 엄마다.

고른 숨을 내쉬는 엄마의 조금 야윈 듯한 얼굴이 피곤해 보인다. 전쟁터에서 잠시 휴가를 받아 집에 들른 군인 같다. 방금 생각해낸 이 비유가 나는 마음에 든다. 그 남자의 집에 전쟁처럼 힘들고 더러운 일이 가득했으면 좋겠다. 말 상대도 없는 작은 집안에서 빽빽 울어대는 아기와 함께하는 끔찍한 시간이 흘러갔으면 좋겠다.

어느 순간 고개를 약간 떨며 잠에서 깨어난 엄마가 천천히 나와 눈을 마주친다. 나는 어색하게 웃어 보인다. 그러나 엄마는 마주 웃어주지 않는다. 대신 코로 긴 한숨을 내쉬며 다시 눈을 감아버린다.

일은?

끝나고 왔지.

그래.

눈을 감은 엄마는 더이상 말이 없다. 그 모습에서 나는 많은 것을 알아차린다. 아무래도 엄마는 아빠와 다툰 것이 분명하다. 그래서 아빠는 집에 없는 것이고 그 다툼을 견디지 못한 동생도 어딘가로 나가버린 거겠지. 왜 이 사실을 이제야 눈치 챘을까. 나는 끌어안은 무릎에 턱을 비빈다.

엄마.

왜.

일은 어때?

일이 일이지.

그게 끝이야?

엄마는 대답 없이 돌아누워버린다. 더이상 말하기 싫다는 듯한 태도다. 저런 모습은 생전 본 적이 없다. 새집에 대한 이야기를 장황하게 늘어놓을 줄 알았는데. 무슨 말이든 들어주려고 했는데. 엄마의 좁은 등을 바라보며 돌아오지 않는 대답을 기다리다 나는 와락 울어버릴 것만 같은 기분이 되고 만다. 벌떡 일어나 집을 나가면서 나는 등뒤로 느낀다. 엄마가 내가 나가는 것을 기쁘게 생각하고 있다는 사실을.

씨발.

나는 입속으로 조용히 중얼거린다.

몇 걸음 걷기도 전에 집 뒤쪽 벽에 기대앉아 휴대폰을 들여다보고 있는 동생을 발견한다. 내가 온 줄 모르는 눈치다. 발로 걷어차니 동생이 억 소리를 내며 나동그라진다.

누나 벌써 왔어?

뭘 벌써야, 일 끝나고 왔는데.

엄마 뭐해?

자던데.

나는 동생 옆에 쪼그려앉는다.

야. 엄마 아빠 싸웠냐?

어엉.

왜?

몰라. 그냥 엄마 오자마자 싸우던데.

뭐 갖고 싸우던?

모른다니까. 방송 보느라 안 들었어.

아 쓸모없는 새끼 진짜. 나는 동생을 세게 밀친다. 힘없이 쓰러지는 바람에 놓친 휴대폰이 바닥에 구른다. 저놈의 휴대폰을 가져다주는 게 아니었는데. 갑자기 뒷목에 열이 확 차오르는 느낌이 든다. 나는 동생보다 빨리 휴대폰을 집어든다.

아! 안 돼, 줘!

너 이거 너무 많이 봐. 압수야.

아! 뭐하냐고! 내놔!

동생이 소리치지만 어림없다. 절대로 돌려주지 않을 거니까. 구름 밑으로 집어던져버려야지, 산산조각나 다시는 찾을 수 없도록. 그런 생각을 하며 휴대폰을 주머니에 넣으려는데 동생이 와락 달려든다. 다음 순간 팔목이 따끔하다. 나는 비명을 지르며 물러선다. 씨익씨익 거친 숨을 내쉬는 동생이 입가를 문지른다. 팔목을 들어 살펴보니 동그란 이빨 자국이 선명하게 나 있다. 문 건가 나를. 저놈이 나를 깨문 건가.

내놔! 내놓으라고!

얼굴이 시뻘게진 동생이 외친다. 물렸다는 사실보다, 한 번도 본 적 없는 그 미친 사람 같은 악다구니에 나는 좀 당황하고 만다. 뭐라 대답하기도 전에 동생이 다시 한번 달려든다. 예상치 못한 공격에 이번에는 내가 뒤로 나동그라진다. 손에서 빠져나가 멀리 떨어진 휴대폰을 동생이 전속력으로 달려가 주워든다. 잠시 비틀거리는가 싶더니 이내 줄행랑친다. 쫓아갈 기운도 없다. 동생의 뒷모습을 바라보다가, 나는 그대로 바닥에 드러누워버린다.

언제 저렇게 컸나. 제 누나를 깨물다니, 내가 저를 어떻게 키웠는데. 말 그대로 업어 키웠다. 물론 돈도 없는 집구석에서

애를 낳다니 개같고 좆같다고 염불을 실컷 외긴 했지만, 어쨌든 내가 없었으면 저 녀석은 핏덩이였을 때 진작 죽었을 것이다. 끼니마다 입에 젖병을 물리고 엉덩이를 닦아준 게 누군데 저게 나를 깨물어. 나는 물린 팔목을 다른 쪽 손으로 붙잡고 분한 숨을 내쉰다. 그러나 한참 씩씩대고 나자, 내 마음은 서서히 다른 쪽으로 기울기 시작한다. 그래, 뺏긴 걸 되찾는 데는 깨무는 게 최고지. 이빨은 그러라고 있는 거다. 밥 처먹을 때만 쓰는 게 아니다.

새까만 하늘에 드문드문 별이 보인다. 나는 눈을 감았다 뜬다. 이따 집에서 만나면 동생을 두들겨패야 할까, 아니면 잘했다고 머리를 쓰다듬어야 할까. 모르겠다. 아마 둘 다 하지 않을 것이다.

15

고깃집 뒤편에 고양이가 새끼를 낳았다.

남은 숯불의 잔열을 쬐러 모이던 무리 중 하나였는데, 다른 고양이들이 이곳을 떠나고 나서도 남아 있는다 싶더니 기어이 낳은 것이다, 세 마리의 새끼를. 나는 사장의 눈에 띄지 않는 구석진 곳에 자리를 마련해주었다. 고기가 들어 있던 스티로폼 박스를 잘라 안에다 신문지를 깔았을 뿐이지만. 제집인 줄 어떻게 알았는지 요리조리 드나드는 걸 보니 기분이 좋았다. 삐약삐약 울어대는 새끼들을 돌보느라 수척해진 어미 고양이에게 비계 붙은 고깃조각을 챙겨주곤 했는데, 어느 날 어미와 새끼 두 마리가 사라졌다. 떠난 것인지 해코지를 당한 것인지 알 수 없으나 아무튼 온데간데없이 사라졌고 가장 약하고 작은 한 놈만 스티로폼 집 안에 남아 빽빽 울고 있다는 사실을, 주방 이모가 내게 알려줬다. 주방 이모와 함께 가게 뒤편으로 가서 스티로폼 뚜껑을 들춰보니 정말로 그렇다. 검은색과 흰색이 보기 좋게 섞인, 그야말로 주먹만한 털 뭉치. 내가 무심코 손을 뻗자 이모가 만류한다.

함부로 만지지 마라. 손 탄다.

손을 타면 어떻다는 건진 모르겠지만 나는 일단 잽싸게 손을 거둔다. 이모는 혀를 쯧 차고는 자리를 뜬다. 혼자 남은 나는 어찌할 줄 몰라 털 뭉치를 들여다보다 이모의 뒤를 따른다. 일단 일을 해야 하니까. 그러나 고기를 나르면서도, 불판을 갈면서도 머릿속엔 검고 흰 털 뭉치가 아른거린다. 지금쯤 어미가 나타나서 데려갔을까. 어떻게 너를 두고 가겠냐며 야옹야옹 울고는 한입에 물어갔을까. 그러지 않았으면 좋겠다, 생각하다 뚜껑을 들춰보았는데 털 뭉치가 그대로 있어서 나는 안심한다. 캬악캬악 울며 발톱을 드러내는 털 뭉치를 이번에는 조심스럽게 만진다. 손끝에 닿은 보드라운 목덜미가 따뜻하다 못해 뜨겁다. 이 작은 것이 이렇게나 열을 내는구나. 저도 살아 있다고.

아이고, 기어이 만졌구나.

언제 나타났는지 주방 이모가 등뒤에 서 있다.

만지면 안 돼요?

사람냄새가 배면 어미가 안 데려간다니까.

냄새가 벌써 배요? 저 진짜 잠깐 만졌는데.

잠깐이고 자시고 아무튼 만지면 그렇다니까. 너 이제 큰일
났다.

왜요?

저거 굶어죽으면 네 잘못이니까.

이모가 빙글빙글 웃는다. 놀리는 거라는 생각은 들지만, 나
는 그래도 탐탁잖은 마음으로 고양이를 내려다본다. 이제 보
니 고양이의 한쪽 얼굴에 눈곱인지 침인지 모를 끈적한 액체
가 흥건하다. 그냥 두면 스스로는 절대로 살아남을 수 없을 것
만 같은 모양새다.

결국 퇴근하는 길, 발판 쪽으로 걷던 나는 돌연 발길을 돌려
고깃집으로 되돌아간다. 스티로폼 박스를 통째로 집어들어 품
에 안으니 안에서 고양이가 미약하게 꿈틀거리는 것이 느껴진
다. 뭘 어쩌겠다는 생각도 없다. 박스를 꽉 끌어안은 채 발판
을 타고 올라가면서도 혼란스럽다. 나는 이 고양이를 어쩌고
싶은 걸까. 키우고 싶은 걸까. 집안에 가둬놓고 음식과 물을
먹이면서 나만을 위해 애교 부리는 생명체로 살아가게 하기,
그러니까 땅 사람들이 하는 그런 일들을 이 고양이에게 하고
싶은 걸까. 집에 도착할 때까지도 나는 마음을 정하지 못한다.
그러다 문 앞에서 무심코 스티로폼 뚜껑을 열어본 것이 잘못

이다. 그냥 조금, 아주 조금만 열어서 살펴보려던 것뿐이었는데. 살짝 열린 틈으로 검고 흰 덩어리가 번개같이 튀어나간다. 너무나 깜짝 놀란 탓에, 그 서슬에 손등을 길게 긁힌 것은 신경쓰지도 못한다. 어어 할 새도 없이 털 뭉치가 바닥에 착 내려서더니 무작정 내달리기 시작한다.

야! 거기 서!

나는 소리치며 고양이를 따라 뛴다. 정신없이 달리던 고양이는 골목 어귀 앞 쓰레깃더미에 숨는가 싶다가도 빙글 돌아 다시 도망치기 시작하고, 막다른 길에 다다르더니 날쌔게 벽을 타고 오른다. 저렇게 작은 몸 어디에 그런 힘이 숨어 있는지, 뛰면서도 정신이 하나도 없다. 골목에 발소리를 우당탕탕 울리며 나와 고양이는 쫓고 쫓긴다. 숨이 턱까지 차오른다.

저멀리 보이던 쓰레기장이 순식간에 코앞으로 다가온다. 숨을 곳이 많은 저기에 들어가면 끝장이다, 그렇게 생각한 나는 죽을힘을 다해 속도를 높인다. 고양이 역시 지지 않는다. 깨진 아이스박스 뚜껑을 밟고 점프, 그대로 버려진 이불더미 속으로 뛰어들더니 반대편에서 쏙 튀어나온다. 야! 외치는 소리에는 물론 아랑곳 않는다. 얼룩덜룩한 이민 가방과 플라스틱 들통들 사이를 요리조리 빠져나가 앞으로, 그저 앞으로 전진하는 고양이. 나는 땀을 뻘뻘 흘리며 허공에 자꾸만 헛손질을 해댄다.

그러다가 별안간, 우리는 구름의 끝에 다다른다.

고양이는 우둘투둘한 구름 끄트머리에 선 채로 고개만 돌려 나를 바라본다. 이제 이 술래잡기를 끝낼 때가 왔다. 나는 악당처럼 낄낄 웃으며 고양이에게 한 걸음 한 걸음 다가간다. 요녀석아, 이제 못 도망가겠지. 진물로 젖은 고양이의 얼굴에는 아무 표정도 없다. 깨끗한 한쪽 눈이 내 눈을 똑바로 올려다보고 있다. 나는 천천히 거리를 좁힌다.

그때 고양이는 산뜻하게 선택한다. 뛰기로.

아름다운 포물선을 그리며, 마치 이 지점에서 저편의 지점으로 점프하듯이 사뿐하게 고양이는 뛴다. 울음소리 한번 내지 않는다. 순식간에 일어난 일이지만 내 눈에는 그 모든 과정이 슬로모션처럼 잔상을 남기며 느릿느릿 흘러간다. 허공에 호를 그린 주먹만한 검고 흰 고양이. 너무 작고 가벼워서 꼭 바람에 날아간 것 같다. 추락했다기보단 있었던 곳에서 갑자기 사라진 것처럼 보인다.

나는 멍하니 서 있다가, 내뻗고 있었던 손을 천천히 거둬들인다. 아래를 내려다볼 용기는 없다. 목덜미에 진땀이 배어난다.

다음날, 다음날의 다음날까지 나는 그 자유에 대해 생각한다.

16

원과 나는 인공 강우제가 뿌려질 미래에 대해 이야기한다.

우리집에 할아버지 있는데 어떡하냐.

야, 우리도 할머니 있어.

춘여사는 그래도 건강하잖아.

나는 집에 누워 있는 할아버지를 떠올린다. 할아버지는 아마 구름이 모두 녹아내리는 그 순간까지 아무것도 하지 않을 것이다. 그저 누운 채로 낡아빠진 이불과 함께 추락하겠지.

미리 이사할 시간은 주려나.

줘도, 어딜 가냐.

원은 담뱃불을 발로 비벼 끄고는 곧바로 두번째 담배를 꺼내 문다. 강한 바람 때문에 불이 잘 붙지 않아서, 나는 양손을 동그랗게 모아 원의 담뱃불을 가려준다.

갈 데를 마련해주겠다고 하던데.

넌 그 말을 믿냐. 땅 사람들도 집 없어서 난린데.

그럼 그냥 아무데나 풀어놔 우릴?

말하고 나서야 풀어놓는다는 표현은 동물에게나 쓰는 것임을 떠올린다. 원은 얼굴을 찡그리고 담배 연기를 뱉는다. 맵싸한 연기가 바람에 훅 쓸려간다.

그 사람들이 우릴 신경이나 쓰겠냐. 신경쓸 게 얼마나 많은데.

뭘 신경쓰는데?

돈 벌고 애 키우는 거.

우리랑 똑같네 뭐.

볼멘소리로 말하는 나를 원은 미묘한 얼굴로 쳐다본다.

그 사람들이랑 우리랑 같냐.

뭐가 다른데?

다르지. 달라도 한참 다르지. 어른들은 가장 중요한 걸 놓치고 있어.

어른들이 왜?

모르냐. 강우제 뿌리지 말라고 데모하려고 하는 거. 거기 너네 아빠도 있는데.

뭐? 우리 아빠?

야, 너네 아빠가 집집마다 돌아다니면서 어른들 설득하는 중이야. 같이 데모하자고.

　처음 듣는 소리에 나는 눈을 동그랗게 치켜뜬다. 갑자기 지난번 발판 앞에 사람들이 모여 있었던 일이 떠오른다. 한데 뭉친 사람들 사이로 물결처럼 퍼져나가던 웅성거림, 집에 돌아가는 길에 아빠의 등판에서 느꼈던 이상한 열기도.

　우리 아빠가 데모를 하자고 말하고 다닌다고?

　어어. 몰랐냐.

　몰랐는데.

　원은 뭔가를 곰곰이 생각하는 것처럼 담배 필터를 잘근잘근 씹는다. 잠시 동안의 침묵. 그러다가 불쑥 말한다.

　내 생각에 이건 데모한다고 해결될 일이 아냐.

　그럼?

　땅 사람들이 이 구름 때문에 손해보는 게 얼만지 아냐. 이 근방 땅값이 엄청 떨어졌다고. 조금만 나가면 지하철역도 있고 대학교도 있잖아. 여기 충분히 비쌀 만한 곳이야. 구름만 없으면.

　야, 우리가 무슨 세균이냐.

　땅 사람들이 보기엔 세균이나 다름없지. 얼마나 눈엣가시겠어. 살균제든 인공 강우제든 뿌려서 없애고 싶은 게 당연해.

　나는 황당해져서 원의 얼굴을 바라본다. 얘가 지금 무슨 소릴 하고 있는 거야. 하지만 원은 진지해 보인다. 아니, 진지하

다기보단 차라리 평온한 듯도 하다. 원의 목소리에는 비아냥
거림도 패배감도 분노도 없다. 그저 정직한 사실만이 있을 뿐
이다.

그럼 우린 어디로 가. 다 없애면 우리는.

그게 그 사람들 알 바겠냐.

원이 나른하게 대꾸한다. 그 순간, 나는 내가 황당한 게 아
니라 화가 나 있다는 것을 깨닫는다. 아까부터 원은 자꾸만 땅
사람의 입장에서 말하고 있다. 마치 자기가 땅 사람이라도 되
는 것처럼.

언젠가 인공 강우제는 뿌려지게 돼 있어. 데모를 할 게 아니
라 살길을 찾아야……

아 좀 닥쳐.

뭐라고?

닥치라고.

나는 벌떡 일어선다. 서슬에 놀란 원이 새로 꺼낸 담배를 떨
어뜨린다. 원이 그것을 미처 줍기도 전에 나는 돌아서서 성큼
성큼 자리를 뜬다. 뒤에서 부르는 소리에도 돌아보지 않는다.
멍청이. 바보. 비겁한 녀석. 대체 자기를 뭐라고 생각하는 거
야. 구름에서 나고 자란 주제에. 인공 강우제가 뿌려지면 꼼짝
없이 집이고 뭐고 다 잃을 처지면서. 그렇게 말하면 땅 사람이
될 수 있는 줄 아나보지. 멍청한 놈, 밸도 없는 놈. 나는 속으

로 마구 욕을 내뱉는다.

집으로 돌아와 문을 쾅 닫은 뒤 자리에 벌러덩 누워버린다. 뭔가 더러운 것을 제대로 씹은 것처럼 입속부터 시작된 불쾌감이 온몸으로 퍼지는 것 같다. 단지 원이 비겁해서만은 아니다. 그 비겁이 정말 쓸모없고 무용해서다. 그저 강자의 편에 서는 것만으로 강자의 입장을 쉽게 탈취하려는 비겁자. 그런다고 뭘 얻을 수 있는 것도 아니면서. 아무것도 바꾸지 못할 거면서. 그 사실을 원처럼 똑똑한 녀석이 모를 리 없다. 그런데도. 그런데도. 나는 몸을 웅크리고 끙 소리를 낸다.

게다가 데모는 또 무슨 소리일까. 아빠가 데모를 한다니. 물론 나는 데모에 대해 구체적으로는 알지 못한다. 화가 난 사람들이 모여 무언가를 강력하게 주장하는 모임, 정도가 내가 아는 전부다. 예전에 출근길에 데모 행렬을 마주친 적이 한 번 있다. 머리에 무어라 쓰인 빨간 띠를 두른 사람들이 팻말을 안고 줄지어 걸어가는 모습을. 팻말의 글귀를 자세히 읽어보진 않았지만 그걸 든 남자의 얼굴만은 똑똑히 기억한다. 손아귀에 넣고 구긴 비닐봉지 같은 얼굴, 피곤함 외에는 아무런 감정이 느껴지지 않는 표정. 자신이 왜 이런 걸 들고 이 길을 걸어가야 하는지 모르는 것처럼 보였다. 나는 그 남자의 얼굴에 아빠의 얼굴을 붙여본다. 내가 그걸 보는 땅 사람이라면 어떨까. 그런 사람의 요구를 들어주고 싶어질까. 상상을 하다 나는 더러운 베개에 얼굴을 파묻는다. 방금 한 생각은 너무 비겁했다는 걸 깨달아서다. 이래선 원이랑 다를 게 뭐람.

하지만 비겁한 것이 나쁜가.

나쁜 쪽을 꼽자면 이쪽이 아니다. 비겁한 쪽보다는 비겁하게 만드는 쪽이 더 나쁘다. 조용히 살아가는 이들의 목숨을 위협하고 집을 뺏으려는 사람들이 나쁘다. 그 당연한 사실이 왜 당연하게 느껴지지 않는 걸까. 왜 문제는 우리 쪽에 있는 것처럼 느껴질까.

옆에서 할아버지가 기나긴 기침 소리를 흘리며 돌아눕는다. 나는 할아버지의 잠든 얼굴을 바라본다. 기운이라곤 하나도 없어 보이는 쭈글쭈글한 얼굴. 저것은 나쁜가, 나쁘지 않은가. 나는 영원히 이 질문에 답하지 못할 것이다. 그렇게 확신한 순간, 공포가 느릿느릿 내 마음을 사로잡는다.

나는 어둠 속에서 눈을 깜박인다.

17

아빠와 함께 할아버지를 병원에 데려가는 날이다. 발판 앞
에서 나는 할아버지를 아빠의 몸에 묶는 것을 돕는다. 두꺼운
천으로 된 넓은 끈을 두 사람의 허리에 두르고 매듭을 세게 조
인다. 영차, 시험삼아 움직여보는 아빠를 따라 할아버지가 가
죽 자루처럼 힘없이 딸려간다. 내가 먼저 구름을 내려가면, 빈
발판이 다시 아빠와 할아버지를 태우고 내려온다. 땅에 발을
딛자마자 할아버지는 발작하듯 개기침소리를 낸다. 나와 아빠
는 자리에 선 채로 기다려준다. 할아버지가 가래를 뱉어낼 때
까지. 이윽고 퍽 소리와 함께 바닥에 떨어진 가래 덩어리는 새
까맣다. 아빠가 발로 그것을 짓뭉개서 없애버린다.

  택시비를 지불하기가 무섭게 택시 기사는 불쾌한 표정으로

떠난다. 운전하는 내내 뒷좌석에서 기침을 하는 할아버지를 룸미러로 노려보고 있었던 그가 그럼에도 우리에게 끝내 아무 말도 하지 않은 건, 아마도 동정심이나 두려움 때문이었을 것이다. 불쌍한 사람과 무서운 사람 중 어느 쪽이 되고 싶은지는 자명하다. 그래서 우리는 택시에 탄 이래로 줄곧 미간에 주름을 잡은 채 한마디라도 꺼낸다면 죽여버리겠다는 표정을 짓고 있었다.

병원은 깨끗하고 따뜻하다. 환하게 불이 켜진 로비를 잘 차려입은 사람들이 분주하게 오가고 있다. 이들이 모두 아프거나 아픈 사람들의 보호자라는 사실이 믿어지지 않을 정도다. 휠체어에 앉아 링거 줄을 끌고 다니는 이 사람도, 환자복 차림으로 누군가와 통화를 하고 있는 저 사람도 우리에 비하면 아주 멀끔해 보이니까. 대기하는 동안 나는 접수 번호표를 손에 꼭 쥔 채 괜히 병원 이곳저곳을 돌아다닌다. 로비 한쪽의 작은 카페, 빵과 케이크가 들어 있는 예쁜 쇼케이스 앞에 앉아 커피를 마시는 사람들의 표정은 평온하다. 나는 옆으로 지나가며 괜히 그들을 힐끔거린다. 이런 것이 왜 병원에 있는 걸까. 병이라는 것은 이렇게 예쁘고 깔끔하지 않은데. 모두가 불행했으면 좋겠다, 생각하는 순간 카페에 앉은 사람들이 크게 웃는다. 꼭 일부러 그러는 것처럼.

우리의 번호는 아주 늦게 불린다.

할아버지를 둥근 의자에 앉힐 때마다 나는 갈색 인조가죽이 씌워진 그 회전의자가 초코파이 같다는, 매번 하는 생각을 다시 한다. 의사가 할아버지 가슴에 청진기를 대고 숨소리를 듣는다. 굳이 그렇게 하지 않아도 쌔액쌔액 하는 소리가 들리는데 뭐하러 청진기까지 쓰는지는 모르겠지만. 청진기를 귀에서 뺀 의사는 항상 똑같은 말을 한다. 여전히 안 좋으시네요. 약은 잘 드시죠? 예, 예, 그럼요, 하는 모기만한 대답. 단지 묻는 말에 답을 하는 것뿐인데 할아버지는 왜 이렇게 비굴할 정도로 허리를 숙이는 걸까. 나는 몸을 곧게 편다. 척추에 가느다란 철골을 박았다고 상상하면서. 절대로 이것을 구부러뜨리지 않을 것이다. 적어도 이 작은 방 안에서는.

어이없을 만큼 짧은 진료가 끝난다.

진료실을 나가는 우리의 등에 대고 의사가 덧붙인다. 몸을 따뜻하게 하세요. 따뜻한 물 많이 드시고.

우리 중 누구도 그게 무슨 소용이냐고 되묻지 않는다. 진료비를 수납하고 약을 받은 뒤엔 다시 택시를 탄다. 아빠와 나는 지칠 대로 지쳐 있다. 주말 내내 고깃집에서 뛰어다니며 홀에 가득찬 손님들을 상대했을 때도, 시멘트 포대를 네다섯 개씩 지고 하루 온종일 계단을 오르내렸을 때도 이보다 힘들진 않았다고 택시 좌석에 말없이 찌그러진 채로 각자 생각한다. 도대체 이 일이 왜 이렇게 지치는 걸까. 나는 답을 알고 있다. 무의미하기 때문이다. 할아버지의 삶을 연장하는 이 행위에는 아무런 의미가 없다. 마찬가지로, 할아버지가 지금 당장 죽는다고 해도 달라지는 것은 없을 것이다.

택시는 조용히 달린다. 어느새 창밖으로 날이 저물고 있다. 무의미한 하루가 끝나간다. 가끔 도저히 참을 수 없다는 듯 터져나오는, 끝날 듯 끝나지 않는 할아버지의 기침 소리. 나는 숨을 참는다.

18

시장이 구름을 방문한다고 한다.

어떻게 전해진 사실인지는 알 수 없으나 모두가 그렇게 알고 있다. 시장이 온다, 이 구름 위에. 그 명료한 사실에 우리는 바짝 긴장한다. 웅성거리던 사람들은 결국 약속된 날짜를 하루 앞두고 어두운 밤 공터에 모인다.

와서 그럴듯한 사진을 찍으려는 거지.

보여주기식이야. 우릴 제 선전에 이용하려는 게 틀림없어.

정치인 놈들이 다 그렇지.

아니, 땅 사람들 전부가 그래.

나는 아빠 옆에 웅크리고 앉아 그 목소리들에 귀를 기울인다. 돌아보지 않고도 누군지 분간할 수 있다. 그 소리들은 하나같이 낮고 분노에 차 있다. 아마 원도 분명 이곳에 있을 테지만 나는 일부러 원을 찾지 않는다.

누가 대표로 나서야 해. 우리의 목소리를 내야 한다고.

뒷집 아저씨가 그렇게 말하자 곧 모두 조용해진다. 입을 다문 사람들은 어둠 속에서 눈만 굴리고 있다. 갑자기 침묵이라는 두꺼운 이불이 모두의 위로 덮어씌워졌고, 그 이불을 찢는 것은 매우 불경스러운 중죄가 될 것만 같다. 누가 그 죄를 지을 것인가.

다들 괜찮다면, 내가 하지.

나는 고개를 홱 돌려 벌떡 일어선 아빠의 얼굴을 올려다본다. 그 순간 일이 이렇게 될 것을 내가 알고 있었다는 사실을 깨닫는다. 저녁을 먹은 뒤 아빠를 따라 어슬렁어슬렁 공터로 걸어올 때부터. 아니 그전에 시장이 온다는 이야기를 들었을 때부터. 아니 어쩌면 그보다 더 전에…… 올려다본 아빠의 턱은 단단하고 입은 꾹 다물려 있다. 나는 눈을 내리깐다. 어쩐지 더이상 쳐다볼 수가 없다.

형님이라면 믿을 수 있지.

불쑥 말한 것은 다시 뒷집 아저씨다. 그것을 시작으로 사람들이 저마다 한마디씩 찬성의 말을 보탠다. 이윽고 정말 끔찍한 일이 일어난다. 누군가 박수를 치기 시작한 것이다. 맥없이 시작된 박수 소리는 이내 주변으로 빠르게 번지며 커져간다.

짝짝짝짝. 짝짝짝짝. 사람이 손으로 만들어낼 수 있는 가장 끔찍한 소리. 그 한가운데에 아빠는 서 있다. 여전히 힘주어 입을 다문 채, 어디에도 시선을 주지 않고서. 나는 더이상 참을 수 없어 양손으로 귀를 꽉 틀어막고 무릎 사이에 머리를 박는다. 그래도 박수 소리는 계속 들린다. 새까맣게 탄 목덜미처럼, 끊임없이 벗겨지는 양손의 허물처럼 평생 영원할 기세로.

나는 고개를 들지 않고도 원이 일어나서 자리를 뜨는 것을 알아차린다.

다음날, 아침 일찍 일어나 혼자 구름을 내려갔다 돌아온 아빠는 딴사람이 되어 있다. 몸에서는 비누 냄새가 나고 덥수룩하게 길었던 머리도 오랜만에 짧게 깎았다. 나는 잠자코 아빠에게 깨끗한 옷을 꺼내준다. 아빠가 머쓱하게 웃으며 묻는다.

아빠 괜찮아 보이냐.

어어.

우리는 아침도 점심도 먹지 않고 기다린다. 시장이 오기로 한 두시쯤이 되자 발판 앞에 사람들이 모여든다. 햇빛이 사람들의 정수리를 찔러댄다. 춘여사는 눈을 동그랗게 뜨고 발판의 기둥만을 바라본다. 그렇게 오랜 시간이 흐른다. 모두가 볼 수 있는 자리에 놓여 있는 춘여사의 휴대폰은, 왜 울리지 않는가. 누군가가 두시 삼십분이 되었다고 소곤거린다. 이런 씨발.

나는 조용히 중얼거린다. 세시. 이미 집으로 돌아간 사람들이 있다. 새 옷을 꺼내 입은 아빠의 가슴팍이 땀으로 다 젖었다.

아빠한테 돌아가자고 말할까.

그런 생각을 하는 찰나, 춘여사의 휴대폰이 울린다. 사람들은 엉덩이를 찔린 토끼들처럼 화들짝 놀란다. 모두의 얼굴을 한 번씩 둘러본 뒤 춘여사가 전화를 받더니, 발판을 내려보내는 스위치를 누른다.

모두가 발판이 올라오는 것을 숨죽여 바라본다.

마침내 나타난 것은 양복을 입은, 얼굴이 새파랗게 질린 젊은 남자다. 멀끔해 보이긴 하지만 누가 봐도 시장은 아닌 것 같다. 그는 숨을 헐떡거리며 발판에서 넘어질 듯 뛰어내린다. 사람들이 자신을 빤히 쳐다보고 있다는 사실도 모르는 것 같다. 자리에 그대로 웅크린 남자가 이내 웩웩거리며 속을 잔뜩 게워내기 시작한다.

왜 저러는 거야?

군중 속에서 누군가 걱정스럽게 말하지만, 아무도 다가갈 생각은 않는다. 남자는 고개를 숙이고 자신의 토사물을 한참 내려다보더니 이윽고 비틀거리며 일어난다. 주머니에서 휴대폰을 꺼내 전화를 걸고는 큰 소리로 말한다.

올라오지 마세요. 이거 탈 게 못 됩니다. 너무 위험해요. 바람 불면 미친듯이 흔들려요. 절대, 절대 오지 마세요. 떨어지면 죽어요.

남자의 경악하는 표정과 말투를 보고 우리는 서서히 알아차린다. 무슨 일이 일어나고 있는 건지를. 남자는 전화를 끊고 그제야 모여든 사람들을 둘러본다. 그리고 묻는다.

저어, 이거 외에는 내려갈 다른 방법이 없습니까?

아무도 대답하지 않는다. 적의로 가득찬 시선을 견디지 못한 남자는 입술을 깨물며 자기가 타고 올라온 발판을 돌아본다. 춘여사가 묻는다.

뭐, 내려줘요?

잠시 뒤 발판이 움직이는 소리와 함께, 남자가 내려가면서 지르는 비명이 아득히 멀어진다.

이게 끝인가? 사람들은 서로의 눈을 바라보며 눈빛으로 묻는다. 하지만 이미 모두가 알고 있다. 시장이 저 발판을 타고 올라오는 일은 없을 것임을. 발판 앞에는 남자가 남긴 토사물만 덩그러니 남아 있다. 빨갛다. 점심으로 뭘 먹었길래. 나는 우리가 점심은커녕 아침도 먹지 않았다는 사실을 기억해낸다.

가장 먼저 돌아선 사람은 아빠다. 아빠는 이렇게 될 줄 알고 있었던 것처럼 아무렇지 않은 얼굴로 성큼성큼 집을 향해 걸어간다. 나는 잰걸음으로 아빠를 따라간다.

아빠.

아빠.

아빠.

왜.

대답이 돌아오고 나서야 그러게, 왜 불렀지, 하는 생각이 든
다. 나는 궁금하지 않은 것을 묻는다.

그 사람들, 다신 안 올까요?

안 오겠지.

그럼 어떻게 되는 건데요?

뭐가 어떻게 돼.

이대로 인공 강우제 뿌려버리면 어떡해요?

아빠는 나를 빤히 바라본다. 정말 모르겠느냐는 듯이.

밥이나 먹자.

집에 도착한 아빠가 땀에 젖은 윗옷을 벗어던지며 말한다.

19

고깃집에 한창 사람이 붐비는 저녁 시간, 나는 쟁반으로 밑
반찬을 나르다 말고 제자리에 굳어진다. 엄마를 본 것만 같다.
아니, 길에 면한 가게의 유리창 너머로 분명히 보았다. 뒤집어
진 '이베리코 숙성 돼지고기'라는 글자 위로 엄마의 머리가 지
나가는 것을. 나는 밑반찬 접시들을 테이블에 빠르게 내려놓
은 뒤, 빈 쟁반을 그대로 들고 거리로 뛰어나간다. 엄마는 벌
써 저멀리 멀어져가고 있다. 종종걸음 치며 엄마! 하고 부르
니 멈춰 선 엄마가 돌아본다. 아기를 안고서.

엄마의 당혹스런 얼굴을 보자마자 나는 깨닫는다. 엄마는
나를 마주치길 원하지 않았으며, 그럼에도 내가 일하는 고깃
집 앞을 지나간 것은 단지 내가 여기서 일한다는 사실을 잊어

버렸기 때문이라는 걸. 아주 잠시 동안, 나는 마치 모르는 아줌마를 쳐다보는 듯한 심정이 되어 엄마를 본다. 엄마의 양쪽 어깨에 누비를 한 두꺼운 아기띠가 둘러져 있다. 그 안에 단단히 감싸인 아기의 옆얼굴이 보인다. 뽀얗고 포동포동하고 머리카락이 보송한 건강한 아기. 그에 비해 엄마의 얼굴은 늙고 잔뜩 지쳐 있다. 누군가 보면 손주를 돌보느라 피곤한 할머니쯤으로 생각할 것이다.

……갑자기.

엄마가 중얼거린다.

갑자기 아기 분유가 똑…… 떨어져서.

울 것처럼 칭얼대며 꼼지락거리던 아기는 엄마가 손바닥으로 엉덩이를 토닥거리자 금세 잠잠해진다. 착한 아기구나. 단지 쳐다만 봤을 뿐인데 엄마는 상체를 약간 돌려 내 시야에서 보이지 않도록 아기를 감춘다.

쟁반을 쥔 채 고깃집으로 돌아와서, 나는 엄마가 왜 거짓말을 했을까 생각한다. 분유라는 물건을 어디서 파는지는 모르겠지만 일단 이 근처는 온통 유흥가다. 큰 마트나 슈퍼 따위는 없는 것이다. 엄마는 아기를 안고 어디로 가고 있었던 걸까. 뻔히 들킬 거짓말을 지어내면서까지 숨겨야 할 일이 뭐였을까. 묻고 싶지만, 동시에 묻고 싶지 않다.

그때 누군가 내 옷자락을 확 잡아당긴다. 깜짝 놀라 돌아보니 잔뜩 화가 난 젊은 남자가 나를 노려보고 있다.

저기요. 몇 번을 불렀는데 왜 못 들은 척하세요?

제가요?

그럼 여기 또 누구 있어요?

나는 당황해서 입술을 깨문다. 가게의 모든 손님들이 나를 쳐다보고 있다. 남자와 같은 테이블에 앉은 여자가 날카롭게 뜬 눈을 흘기며 말한다.

여기서 아까부터 계속 불렀는데 쳐다도 안 보셨잖아요. 사람 말이 말 같지 않아요?

그게, 그게 아니라.

아니, 진짜 다섯 번을 넘게 불렀는데 바로 코앞에서 왜 씹냐고요. 손님이 손님 같지 않아요?

남자의 입에서 술냄새가 훅훅 풍긴다. 여자의 얼굴도 이미 불콰하다. 나는 카운터 쪽을 흘긋 본다. 이럴 때 사장이 있으면 나중에 한소리를 듣더라도 일단은 해결할 수 있을지도 모른다. 그러나 운 나쁘게도 사장은 자리에 없다.

죄송합니다. 제가…… 잠깐 딴생각을 해서.

일하는데 왜 딴생각을 해요? 네? 일하기 싫으면 때려치우든가 해야지.

죄송합니다.

기분좋게 고기 먹으러 와서 다 잡쳤잖아요 씨발.

씨발? 나는 귀를 의심한다. 지금 이 사람이 나한테 욕을 한 건가. 문득 머릿속에 새하얀 점이 하나 생긴다. 아주 작았던 그 점은 빠르게 넓어지며 금세 시야를 가득 채운다. 이것은 비유가 아니다. 나는 눈을 힘껏 감았다가 뜬다. 아직도 하얗다. 모든 것이.

지금 욕하셨어요?

뭐요?

지금 저한테 욕하셨냐고요.

그제야 상황이 심각하다는 것을 감지한 주방 이모들이 빠르게 다가온다. 하지만 아랑곳없다. 이상한 고양감이 이미 내 몸을 감싸고 있다. 지금 이 순간 누구와 어떻게 싸워도 이길 수 있을 것만 같다.

뭐야? 이년이 미쳤나? 야, 너 죽고 싶어?

남자와 여자가 벌떡 일어선다. 일어선 두 사람의 키가 생각보다 작다. 그 사실이 왠지 용기를 준다. 좆만한 것들이. 나는 나에게 욕을 한 남자의 얼굴을 똑바로 내려다본다. 양쪽 관자놀이에서 심장이 두근두근 뛴다.

다시 해봐. 다시 욕해보라고.

말하면서 한 발짝 앞으로 다가서자 기세에 놀란 남자가 저도 모르게 몸을 약간 움츠린다. 그 동작을 보는 순간 황홀경에 가까운 쾌감이 머릿속에 쫙 퍼진다. 이겼다.

어? 다시 씨불여보라고. 왜 말을 못해? 쫄았어? 쫄았네?

아무렇게나 주워섬기고 있는데 불쑥 가게 문이 열리고 사장이 들어온다. 마침 딱 적당한 타이밍이다. 사태를 파악한 사장이 허둥지둥 달려오는 것을 보며 나는 운좋은 줄 알아, 하는 표정을 띄우고 남자를 갈아 본다. 무슨 일이야? 왜 이래? 사장이 외치며 다급히 나와 남자 사이에 끼어들려는 찰나에 나는 쌩하니 몸을 돌려 가게를 나가버린다.

더할 나위 없이 기분이 좋다.

숯불 화로 옆에 쪼그려앉아 있으니 낄낄 웃음이 나온다. 머릿속에서 남자가 몸을 움츠리던 장면을 계속 재생해본다. 나는 오늘 싸웠고 보기 좋게 이겼다. 상대는 어른, 게다가 둘이었고 나는 어린 여자애인데. 나는 하고 싶은 말을 전부 또박또박 했고 상대방은 꼼짝도 하지 못했다. 가게에 가득찬 손님들 앞에서.

나는 몸을 웅크린 채로 계속 웃는다. 키가 한 뼘은 자란 것 같은 느낌, 혼자서 모든 것을 해낼 수 있을 것만 같은 기분이다. 그래, 혼자서 못할 건 없다. 앞으로도 이렇게만 하면 되는 거다. 나는 스스로를 칭찬한다. 아주 오랫동안. 엄마의 거짓말 따위는 이제 상관없다. 마음껏 거짓말하라지.

20

한밤중에 잠에서 깨자마자 나는 뭔가 잘못됐음을 감지한다.

마치 거미가 제 거미줄에 생기는 일들을 보지 않고도 그냥 알아차릴 수 있는 것처럼, 내 피부에 돋은 땀구멍 하나하나로 나는 이 불길함을 감각해낸다. 무엇일까. 오늘은 또 어떤 불행이 나를 노리고 있을까. 그러나 나는 몸을 일으키는 대신 돌아눕는다. 아직 불운을 대면할 마음의 준비가 되지 않았다고 생각하면서.

그러다가 나는 별안간 벼락이라도 맞은 사람처럼 벌떡 일어난다.

할아버지의 가르랑거리는 가래 끓는 소리가 들리지 않는다.

아아. 내 입에서 저절로 신음소리가 흘러나온다. 집에는 아무도 없다. 맞은편 벽을 향해 등을 보이고 엎드려 있는 할아버지를 제외하고는. 사방이 무섭도록 조용하다. 할아버지의 저 등, 저곳으로 모든 소리가 빨려들어가 꾹꾹 뭉치는 중인 것만 같다. 도망쳐. 머릿속에서 누군가 말한다. 나는 그 말을 입 밖으로 내보낸다. 도망쳐. 확인하지 마. 너일 필요는 없어. 이 끔찍함을 최초로 맞닥뜨리는 사람은.

그래, 나일 필요는 없다. 나는 부들부들 떨리는 손으로 마찬가지로 떨리는 다른 쪽 손을 붙잡으며 생각한다. 이대로 집을 나가자. 아무 일도 없었던 것처럼. 평소보다 조금 일찍 출근했고 그때만 해도 할아버지는 잠들어 있었다고 말하자. 아빠, 아니 동생이어도 좋으니 누군가 다른 사람이 발견하도록 하자.

하지만 나도 모르게 소리 내어 할아버지를 부른다.

할아버지.

할아버지.

대답은 없다. 엎드린 할아버지는 미동도 하지 않는다. 그저 엎드려 있을 뿐이다. 평생 그렇게 놓여 있었던 정물처럼. 할아버지는 원래 귀가 어둡고 잠귀는 더 어둡다. 할아버지를 깨우기 위해서는 어깨를 잡아 힘껏 흔드는 방법밖에 없다는 걸 알고 있다. 하지만 지금은 다르다. 할아버지를 만지라니. 엎드린 저 등에 손을 대라니. 그게 가능하기나 한 일인가. 할 수 없다. 절대로 할 수 없다. 나는 온몸을 덜덜 떨며 주변을 미친듯이 둘러본다. 뭐가 없을까. 뭐라도 좋다. 닥치는 대로 바닥을 짚는 손에 마침 뭔가 잡힌다. 할아버지와 아빠가 같이 쓰는 플라스틱 효자손이다. 나는 효자손을 쥐고 무릎걸음으로 다가가 앉는다. 효자손 끝으로 할아버지의 등 어딘가를 찌르려고 했는데, 그만 손이 빗나가 어깻죽지를 세게 건드리고 만다.

아아.

아아아.

아으아아으아.

이 소리는 내 입에서 나오는 소리다. 나는 안다. 이 방안에 소리를 낼 수 있는 생물은 지금 나 말곤 없다는 것을. 방금의 짧은 접촉으로 깨달았다. 딱딱하고 둔탁한 느낌이 효자손 끝으로 전해진다. 원래 할아버지의 어깨가 어땠는지는 이 순간 중요하지 않다. 산 자의 직감으로 나는 즉시 알아차린다. 이것은 죽었다는 것을.

문득, 숨을 참는다.

언제부터였을까. 할아버지는 언제부터 죽어 있었던 걸까. 알 수도 없고 알고 싶지도 않은 사실이지만 어쩔 수 없이 생각한다. 그건 내가 잠들어 있었던 동안 일어난 일이다. 내가 깊게 잠든 채 무방비하게 들숨 날숨을 마음껏 내쉬는 동안에 같은 방안에서. 죽음이 병균처럼, 곰팡이처럼 가득차 휘돌고 있는 줄도 모르고. 나는 죽음을 실컷 들이마셨다. 폐부에 깊이 박힌 죽음은 이미 검푸른 손가락을 뻗기 시작했을 것이다.

다음 순간 나는 문을 박차고 집밖으로 달려나간다. 뱃속을 바람으로 씻어내려는 사람처럼 입을 딱 벌린 채, 목구멍 깊은 곳에서부터 치미는 비명을 내지르면서. 최대한 이곳에서 멀어져야 한다는 생각밖에 들지 않는다.

하지만 대체 어떻게 죽음으로부터 도망친단 말인가?

그때 누군가 내 이름을 부른다.

하늘아, 왜 그러니?

나는 숨을 헐떡이며 소리가 난 방향을 바라본다. 춘여사가 걱정스런 얼굴을 하고 나를 보고 있다. 어느새 발판까지 달려왔구나. 나는 이마를 타고 얼굴로 쭈르르 흐르는 땀을 소매로 훔친다. 뭐라고 말을 하려는데 말이 나오지 않는다.

……할아버지, 돌아가셨니?

춘여사가 묻는다. 나는 고개를 작게 여러 번 끄덕인다. 춘여사가 혀를 쯧, 차고는 항상 앉는 의자에서 내려와 절름거리며 내게로 걸어온다. 그러고는 손을 뻗어 내 등을 쓸어준다.

괜찮다. 괜찮아. 진정해라.

손이 닿자 흠칫 놀랐지만, 춘여사는 아랑곳없이 땀에 젖은 내 등을 계속 쓸어내린다. 천천히, 나는 진정한다. 바짝 말라버린 목구멍이 서서히 습기를 되찾는다. 하지만 심장은 여전히 쿵쿵 미친듯이 뛰고 있다. 춘여사가 휴대폰을 꺼내 어딘가로 전화를 거는 모습을 나는 맥없이 지켜본다. 아주 오랫동안 이어진 연결음 끝에 수화기 너머로 아빠의 목소리 같은 것이 들린다. 춘여사는 낮은 목소리로 할아버지의 죽음을 알린 뒤 덧붙인다.

빨리 돌아와야 해. 딸아기가 혼자 있어.

이 와중에도 나는 아기라고 불린 것을 귀담아듣는다. 그래, 죽음을 목도하기에 나는 너무 어리다. 그것을 누군가의 입으로 확인받고 나자 그제야 끔찍한 일을 당했다는 것이 실감나는 것 같다. 아직 손아귀에는 플라스틱 효자손의 감촉이 남아 있는데.

어떻게 돌아가셨니?

전화를 끊은 춘여사가 묻는다. 순식간에 어린아이가 된 내가 우물쭈물 대답한다.

모르겠어요…… 자고 일어났는데 그렇게 돼 있었어요.

주무시다 가셨니?

……아마도요.

응, 좋은 일이다.

짤막하게 덧붙인 춘여사가 잠시 동안 내 얼굴을 바라본다. 정말 그렇지 않느냐는 듯이. 나는 뭐라고 대답해야 할지 몰라 그의 눈을 피한다. 할아버지의 죽음에 대해서 생각해보지 않은 건 아니다. 언젠간 일어날 일인 걸 알고 있었고 사실은 빨

리 일어났으면 하고 바란 적도 많다. 하지만 겪어보니 좋은 일
이라고 부르기에 아직 죽음은 내게 너무 크고 무겁다. 나는 천
천히 깨닫는다. 죽음은 나보다 춘여사에게 더욱 가까이 있으
며 그러므로 나보다는 그가 죽음을 더 명료히 해석할 수 있다
는 것을, 그리고 나도 먼 훗날 언젠가는 이 명료함을 가지게
될 것이라는 사실도.

아버지 올 때까지 여기 있어라. 오시면 같이 돌아가.

춘여사가 절름거리며 의자로 돌아가 앉는다. 땅 사람들이
편의점에서 쓰는 등받이 달린 플라스틱 의자다. 깨진 다리 한
쪽을 누런 테이프로 둘둘 감아놓은 그 의자 옆에 나는 옹색하
게 쪼그려앉는다. 여기 있고 싶지는 않지만, 그렇다고 집으로
돌아갈 마음은 추호도 없다. 아니, 평생 다시는 그곳으로 가고
싶지 않다. 더구나 거기서 밥을 먹고 잠을 자야 한다니. 싫다.
그럴 수 없다. 그곳은 이미 죽음이 점령했다. 그곳에 내 것이
라고는 하나도 남지 않았다. 춘여사가 가만히 중얼거린다.

나도 가끔 그런 생각을 하곤 해.

무슨 생각이요?

무슨 생각이겠니.

우리는 잠시 아무 말도 없이 각자 바닥만 본다. 거기에 씌어
있는 징조를 읽으려는 예언자들처럼. 나는 춘여사가 입을 다
물어줬으면 좋겠다고 생각한다. 죽음에 대해서는 아무것도 듣

고 싶지 않다. 나는 부는 바람이 내 머리카락을 제멋대로 헤집 도록 내버려둔다.

그래도 하나 좋은 점이 있는데, 뭔지 아니?

나는 고개를 젓는다.

여긴 땅보다 높잖아. 땅 사람들보다 더 빨리 천국에 도착할 수 있어.

말을 마치고 춘여사는 바람 빠지는 소리를 내며 웃는다. 나 는 웃지 않는다. 웃을 기력도 없고 웃기지도 않으니까. 만약 기운이 남아 있었다면 이렇게 되물었을 것이다. 여기보다 더 높은 곳으로 간다구요? 죽어서까지요? 정말 그런 걸…… 원 하세요? 하지만 지금 내가 할 수 있는 건 그저 입을 일자로 다 물고 움츠리고 있는 것뿐이다. 온몸에 힘이 쭉 빠지는 것만 같 다. 아빠는 언제 올까. 아빠가 오면 무슨 일이 일어날까. 나는 뭘 해야 할까. 아무것도 알 수 없다. 하긴 내가 알 수 있는 것 은 원체 별로 없었는지도 모른다. 이 순간에도 집에선 할아버 지의 시체가 굳어가고 있다. 그 사실을 곱씹으며 나는 무릎 사 이에 머리를 파묻는다. 바람이 갈퀴처럼 목덜미를 긁고 지나 간다.

2부 ··· 하늘

21

나는 그네에 앉아 있다. 어렸을 때 그네를 타고 논 기억이 많진 않지만, 이 그네는 아주 좋아 보인다고 생각하면서. 앉는 부분은 빨간 플라스틱으로 되어 있고 그네 줄은 고무로 꼼꼼히 감싸여 있다. 게다가 좋은 것은 그네뿐만이 아니다. 알록달록 색칠된 미끄럼틀과 구름사다리에 이어, 이곳을 빙 둘러 감싸고 있는 나무들까지도 하나같이 아름답게 전정이 되어 있다. 나는 우레탄 바닥을 툭툭 걷어찬다. 여기 사는 아이들은 이런 곳에서 노는구나. 그러나 놀이터에서 놀 나이는 진작에 지났다. 이것들은 이제 내게 아무것도 아니다. 그네 줄을 양손으로 잡고 발을 한 번 구르자 몸이 가볍게 솟구친다. 모든 것이 조금 작아졌다가 순식간에 다시 쑤욱 커진다.

나는 엄마를 찾는 중이다.

엄마와 연락이 끊긴 지 일주일이 지난 참이다. 정확히는 할아버지가 죽었다는 사실을 알리려 전화를 건 그날부터. 계속 연결이 안 되기에 아기를 재우고 있나보다 싶어 문자를 남겼는데 답장이 없었다. 저녁에 다시 한번 전화했을 때도, 그다음 날 아침에도 그랬다. 무슨 일이 있는 걸까? 동생이 걱정스럽게 말했을 때 나와 아빠는 아무 대꾸도 하지 않았다. 서로의 눈을 쳐다보거나 걱정스런 말을 주고받지도 않았다. 우리 둘 다 이 상황을 정확하게 이해하고 있다는 걸 아니까. 더 생각할 것도 없다. 일어난 것이다. 언젠가 일어날 거라고 생각했던 그 일이.

그러나 예상했다면, 멍청하게 두 손 놓고 앉아 부루퉁한 얼굴만 하고 있을 것이 아니라 대비를 했어야 했다. 정보를 수집하고 대책을 세워뒀다가 일이 터진 즉시 실행했어야 옳았다. 그러지 못했기 때문에 나는 이곳에서 바보같이 그네나 타고 있는 것이다. 엄마가 일하는 집 주인의 연락처는커녕 그가 어디서 뭘 하는 누구인지도 모른다. 그 집이 몇 동 몇 호인지, 엄마가 돌보는 아기의 이름은 뭐고 주로 언제 어디로 외출하는지도. 다만 언젠가 무슨 이야기 끝에 ㅁㅁ아파트라는 단어가 나왔던 것을 겨우 기억해내 무작정 여기로 찾아왔지만 아파트 단지 내부가 내 생각보다 훨씬 크고 넓다는 것을 미처 몰랐다.

일단 들어오는 것부터 쉽지 않았다. 문이란 문에는 죄다 전자 도어록이 달려 있고 담장도 높아 넘을 수가 없었다. 기웃거리다 운좋게 카드키를 찍고 들어가는 누군가의 뒤에 붙어 어찌어찌 들어오긴 했지만, 다 똑같이 생긴 건물이 미로같이 늘어선 길을 끊임없이 헤매다가 결국 들어온 입구조차 잊어버리고 말았다. 이 광활한 미로를 빙빙 돌면서 나는 여기서 우연히 엄마를 마주칠 확률은 제로에 가깝다는 것을 깨달았다. 온몸이 땀에 젖었고 어쩐지 피로가, 극심한 피로가 몰려와 그네에 앉은 것이다. 이제 다 필요 없으니 그냥 집으로 돌아가고 싶다. 그러나 돌아가는 길을 모른다는 게 문제다. 아침부터 줄곧 텅 비어 있는 뱃속에서 요란한 소리가 난다.

그때 기다렸다는 듯, 어딘가에서 맛있는 냄새가 풍겨온다.

냄새가 나는 쪽을 건너다보니 그네 옆 미끄럼틀 꼭대기에 남자아이 하나가 앉아 있다. 팝콘 치킨이 든 길쭉한 종이컵을 쥔 채로. 그애는 내가 그쪽을 보기 전부터 나를 쳐다보고 있었는지, 나와 눈이 마주치자 기다렸다는 듯 말한다.

여기 사는 사람 아니면 들어오면 안 되는데.

나는 순간 당황한다. 내가 여기 안 산다는 사실을 어떻게 한눈에 알아차렸는지는 둘째 치고 그 말에서 느껴지는 악의, 순수하리만치 느껴지는 적대감이 나를 놀라게 한다. 나는 그냥 여기 앉아서 그네를 타고 있었을 뿐인데. 아무것도 부수지도 해를 끼치지도 않았고 끼칠 생각도 없었다. 물론 내가 여기에 숨어들어온 것은 사실이다. 카드키도 없고 비밀번호도 모르는 곳에. 출입 권한이 없는 곳에.

경비 아저씨 부르면 바로 오는데.

아이가 계속 중얼거린다. 나는 그네에 앉은 채 아이의 얼굴을 똑바로 바라본다. 하얀 얼굴에 안경을 쓴 아이는 동생과 비슷한 또래로 보인다. 발치에는 무슨 학원의 상호명이 적힌 가방이 놓여 있다. 나는 그 학원 가방을 바라보며 말한다.

불러.

아이는 의외의 대답에 놀란 기색을 애써 숨긴다. 당장이라도 달려갈 듯 아이의 다리가 씰룩거린다. 빤하고 작은 마음. 경비에게 외부인이 침입했음을 일러바치고 싶은 마음과 그래도 뒤탈이 없을 것인지를 재어보는 마음이 아이의 내부에서 부딪치고 있다. 나는 발을 굴러 그네를 띄운다. 아무렇지 않은 척 무심한 얼굴로.

부르라고.

한번 더 재촉하자 아이는 결심한다. 나를 한 번 노려보더니, 손에 든 컵을 내려놓고는 쿵쿵 소리 내며 미끄럼틀을 뛰어내려간다. 그러고는 어딘가로 달려간다. 나는 뭔가에 쫓기는 사람처럼 뛰는 아이의 뒷모습을 미소 지으며 바라본다. 좋겠다, 단지 뛰어가기만 하면 문제를 해결해줄 누군가를 불러올 수 있어서. 아이가 코너를 돌아 사라지자마자 나는 그네에서 일어선다. 미끄럼틀 계단을 한달음에 올라가 아이의 가방 옆에 놓인 팝콘 치킨 컵을 챙겨 달리기 시작한다. 어디로든 상관없다. 어차피 여기가 어딘지도 모르니까. 건물을 빙 돌아나와 수풀 사이로 난 좁은 길을 아무렇게나 가로지른다.

이윽고 아까와 거의 똑같이 생긴 놀이터를 발견하고, 나는 다시 그네에 앉는다. 반쯤 남은 팝콘 치킨은 차갑게 식어 있다. 아이가 쓰던 가느다란 꼬챙이로 그것을 찍어 입에 넣고 천천히 씹는다. 짜고 단 양념이 입안에 퍼진다. 나는 쩝쩝 소리를 내면서 눈을 굴려 사방을 살핀다. 계획은 간단하다. 경비가 나타나면 튄다. 엄마가 나타나면 달려가서 잡는다. 그전까지는 이 그네에서 일어나지 않는다. 삶 전체를 조망해보는 것은 불행의 지름길이다. 단지 지금 당장 무엇을 할 수 있는지, 어떻게 해야 하는지만 중점적으로 생각하고 행동하는 게 현명하다. 눈썹 한 올이라도 까딱할 것 같으냐, 고작 이 정도 일로. 나는 그네 줄을 힘껏 검잡는다. 발을 구르자 다시 한번 사방이 작아졌다 커진다. 모든 것이 잘 정돈되어 있는 주변 풍경이 아름답다. 그네가 허공의 가장 높은 지점에 가닿은 순간, 나는 빈 컵을 구겨서 등뒤로 던진다. 떨어지는 소리는 들리지 않는다.

22

이대로 포기할 거예요?

경찰에 신고를 하든지, 사람을 고용해서 샅샅이 뒤지든지 해야 될 거 아니에요.

아빠가 안 하면 저라도 해요.

아빠는 아무 말 없이 담배만 피운다. 고개를 푹 숙이고 어깨를 움츠린 채, 들어 마땅한 꾸지람을 감내하고 있는 어린이 같은 자세로. 눈앞에 보이는 아빠의 정수리가 부쩍 듬성듬성해진 것 같다. 나는 한숨을 푹 내쉰다.

온 동네에 소문이 자자해요. 우리 엄마 도망갔다고.

그건 사실이다. 어젯밤, 부루퉁한 얼굴로 다가온 동생이 이렇게 말했던 것이다. 누나, 우리 엄마 도망갔어? 나는 입을 다

무는 게 좋을 거라는 뜻으로 동생을 노려보았지만 동생은 아랑곳하지 않고 말을 이었다. 애들이 나 놀려. 엄마 도망간 새끼라고. 한 대 때리려고 주먹을 들어올리다 멈칫한 건, 동생의 한쪽 볼이 이미 퉁퉁 부어 있어서다. 이마께에는 손톱자국 같은 것도 죽죽 그어져 있었다. 하긴, 엄마 도망간 새끼라는 말을 듣고 가만히 있었을 녀석이 아니니까. 나는 들어올렸던 손으로 동생의 어깨를 잡아 옆에 앉혔다.

야, 들어봐. 엄마가 말하지 말랬는데.

동생이 뚱한 얼굴로 나를 올려다보았다. 전구 불빛에 번들거리는 작고 약삭빠른 눈동자. 나는 그 눈동자를 똑바로 쳐다보며 말했다.

엄마 해외여행 갔어. 일하는 집 주인이 고맙다고 특별히 보내줬대.

어디로?

어…… 일본. 일본 갔대. 우리집 형편 뻔히들 아는데 해외 나갔다고 하면 뒤에서 욕할까봐 비밀로 하고 간 거야.

언제 오는데?

한 달 뒤에 온대. 아무튼 너도 비밀 지켜라. 괜히 엄마 욕 먹이지 말고.

동생은 말없이 다른 곳을 보았다. 방구석의 아주 어두운 곳을. 그러다가 조용히 대꾸했다.

누나, 누나는 내가 아직도 애새끼라고 생각해?

할말이 없어진 나는 동생이 훌쩍 일어나 집에서 나가는 뒷모습을 그저 바라보았다. 그러다가 헛웃음을 터뜨렸다. 언제 저렇게 컸지. 뭐 그런 의미의 기특한 웃음이 아니다. 자기가 다 큰 줄 아는 게 우스워서다. 진짜로 다 컸다면 내 거짓말을 간파하고도 모르는 척했을 거다. 할 수 있는 거라곤 고작 이런 뻔한 거짓말이 전부인 누나를 안쓰러워하면서. 나머지 의혹은 마음속 창고에다 쑤셔넣고 혼자 누운 밤에나 몰래 꺼내보며 곱씹었겠지. 불쌍한 내 동생은 아직 그렇게까지 되지 못했다. 앞으로 한참을 더 커야 할 것이다. 더 괴로워야 할 것이다. 아무도 몰라주는 종류의 고통을 끊임없이 견뎌야 할 것이다. 나는 계속 피식피식 웃으며 동생이 나간 문을 바라보았다.

하지만 엄마를 찾아내야 하는 것은 덜 자란 동생 때문이 아니다.

엄마는 용서할 수 없는 죄를 저질렀다.

혼자 도망치다니. 이 구질구질한 것들을 다 내팽개치고 자기만 살겠다고 떠나다니. 그것만은 절대로 절대로 용서할 수 없다. 도망칠 기회는 내게도 있었다. 돈봉투를 품에 안고 돌아오는 월급날마다, 이불 아래 구멍에 묻혀 있는 돈뭉치를 상상하던 밤마다 그 기회는 내 머릿속에서 다양하고도 자세한 모양으로 펼쳐지곤 했다. 이대로 이걸 갖고 몰래 떠나면 어떨까.

행선지 없이 버스를 잡아타고 아무도 나를 찾지 못할 곳으로 간다면. 당장 잘 곳도 먹을 것도 없을 테지만 마음만은 가뜬할 것이다. 세상천지 책임질 거라곤 오직 내 입 하나뿐인 삶이라니. 그게 얼마나 좋은지는 살아보지 않아도 안다. 마음만 먹으면 언제든 아주 쉽게 이룰 수 있다는 것도. 그걸 다 알면서 터벅터벅 구름 위 작은 집으로 돌아와 먹여 살릴 가족들 옆에 몸을 누이는 거다. 이 좆같고 거지같은 굴레에서 혼자 도망치다니. 나머지 사람들에게 짐을 모두 떠넘기고 자기만 훨훨 자유로이? 안 되지. 절대로 용서할 수 없다. 잡아올 것이다. 지구 끝까지라도 따라가서 멱살이든 머리채든 휘어잡고 집으로 끌고 올 것이다. 다시 이 진창에 처넣은 뒤 도망가면 어떻게 되는지 본보기를 보여줘야 한다.

그러니까 아빠, 엄마를 찾아야 된다고요.

아빠는 여전히 말이 없다. 아무 대꾸도 하지 않기로 작정했는지, 내가 답답해서 발을 쿵쿵 구르는데도 아랑곳 않는다. 이럴 때 아빠는 알맹이가 다 빠져나간 콩깍지처럼 보인다.

뭐라고 대답 좀 해봐요, 좀.

……나는 안 찾을 거다.

내 등쌀에 못 이겨 한참 만에 입을 연 아빠가 말한다.

아니 왜요? 아빠는 괘씸하지도 않아요?

괘씸하지. 괘씸한데, 나는 안 찾을란다.

아빠가 홀쩍 일어나 엉덩이를 툭툭 털자 바지에 붙어 있던 담뱃재 부스러기들이 휘날린다. 더이상 이 얘기는 그만하라는 신호다. 하지만 나는 그만둘 수 없다. 집으로 휘적휘적 걸어가는 아빠의 옷자락을 붙잡는다.

아니 아빠, 그래도……

말을 더 잇지 못한다. 순간 눈앞에 새하얀 불빛이 번쩍 튀었기 때문이다. 나는 얼굴을 부여잡고 바닥에 쓰러진다. 방금 내 왼뺨을 후려갈긴 아빠의 손이 이제는 목과 어깨를 마구잡이로 내리친다. 이럴 때 어떻게 해야 하는지 나는 안다. 최대한 몸을 웅크려 주먹을 받아내는 동시에 아빠의 다리 한쪽을 붙잡는 것이다. 이렇게 하면 발로 걷어찰 수도 없는데다 때리기 힘든 각도가 된다. 그러나 운 나쁘게도 이번에는 이 방법이 먹히지 않는다. 아빠는 다리를 한 번 휘저어 내 팔을 떼어내고는 나동그라진 나를 힘껏 걷어찬다. 아랫배를 정통으로 차이자 입에서 저절로 끅 하는 소리가 새어나온다. 나는 몸을 새우처럼 웅크린다. 아빠는 분이 풀릴 때까지 나를 때릴 것이다. 그렇다면 지금 여기 누워 있는 것이 동생이 아니라 나라서 다행이다. 동생은 버티지 못했을 테니까. 바보같이 도망치다가 붙잡힌 뒤 그야말로 죽기 직전까지 얻어터졌을 테니까. 나는 그런 생각을 하며 온몸에 힘을 주고 다음번 타격에 대비한다.

그때 가까운 곳에서 다급히 뛰어오는 발소리가 들린다. 이

옥고 귀 옆쪽으로 휙, 누군가 지나가는가 싶더니 그대로 아빠
에게 달려든다.

야, 이 미친 새끼야!

악쓰는 목소리를 듣고 나는 그게 원임을 알아차린다. 땅에
한 손을 짚고 일어나보니 원이 아빠의 팔을 붙잡고 서 있다.

개새끼야, 딸을 개 패듯 팬다고 마누라가 돌아오냐?

원이 아빠의 얼굴에 제 얼굴을 가까이 붙인 채 이기죽거린
다. 아빠와 마주선 원은 아빠보다 두 뼘이나 크다. 그 틈을 타
얼굴을 만져본다. 코피가 터졌는지 손에 미끈한 피가 척척하
게 묻어난다.

이 새끼가 남의 집안일에 함부로 입을 나불대고. 어디서 배
워먹은 버르장머리냐?

야, 너는 버르장머리 잘 배워서 자기 딸을 길거리에서 이렇
게 패냐?

두 사람은 서로를 죽일 듯이 노려본다. 말려야 한다는 생각
이 들지만 누구의 편을 들어야 할지 몰라 머뭇거려진다. 나는
누구 편일까. 아무래도 알 수가 없지만 그렇다고 아무 말도 하
지 않고 가만히 서 있는 것도 이상하다. 그제야 사방을 둘러보
니, 이미 이웃들 몇 명이 집밖으로 나와 우리를 보고 있다. 부
끄러워서 고개가 저절로 수그러든다. 언제부터 봤을까. 모두
알고 있을까, 내가 왜 맞고 있었는지를. 그냥 이곳에서 사라져

버리고만 싶다. 그만해. 나는 누구에게랄 것 없이 작게 말한
다. 원이 아빠의 팔을 탁 놓아주며 말한다.

한 번만 더 애 때리다가 걸리면, 그땐 마누라뿐만 아니라 딸
자식도 못 보게 될 줄 알아.

원은 나를 한 번 쳐다보고는 땅에 침을 뱉는다. 땅 사람들이
만드는 영화 속 전형적인 구름 출신 불량배처럼. 나는 원이 돌
아서서 떠나는 모습을 멀거니 바라본다.

집으로 돌아와 세숫대야에 물을 붓는다. 손바닥으로 얼굴을
문지르자 비릿한 물이 뚝뚝 떨어진다. 그제야 아픔이 밀려온
다. 퉁퉁 부은 얼굴이, 호되게 걷어차인 아랫배가, 바닥에 엎
어지고 구르느라 쓸린 어깨와 발목이 전부. 나는 이를 악물고
아픈 곳을 씻어낸다. 그래도 이 정도로 끝난 것이 다행이다.
원이 아니었다면 이것보다 훨씬 심하게 맞았을 것이다. 내일
일하러 갈 수 없었을지도 모른다. 나는 눈을 세모꼴로 뜨고 아
빠와 얼굴을 거의 맞대다시피 하며 서 있던 원의 모습을 떠올
린다. 누군가 내 편을 들어준 건, 내가 맞고 있을 때 내 앞에
서준 건 처음이다. 그 처음이 원이라는 사실이 나는 기쁘다.

원은 나를 데리고 도망칠 생각을 해본 적이 있을까.

그러자 갑자기, 모든 아픔이 씻은듯이 사라진다.

지금까지 왜 그 생각을 못 했을까. 평생 찾아 헤맸던 해답이

갑자기 눈앞에 환한 빛을 발하며 놓여 있는 것 같다. 원과 함께 도망치는 것. 내 손을 잡아끄는 원을 못 이기는 척 따라가며 아무도 모르는 곳으로 멀리멀리 떠나는 거다. 두려움도 죄책감도 모두 나를 꼬여낸 원에게 지워버리면 된다. 벌써 내 귀에는 우리 이래도 될까, 하고 겁먹은 듯 웅얼거리는 내 목소리가 들리는 것 같다. 그러면 원은 얼굴을 찌푸리고 당연히 되지, 대답할 것이다. 무슨 그런 걸 묻느냐는 듯이. 그거면 됐다. 그 말을 들을 수만 있다면 나는 어디라도 가겠다. 그게 어디든. 밥을 굶어도 좋고 길거리에서 잠들어도 좋다.

나는 눈을 희번덕거리며 주변을 둘러본다. 당장이라도 이 집을 뛰쳐나갈 사람처럼. 하지만 동시에, 나는 내가 그러지 못할 것임을 안다.

라면 좀 끓여라.

뒤에서 아빠의 목소리가 들린다. 나는 옷소매를 길게 늘여 얼굴에 묻은 핏물을 닦아낸 뒤, 아주 천천히 몸을 일으킨다. 네, 하고 굳이 소리 내어 대답하지는 않는다. 이것이 지금 내가 할 수 있는 최선의 반항이라고 생각하면서.

23

    나와 아빠는 화장한 할아버지의 유골을 어떻게 해야 할지 의논한다. 그것은 매화무늬가 그려진 연두색 항아리에 담겨 있다. 만져보면 싸구려임을 알 수 있지만 언뜻 보기엔 금박이 들어간 비싼 도자기 같기도 한 디자인이다. 나는 이 예쁜 항아리가 마음에 든다. 안에 할아버지의 뼛가루가 들어 있다는 사실만 제외하면.

    꼭 어디에 뿌려야 해요?

    이대로 놔둘 순 없잖아. 집이 납골당도 아니고.

    놔둬도 될 것 같은데요. 예쁘잖아요.

    이게 예쁘다고?

    황당하다는 듯한 너털웃음에 나는 머쓱해져 괜히 항아리를 쓰다듬는다. 항아리 옆면에 할아버지의 이름이 쓰여 있다. 이름자 앞에 붙은 '故'라는 한자를 제외하면 꼭 문패처럼도 보인다. 어쩌면 이곳은 할아버지의 새집이다. 오롯이 혼자만 머물 수 있는 공간. 모두가 언젠가는 결국 집을 갖게 되는구나. 이 안은 아늑할까. 조용하고 따스할까. 나는 항아리를 눈높이로 들어올려 바라보다가 문득 묻는다.

할아버지는 어떤 사람이었어요?

뭐가?

그냥, 옛날에는요.

허어.

아빠는 잠시 먼 곳을 바라보며 생각에 잠긴다.

젊었을 때는 땅에 살았다고 했다. 그때는 이런 구름이 없었던 시절이라.

좋았대요?

좋긴 뭘. 돈 없으면 고달픈 건 그때나 지금이나 똑같지. 나 태어나기 전엔 그래도 화물차 운전도 하고 이삿짐센터도 다녔다고 들었어. 늙으면서 이상하게 사람이 쪼그라들어서 그렇지, 젊었을 땐 덩치도 좋았다더라고.

덩치가 좋았다니. 나는 불과 얼마 지나지 않았지만 벌써 가물가물해지려 하는 할아버지의 생전을 떠올려본다. 대충 얽은 뼈 위에 윤기 없는 가죽을 덮어씌워놓은 것 같았던 몸. 한때는 그 안에 단단하게 뭉쳐 꿈틀대는 근육이 들어차 있었을 것이다. 어쩌면 거지같은 인생이 천운으로 잘 풀릴지도 모른다는 막연한 낙관을 품고 살아가는 젊은이. 그때의 할아버지는 자신이 이렇게 죽을 줄은 상상도 하지 못했을 것이다. 지금의 내가 나의 죽음을 상상할 수 없듯이. 그런 걸 생각하면 아득해진다. 먼지만큼 작아지고 무력해지는 기분이다. 나는 이런 마음을 아느냐고 묻는 심정으로 아빠를 바라본다.

사실 예전에 할아버지가 말한 적이 있었어.

뭘요?

자기 죽으면 화장해서 고향땅에 뿌려달라고.

고향이요? 고향이 어딘데요?

글쎄, 들었는데 잊어버렸어. 하도 오래된 일이라.

아빠가 뒷목을 문지르며 중얼거린다. 어쩔 수 없다, 죽은 사람에게 물어볼 수도 없는 노릇이니까. 우리는 망연히 앉아 항아리만 바라본다. 머릿속으로 많은 질문이 지나간다. 할아버지는 이 예쁜 항아리 속에 있을까, 없을까. 사람은 죽어서 어디로 갈까. 내가 죽어서 가고 싶은 곳은 어딜까. 어딘지는 모르겠지만 어쨌든 여기는 아니다. 이곳에 남고 싶지는 않다.

구름 위에서 뿌리는 건 어때요?

밑으로 뿌리자고?

그게 낫지 않을까요.

나는 대답을 기다리지 않고 일어선다. 항아리를 품에 안고 걷기 시작하자, 아빠가 체념한 듯 뒤따라온다. 우리는 묵묵히 걷는다. 방향을 정할 필요도 없다. 아무 쪽으로나 계속 걸어가면 언젠가는 구름의 끝에 도달하게 되니까. 골목을 빠져나가 드문드문 놓인 고물들을 지나고 쓰레기산 쪽으로 접어든다. 나는 아무렇지 않은 얼굴로 인형들을 숨겨놓은 폐지더미를 지나친다. 이윽고 예전에 고양이가 뛰어내렸던 그 지점에 다다라서 나는 뒤를 돌아본다. 아빠가 무심한 얼굴로 걸어오고 있다.

이쯤에서 뿌릴까요.

아빠는 마음대로 하라는 듯 손을 내저으며 고개를 끄덕인다. 항아리 뚜껑은 생각보다 꽉 닫혀 있다. 도와줄 법도 한데, 내가 한참 동안 몸을 비틀고 뚜껑을 돌리며 낑낑대는 동안 아빠는 옆에 놓인 고물 텔레비전에 관심이 있는 척 딴청을 부리고 있다. 나는 짜증을 내며 용을 쓴다. 한참이 지나서야 뻑 소리와 함께 항아리가 열린다. 한숨을 쉬고 안을 들여다보니, 생각보다 내용물이 적다.

뿌릴게요.

나는 항아리를 들고 구름 가장자리로 걸어간다. 최대한 갈 수 있는 만큼 가까이 다가간 뒤 구름 바깥을 향해 팔을 쭉 뻗고 항아리를 뒤집는다. 소리 없이, 입자가 굵은 뿌연 가루가 확 쏟아져 바람을 타고 날아간다. 혹시 그것을 들이마실까봐 숨을 참고서 뒤집은 항아리를 툭툭 턴다.

됐어요.

말하며 돌아섰을 때, 아빠는 등을 돌린 채로 버려진 텔레비전 앞에 쪼그려앉아 있다. 툭 튀어나온 더러운 화면에 아빠의 얼굴이 어른어른 비친다. 나는 금세 알아챈다. 아빠는 두려워하고 있다. 두려워서 외면하고 싶은 것이다. 무엇을? 그야 죽음이다. 누구에게나 기어코 찾아오는 끝. 항아리 속에 가루 내어져 들어 있는 죽은 사람의 뼈. 혹은 죽음 그 자체. 나는 곁으로 다가가, 텔레비전 옆에 빈 항아리를 내려놓고 아빠의 어깨를 툭툭 친다.

이제 가요.

아빠는 착한 어린애처럼 순순히 일어선다. 우리는 집을 향해 걷는다. 빈 항아리를 그곳에 두고 왔다. 나중에 그걸 보러 다시 갈 것이다. 그 안에 뭔가를 담을 수도 있겠지, 담을 만한 것을 찾아낸다면.

24

늦은 밤 누군가 집 문을 두드린다.

형님, 계신가?

걸걸한 목소리다. 자려고 누워 있던 나와 동생은 깜짝 놀라
서로 눈을 마주친다. 부스스 일어난 아빠가 문을 여니 건장한
남자의 실루엣이 드러나며 담배 냄새가 집안으로 확 끼쳐든
다. 나는 눈을 가늘게 뜨고 어둠 속을 노려본다. 뒷집 아저씨
인 것 같다.

이 밤에 어쩐 일이야.

얘기 좀 하러 왔지.

이 시간에?

형님이 워낙 바쁘시잖아. 낮에는 볼 수가 있어야지.

아빠는 곤란한 듯 망설이다 집을 나간다. 터벅터벅 걷는 두 남자의 발소리가 멀어진다. 무슨 얘기인가를 주고받는 것 같은데 들리지는 않는다. 귀를 기울이려다 포기한다.

뒷집 아저씨 맞지?

응. 요즘 둘이 자주 만나더라.

둘이?

응.

별일이네, 하고 나는 돌아눕는다. 그때 문득 불길한 예감이 든다. 뭔가 중요한 것을 놓치고 있는 듯한, 그게 뭔지는 모르겠지만 언젠가 이 불찰에 대한 대가를 톡톡히 치르게 될 것만 같은 그런 느낌. 누운 채로 곰곰 기억을 곱씹다가 마침내 생각해낸다. 예전에 시장이 구름 위에 온다고 했었던 날, 아빠를 향해 쏟아지던 박수 소리를. 아빠가 대표로 나서겠다고 했을 때 옆에서 부추기던 사람이 분명 뒷집 아저씨였다. 저 아저씨는 어떤 사람이더라. 오랫동안 가까이 붙어 살았지만 제대로 대화를 나눠본 적은 없다. 덩치가 크고 목소리가 굵은 데 비해 하는 짓이 쪼잔하다고 생각한 적이 몇 번 있을 뿐이다. 그래, 예를 들면 이런 일. 아주 어렸을 때 어디서 고무공을 하나 얻어온 적이 있었다. 그것을 집 옆의 빈 벽에다 던지고 받으며 놀기를 좋아했는데 하루는 그 아저씨가 나와서 시끄러우니 다른 곳에 가서 놀라고 했다. 그러고도 몇 번을 더 공을 던지며 놀다가 어느 날 와보니 내가 놀던 자리에 깨진 소주병 조각이 흩뿌려져 있었다. 누가 보아도 일부러 뿌려놓은 모양새였다. 햇빛에 무심하고 찬란하게 빛나던 초록빛 유리 파편들. 그걸 내려다보며 참으로 속 좁고 못된 인간이구나, 어린 나이에도 그렇게 생각했고 그뒤로 그를 보아도 인사하지 않았다. 그 아저씨는 평소 우리 아빠를 형님이라고 부르며 깍듯이 대했는데 그건 아마 두 사람이 같은 인력사무소에 다니며 종종 마주치기 때문인 것 같았다. 그래도 친하게 지내는 것 같지는 않았는데, 요즘 들어 자주 만난다니 이유가 뭘까. 나는 베개 밑에 팔을 괴고 생각한다.

데모 때문일까.

그러고 보니 인공 강우제는 어떻게 되었나. 할아버지가 죽고 엄마가 도망가 있는 동안 까맣게 잊고 있었다. 항상 그래왔듯 이번에도 뿌린다는 말만 요란하지 실제로는 아무 일도 없을 것 같기는 하다. 그 증거로, 우리 모두가 아직 구름 위에 있으니까. 아무렴 그게 그렇게 쉬울까. 사람이 살고 있는 곳을 간단히 없애버릴 수는 없는 노릇이다. 그러니 그냥 데모고 뭐고 그만두고 이대로 버티는 게 나을 것 같다. 그런 생각을 하며 까무룩 잠에 빠져들려는 차에 동생이 말한다.

누나.

왜.

또 나쁜 일이 일어나?

뭐라고?

나는 돌아누워 동생 쪽을 본다. 어둠에 가려 아무것도 보이지 않는다. 이쪽을 보고 누웠는지 저쪽을 보고 누웠는지조차 알 수 없다.

그게 무슨 말이야.

자꾸 나쁜 일만 일어나잖아.

야, 그게 인생이야.

농담조로 피식 웃으며 대꾸한 나는 대답이 돌아오지 않자 뒤늦게 후회한다. 이불을 뒤집어쓴 동생의 형체 위로 죽음 같은 침묵이 드리워져 있다.

걱정 마, 아빠 곧 들어오실 거야.

······이게 인생이면, 난······

내가 벌떡 일어나 동생의 입을 막으려는 찰나, 바깥에서 발소리가 나더니 문이 벌컥 열린다. 누가 시킨 것처럼 나와 동생은 동시에 눈을 감고 자는 척을 시작한다. 쿵쿵거리며 들어온 아빠는 짜증이 난 기색으로, 어둠 속에서 옷을 벗어 방구석에 던지더니 그대로 자리에 누워버린다. 아빠가 입속에서 쯧, 하는 소리를 낸다. 기분이 나쁠 때 내는 소리다. 저 소리를 들으면 왠지 모르게 심장이 벌렁거리고 귀가 홧홧해진다. 저지르지도 않은 끔찍한 잘못을 들킬 것만 같은 기분. 아마 저쪽에 누운 동생도 똑같이 벌렁대는 심장과 뜨거워진 귀를 가지고 웅크려 있을 것이 틀림없다. 무슨 얘기를 하고 왔길래 저럴까. 나는 눈을 감고 마음을 가라앉히려 애쓴다. 아직은 아무 일도 일어나지 않았다, 아직은 아무 일도 일어나지 않았어……

그리고 나는 별안간 꿈에 떨어진다.

나는 하늘을 보는 자세로 바닥에 곧게 누워 있다. 여긴 어디지. 땅을 짚고 일어나려고 하지만 몸이 말을 듣지 않는다. 둔탁하고 무거운, 눈에 보이지 않는 무언가가 내 온몸을 제압하고 있다. 밀어내려 안간힘을 쓸수록 그것은 더욱더 거세게 나를 짓눌러온다. 나는 저항을 포기한다. 그리고 눈을 굴려 이곳이 어디인지를 살핀다. 꿈 특유의 초월적인 전개에 따라, 다음 순간 나는 바닥에 누워 있는 나인 동시에 높은 어딘가에서 나를 내려다보고 있는 내가 된다. 나는 희고 짧은 원피스 차림에 아무렇게나 잘린 머리를 하고 있다. 누워 있는 곳은 네모난 돌을 고여 만든 제단처럼 보인다. 그 제단을 중심으로 나와 같은 옷을 입은 사람들이 둥글게 모여 엎드려 있다. 얼굴은 보이지 않지만 나는 그 사람들 가운데 아빠와 엄마와 동생과 원, 춘여사, 심지어 죽은 할아버지와 그 할아버지의 할아버지까지 있다는 사실을 안다. 이들은 오늘 내가 죽는 것을 보기 위해 이곳에 모였다. 예정된 사실. 막을 수 없다. 나는 내 죽음이 끝난 뒤 피가 흥건한 제단을 뒤로한 채 웅성거리며 흩어지는 이들의 모습까지도 보게 될 것이다. 그렇다면 기다리겠다, 생각하고 나는 하늘을 본다. 태양이 서서히 하늘을 가로질러오고 있다. 저 빛이 내 몸을 직선으로 찌르는 순간, 죽음은 올 것이다. 어떤 모습으로? 의문은 곧 풀린다. 있었는지도 몰랐던 뒤쪽 계단을 밟고 커다란 고양이 인형이 내게 다가온다. 나는 놈을 한눈에 알아본다. 그건 내가 폐지더미 밑에 숨겨둔 바로 그 고양이 인형이니까. 얼굴 가까이 다가온 고양이가 힐끗 고개를 들어 하늘을 확인한다. 태양은 거의 눈앞까지 다 왔다. 고개를 숙인 사람들에게서 흥분과 두려움이 느껴진다. 고양이가 내 얼굴 가까이 몸을 들이민다. 나는 향긋한 학종이 냄새를 맡는다. 색실로 수놓아진 입이 달싹거린다.

누나, 이게 인생이면 난……

나는 필사적으로 고개를 돌린다. 이어지는 말을 듣고 싶지 않기 때문이다. 하지만 그럴 수는 없다. 이미 입이 말을 뱉고 있다. 남은 것은 그 말이 내 귀를 향해 헤엄쳐와 귓구멍을 통해 들어온 뒤 머릿속에 엎질러지는 일뿐이다. 그러지 않아도 나는 그 말이 어떻게 끝날지 알고 있다. 아주 잘 알고 있다.

살기 싫다고?

태양이 성실한 초침처럼 움직인다. 고양이가 내 가슴 위로 거대하고 통통한 회색 발을 뻗는다. 예리한 발톱이 빛나는 그것을. 나는 눈을 똑바로 뜨고 그 칼날이 높이 들어올려지는 것을 본다. 모여든 사람들은 낮게 웅웅거리며 저주처럼 들리는 노래를 부르기 시작한다. 무슨 뜻일까. 나는 그중에서 아는 목소리를 구분해내려고 애쓴다.

칼날이 가슴에 내려꽂히기 직전, 꿈은 맛없는 껍질을 뱉어내듯이 나를 놓아준다. 눈을 동그랗게 뜨고 숨을 몰아쉬는 혼란스러운 몇십 초가 지나고 나서야 나는 그 소리의 정체를 깨닫는다. 휴대폰 진동 소리다. 알람을 끄며, 나는 손바닥으로 가슴께를 문질러본다. 아무것도 박히지 않았지만 그래서 왠지 허하게 느껴지는 것 같기도 하다. 뻑뻑한 눈을 껌벅거리다 나는 이불을 박차고 일어난다. 이런 공허함에는 몸을 움직임으로써 얻어지는 잠시 동안의 망각만이 특효약임을 알고 있기에.

25

데모에 대한 걱정은 현실이 된다. 그리 놀랄 일도 아니다.
모든 걱정은 대개 현실로 변하게 되어 있으니까. 아빠는 차분
한 목소리로 데모 계획을 설명한다. 사람들을 모은다, 시청 앞
에서부터 시작한다, 시장 나오라며 목소리를 높인다, 시장을
만나게 되면 인공 강우제 살포에 대한 확실한 계획과 보상책
을 얻어낸다, 그전까지는 물러나지 않는다.

그게 다예요?

그게 다지.

아빠가 간단히 대답한다. 내 귀에 아빠의 계획은 마치 간식
을 내놓으라고 조르는 어린아이의 심술처럼 들리지만, 나는
더 묻지 않고 아빠가 말을 계속하도록 내버려둔다.

당분간 바빠질 거다. 알아보니 이번 시장은 보통 놈이 아니야. 정권이 바뀌면서 더 힘들어졌다. 빨리 처리했어야 했는데.

보통 놈이 아니니까 시장씩이나 하겠죠.

네가 해줘야 할 일이 좀 있어.

아빠는 피곤해서 핏발이 선 눈으로 나를 바라본다.

뭔데요?

두 가지다. 첫째로 젊은 애들을 좀 모아줬으면 좋겠어.

그 젊은 애들이 원과 두서넛쯤 되는 원의 친구들을 뜻한다는 것은 말하지 않아도 알 수 있다. 나는 대놓고 한숨을 내쉰다. 원이 데모에, 그리고 어른들이 하는 일에 불만이 많다는 사실은 아빠도 이미 알고 있을 것이다.

적극적으로 참가하라고까진 안 해. 그냥, 데모에는 사람이 많을수록 좋으니까.

물어볼게요. 그리고 또 뭔데요?

깃발이랑 피켓을 만들어야 돼.

뭘로 만들어요, 그런 건?

종이랑 물감이랑, 뭐 그런 거겠지.

아빠는 그것까지 말해줘야 되냐는 표정으로 나를 본다.

뭐라고 써야 되는데요?

알아서 잘 써봐. 심금을 울릴 만한 멘트로. 너 그런 거 잘하잖냐.

내가 그런 걸 잘했던가. 아빠 앞에서 그런 재주를 뽐낸 적이 있었나. 기억해내려 애쓰는 사이 아빠는 내 어깨를 감싸쥐고는 툭툭 두드린다. 너를 믿는다는 듯이.

열심히 해봐라. 잘돼서 다 같이 땅에 살면 좋지 않겠니.

과연 그럴 수 있을까. 하지만 반박하는 대신, 나는 집을 나와 걷는다. 부모의 말에 순종하는 착하고 성실한 딸처럼.

무턱대고 찾아왔는데 운이 좋다. 원은 안에 있다고 원의 동생 중 하나가 알려준다. 안으로 들어가니 가로로 길게 드러누운 원이 과자를 먹으면서 만화책을 읽고 있다.

원아.

어, 왔냐.

뭐하냐.

보다시피.

원이 턱짓으로 만화책을 가리킨다. 나는 원의 옆에 비집고 앉는다. 원의 세 동생들이 쭈뼛거리며 자리를 피한다. 그래봤자 같은 방안에서 다른 구석으로 옮겨가는 것뿐이지만. 남자아이 하나에 여자아이가 둘. 다들 낯가림이 심하고 못생긴 아이들이다. 이 아이들은 내 동생이 대장 노릇을 하는 패거리와도 놀지 않는다. 그저 자기들끼리 소곤거리며 졸졸 몰려다닐 뿐이다.

만화책 재밌냐.

할 거 없어서 보는 거지 뭐.

나가서 좀 걸을래?

아니, 귀찮아. 여기서 얘기해.

원의 시선은 여전히 만화책에 꽂혀 있다. 나는 엄지와 검지
로 만화책을 집어 올려 치워버린다.

아, 왜 그래.

얘기 좀 하자니까. 동생들 없는 데서.

하아 진짜.

그제야 원은 몸을 일으킨다. 원의 동생들이 우리를 빤히 쳐
다본다. 나는 원을 앞세워 집을 나선다. 아무데로나 터벅터벅
걷는 것 같겠지만, 목적지는 정해져 있다. 쓰레기장이다. 이
좁은 구름 위에서 아무에게도 들리지 않는 대화를 하려면 거
기가 제격이니까.

자, 뭔데.

돌아선 원이 추리닝 바지 주머니에서 담뱃갑을 꺼내며 묻는
다. 뭐라고 말해야 할까. 생각해둔 건 없고 그냥 떠오르는 대
로 말할 셈이었는데 막상 하려니 입이 떨어지지 않는다. 이게
뭐 별거라고. 나는 원의 눈을 바라본다.

아빠가 데모한대. 뒷집 아저씨랑, 다른 아저씨들이랑.

근데?

너네도 참여했으면 좋겠대.

너네가 누군데?

너랑 니 친구들.

원은 담배를 깊게 빨아들인다. 담배 끝이 타들어가는 소리
가 들릴 만큼 세게. 나는 어떻게 돼도 좋다고 생각하며 대답을
기다린다. 거절당하면 어쩔 수 없다. 아빠한테 돌아가서 원이
싫다고 하더라고, 아무리 설득해도 소용없었다고 말하면 그만
이니까.

데모를 뭐 어떻게 한다는데?

자세히는 몰라. 시청 앞에서부터 시작한대. 시장을 만날 때
까지 한대.

시장이 그렇게 쉽게 만나지는 사람이냐?

난 모른다니까.

내가 왜 친구들까지 끌고 거기 가서 소용도 없는 짓을 해야
되는데? 땅 사람들 앞에서 쪽이나 팔고.

틀린 말은 아니다. 잘될 거라는 보장은 누구도 할 수 없으니
까. 나는 어깨를 으쓱해 보이며 아빠가 했던 말을 똑같이 따라
한다.

그래도 다 같이 땅에서 잘살게 되면 좋잖아.

누가 잘살게 해준대?

원이 피식 웃는다. 나는 그만 기분이 나빠진다.

싫으면 마. 네가 싫다 했다고 얘기할게.

싫다고는 안 했어.

돌아서려는데 원이 나를 붙잡는다. 생각보다 강한 힘으로 내 어깨를 돌려세우는 바람에 나는 아, 소리 내며 원을 올려다본다. 그러고는 얼굴을 찌푸린다. 원이 웃고 있기 때문이다. 문득 좋지 않은 예감이 뇌리를 스친다. 그 즉시, 원이 내 눈을 바라보며 묻는다.

너, 처녀야?

나는 귀를 의심한다. 뭐냐고? 내가 뭐냐고? 입을 헤 벌린 채 지금 들은 말을 이해하려고 하는데 원은 틈을 주지 않고 계속 묻는다.

처녀겠지? 맞지? 아무랑도 섹스 안 했지?

겁이 나서 물러나고 싶은데 어깨를 붙잡은 손이 나를 놓아주지 않는다. 원이 여전히 실실 웃으며 대답을 찾아내려는 듯 제 얼굴을 내 얼굴 가까이 가져다댄다. 그러자 저절로 어깨가 움츠러든다.

미쳤어?

미쳤냐고? 아니. 미친 건 너네 아빠지.

야, 데모하기 싫으면 하지 마.

아니, 할 거야. 그런데 그 전에.

어깻죽지에 있던 원의 손이 별안간 내 목을 그러쥔다. 순간

살갗에 맞닿은 손이 너무나도 차가워서, 꼭 이승의 것이 아닌 것 같아서 나는 소스라치게 놀란다. 손이 쇄골을 미끄러져 내려가 티셔츠 속으로 들어온다. 거리낌없이 브래지어를 젖히더니 마치 쥐어짜듯이 왼쪽 가슴을 꽉 움켜쥔다.

우리 이제 할 때도 되지 않았냐.

원의 손가락이 가슴을 더듬는다. 그게 유두를 찾으려는 시도임을 깨닫자마자 온몸에 오소소 소름이 돋는다. 나는 안간힘을 다해 원을 밀쳐낸다. 필요하다면 비명이라도 지를 것이다. 아니, 칼이 있었으면 찌르고 달아났을 것이다. 그러나 정작 원은 별로 실망하는 기색도 없이 여전히 빙글빙글 웃고 있다.

무슨 짓이야 이게?

잘 생각해봐.

뭘?

넌 어른들이 하는 짓은 다 하고 있잖아. 돈도 벌고, 가족도 먹여 살리고, 집 나간 애미도 찾아다니고 이제 데모까지 벌이려는 판인데. 왜 어른들이 즐기는 건 안 하는데?

……미친놈이네 완전히.

잘 생각해봐. 누가 진짜 미친놈인지.

원이 느른하게 대꾸한다. 나는 원을 노려보며 티셔츠 아래로 브래지어를 추스른다. 비틀거리며 천천히 뒷걸음질치다, 그대로 돌아서서 뛴다. 등뒤에서 들리는 것은 따라오는 발소리 대신 새로이 담뱃불을 붙이는 소리. 그리고 관자놀이에서 쿵쾅거리는 심장박동 소리. 꼭 머리통 전체가 심장이 된 것 같다.

나는 집 문을 부서져라 닫고 들어간다. 아빠와 동생이 깜짝 놀라 나를 쳐다본다. 그제야 지금 내 꼴이 어떨지에 생각이 미친다. 머리는 산발에 양뺨은 시뻘겋게 불타고 있을 것이다. 이 세상의 모든 수치심을 다 가져다 묻혀온 모습일 것이다.

무슨 일 있었냐?

아빠가 묻는다. 나는 대답하기 위해 입을 벌린다. 평소 같았으면 천연덕스러운 거짓말을 오백 개는 지어낼 수 있었을 만한 시간이 흐른다. 시간이 흐르는 것을 이토록 선명하게 체감한 적이 있었던가. 상기된 뺨을 스치는 시선. 시선들. 천천히 숨이 가라앉는다.

아무 일도 없었어요.

26

누나, 나 좀 봐라.

흘끗 바라보자 동생은 양볼에 빨간 물감을 둥글게 칠해놓고 헤실거리고 있다. 나는 피식 웃는다.

야, 웃기지 말아봐. 집중해야 돼.

나는 쥐고 있던 붓을 다시 꼬나잡고 종이를 노려본다. 역시 연필로 밑그림을 그려두고 시작할 걸 그랬나. 하지만 천과 물 감은 아직 많이 남아 있다. 실패하더라도 다시 하면 된다. 거 기서 오는 작은 안도감에 사실 나는 조금 신이 나 있다. 어디, 마음껏 해볼까. 팔레트로 쓰려고 잘라놓은 박스 조각 위에 빨 간 물감을 쭉쭉 짠다. 주먹만큼 짠 물감을 이번에는 면적이 넓 은 붓에 듬뿍 묻힌다. 이 정도면 됐겠지. 나는 숨을 잠시 멈춘다. 가로로 길게 자른 흰 천 한쪽에 붓을 대고 납작한 네모를 그려본다. 아직 문장은커녕 글자의 꼴도 갖추지 못한 그것을 흠, 하고 내려다본다.

너무 크게 쓴 거 아냐?

그런가도 싶지만 이왕 시작한 거 별수없다. 나는 네모 아래에 선을 긋는다. 머리가 조금 크긴 하지만 그런대로 괜찮은 '물' 자가 완성된다. 그것과 비슷한 크기로 일필휘지, 나머지 글자를 이어 쓴다.

물 러 가 라 !

어떤 것 같아?

응, 괜찮은 듯. 잘 쓴다.

빨간 뺨을 한 동생이 고개를 끄덕인다. 나는 콧잔등을 찡그리며 웃는다.

이 작업을 하려고 고깃집에도 하루 휴가를 낸 참이다. 아침 일찍 일어나 동생을 데리고 구름을 내려갔다 왔다. 아빠에게 넉넉히 받은 돈으로 흰 천과 물감과 붓을 사고 시장 골목의 국숫집에서 잔치국수도 한 그릇씩 먹었다. 남은 동전은 문구점 앞 뽑기 기계에다 썼다. 플라스틱 캡슐에 든 채 굴러나오는 장난감이라니, 억만금을 들여도 절대 아깝지 않다. 동생은 뽑기 기계의 레버를 돌릴 때마다 원숭이처럼 새된 소리를 질렀다. 지금 동생의 바지 주머니 속에 한가득 들어 있는 그 장난감들을 생각하면 이 정도 노동 따위는 콧노래를 부르며 할 수 있다. 고작해야 천 위에 글씨를 쓰는 일인걸. 나는 턱을 쓰다듬으며 글자를 내려다보다가, 이내 구겨버리고 다른 천을 꺼내 다시 쓴다. 역시 연습이 중요하다. 이번에는 좀더 비율이 좋은 글자가 만들어진다.

물 러 가 라 !

완성된 것을 흡족하게 내려다본다. 내가 봐도 잘 썼다. 흰 천 위에 새빨간 네 글자가 아주 인상적이다. 눈을 감아도 잔상이 남아 눈꺼풀 안쪽에 박힐 것이다. 이 글자를 읽으면 물러가야 할 사람들이 정말로 물러가고 싶어질 것 같다. 그러는 게 옳은 일임을 깨닫게 해주는 힘이 이 글자에는 있다. 나는 사람들이 실제로 물러가는 모습을 상상한다. 어떤 사람들이? 그야 시장이다. 양복을 입은 사람들이다. 땅에 살며 집과 차를 소유한 사람들, 종신보험과 대학 졸업장을 가진 사람들, 그리고 그중 무엇 하나도 우리에게 나누어줄 생각이 전혀 없는 사람들.
……그런데 왜 그들이 자기 것을 우리에게 나눠줘야 하지?
……우리는 왜 그들에게 그것을 달라고 요구해야 하지?

이런 것을 더 생각할 시간은 없다. 물감이 말라붙기 전에 나머지 글자를 마저 써야만 한다. 쓸 문구들은 미리 준비해두었다. '대책 없는 인공 강우제 살포 협박 멈춰라' '살길 마련하고 쫓아내라' '땅 사람 구름 사람 다 죽이는 인공 강우제 멈춰라'. 아빠가 오늘 공사장에서 나무판자와 각목 조각들을 주워다주면, 그것들로 피켓을 만들 것이다. 손잡이가 한 개인 것부터 두 사람이 맞잡아 들 수 있는 길쭉한 것까지, 다양한 모양으로. 혹시 천이 남으면 길고 얇게 잘라 머리띠를 만들어도 좋겠다. 모두가 이마에 하나씩 두를 수 있도록. 나는 언젠가 땅에서 보았던 데모 행렬을 떠올린다. 그들이 두른 머리띠엔 뭐라고 쓰여 있었나. 단결, 아니면 투쟁이었던 것 같은데. 나는 신이 나서 물감을 더 짠다. 끝이 뾰족한 빨간색, 파란색, 검은색 물감 무더기가 만들어진다. 아빠가 돌아오기 전까지 모두 완성할 생각이다. 그럼 보고 칭찬해줄 테니까. 도움이 되었다고, 신통하다고 말해줄 테니까. 나는 물이 담긴 반으로 자른 페트병에 붓을 헹구고 다시 심기일전한다.

그러는 동안 동생은 구석에 엎드려 있다. 그 좋아하는 휴대폰도 멀찍이 치워놓은 채, 절하는 사람처럼 엎어져서는 작은 엉덩이를 높이 치켜든 자세로. 아마도 뭔가를 그리는 중인 것 같다. 골똘히 들여다보는가 싶더니 뭐가 마음에 들지 않는지 북북 잡아 찢는 소리도 난다. 그러더니 한참 후 스케치북을 들고 쭈뼛쭈뼛 다가온다. 그럴 줄 알았지. 나는 속으로 웃으며 고개를 든다.

나 그린 거 봐라.

뭔데?

동생이 스케치북을 내민다. 나는 좀 당황한다. 뭘 그렸는지 한눈에 알아차리지 못했기 때문이다. 이게 뭐지? 꼭대기에 커다란 눈이 하나 달린 상자 같은 물건이 스케치북 한가운데를 차지하고 있다. 그 주변에 날아다니고 있는, 노란색과 연두색 직사각형들은 아마도 지폐인 것 같다. 자세히 보니 지폐들은 그 상자의 머리처럼 보이는 곳에서 뿜어져나오고 있다.

이게 뭐야?

내가 갖고 싶은 거.

그래서, 그게 뭔데?

돈 나오는 로봇.

동생이 말하고 낄낄 웃는다. 나는 황당해서 헛웃음을 터뜨리며 그림을 다시 본다. 상자에 달린 여러 개의 로봇 팔은 각각 다른 물건들을 쥐고 있다. 과자, 휴대폰, 뼈에 붙은 고깃덩어리, 만화책, 그리고…… 분홍색 꽃무늬 옷을 입은 파마머리 여자. 나는 동생에게 그림을 돌려준다.

돈 나오는 기계 가져서 뭐하게?

뭐든 하지. 하고 싶은 거 다.

하고 싶은 게 뭔데?

몰라. 일단, 국수 또 먹을래.

아까 거기서?

응. 아까 거기서. 뽑기도.

동생이 어린아이처럼 재잘거린다. 아니, 동생은 어린아이가 맞다. 정말로 어린애다. 나는 고개를 숙이고 쓰던 글씨에 다시 열중하는 척한다.

그럼 나 좀 도와라. 데모 잘되는 게 돈 버는 거니까.

뭐하면 되는데?

음, 일단 물 좀 갈아와.

스케치북을 내려놓은 동생이 더러운 물이 든 페트병을 들고 집밖으로 나간다. 붓을 쥐고 다시 글씨를 쓰려는데 왜인지 아까처럼 잘되지 않는다. 나는 나무로 된 붓대 끝을 잘근잘근 씹는다. 데모 잘되는 게 돈 버는 거라는 말을 왜 했을까. 나는 정말로 그렇게 생각하나. 모르겠다. 물론 땅 사람들이 우리 말을 들어주고 땅에 살 곳을 마련해준다면 좋은 일이다. 그런데 왠지 뭔가…… 옳지 않은 일처럼 느껴진다. 왜 우리의 살 곳을 정하는 일을 생판 모르는 남이 베푸는 선의에 맡겨야 하는 걸까. 모두가 그걸 바라고 모여 목소리를 높인다는 건 아무래도 이상한 것 같다. 누구도 누구에게 선의를 베풀지 않는 이곳에 서는 더더욱.

동생은 맑은 물이 든 페트병을 들고 금세 돌아온다. 나는 페트병에 붓을 꽂고 자리에서 일어난다.

야, 배 안 고프냐?

고파.

오늘 저녁엔 맛있는 거 먹자.

아빠는?

알아서 먹고 오겠지. 뭐 먹을래? 치킨? 햄버거? 피자?

신이 나서 달려들 거라고 생각했는데, 눈이 동그래진 동생은 쭈뼛거리며 대답이 없다. 나는 펼쳐뒀던 물감을 한쪽으로 치우며 동생의 기색을 살핀다.

야, 나 돈 많아.

진짜? 얼마 있는데?

이 새끼가. 너 치킨 한 마리 먹일 돈은 있어.

한 대 쥐어박을 것처럼 팔을 들어올리자 동생은 몸을 움츠리며 히죽히죽 웃는다. 나는 벗어뒀던 겉옷을 집어들고 팔을 꿴다. 뭘 먹을까. 뭐든 좋겠다. 한 그릇에 사천원 하는 잔치국수 따위보다 더 맛있는 걸 먹을 것이다. 우리가 한 번도 먹어보지 못한 것. 큰마음을 먹어야, 아니 큰마음을 먹어도 쉽게 먹지는 못하는 것. 어디 가서 배불리 먹었다고 자랑할 수 있는 것. 어린애에게 물감과 붓을 쥐여주고 먹고 싶은 걸 그려보라 시키면 제일 먼저 그리기 시작할 그런 것을.

얼굴에 그 물감부터 좀 지워라. 그러고 갈 거야?

아 참.

동생이 양손으로 얼굴을 문지른다. 새빨간 가루가 떨어져내린다. 마른 피처럼. 단결, 투쟁. 신이 나서 집을 박차고 달려나가는 동생의 바지 주머니가 아직도 불룩하다. 나는 동생을 따라 나가며 나도 모르게 흥얼거린다. 단결, 투쟁. 단결, 투쟁.

27

데모는 아침 아홉시. 그러나 우리집 앞에 대여섯 명의 남자들이 모인 것은 전날 밤부터다. 아빠와 뒷집 아저씨, 그리고 낯익은 몇몇 동네 아저씨들. 나는 방안에 길게 누워 창문으로 새어들어오는 그들의 목소리를 듣는다.

확성기는?

준비됐어. 스피커도 준비됐고.

스피커는 내일 저녁에 반납해야 돼.

아무튼 쪽수가 너무 적어. 다 합치면 몇이지?

애엄마들까지 긁어모으면 스물 둘인가 셋.

젊은 애들은 오기로 된 거 맞지?

춘여사네 첫째 녀석이 모아올 거야.

그놈을 믿어? 싹수가 노랗던데.

안 오면 안 오는 대로 해야지 무어.

칙, 라이터가 켜지는 소리. 커어억 퉤, 폐 속에 고인 가래를 끌어올려 뱉어내는 소리. 뒤이어 창문 틈으로 스며들어오는 매큼한 담배 연기도 하나의 소리다. 나는 또렷한 정신으로 어둠 속에 누워 귀로 냄새를 맡는다. 바깥의 사람들이 내 기척을 느끼지 못하도록 조심히 돌아눕는다.

이제 날이 밝으면 정말로 그 일이 일어날 것이다. 이미 모든 준비가 끝났다. 목표는 심플하다. 인공 강우제를 살포하지 않겠다는 약속을 받아내는 것, 꼭 살포해야겠다면 그전에 땅 어딘가에 우리가 살 곳을 마련해달라는 것. 요구가 받아들여지지 않는다면 내일도, 모레도 반복할 것이다. 모두가 납득할 만한 해결책이 제시될 때까지 싸울 것이다. 투쟁. 어둠 속에서 다시 한번 조용히 그 단어를 발음해본다. 둥글게 모였다 힘없이 벌어지는 입술. 나는 새우처럼 웅크린 채로, 내일 아침 사용할 물건들이 쌓여 있는 방 한구석을 바라본다. 어디서 빌려왔는지 모를 커다란 스피커, 확성기와 마이크, 그리고 내가 정성껏 만든 피켓들. 창문을 뚫고 들어온 달빛이 조명처럼 그것들을 비춘다. 샛노란 빛 아래 드러난 그 물건들은 어쩐지 허접하고 보잘것없어 보인다. 저런 것으로 이길 수 있을까. 우리와 생각이 다른 누군가를 납득시킬 수 있을까.

원은 지금 잠들어 있을까.

나는 양팔로 내 몸을 끌어안는다. 원을 생각하면 가슴속에서 무언가 허물어지는 것만 같다. 내 옷 속으로 밀어넣던 차가운 손, 돌아서서 뛰어가는 내 볼을 칼날처럼 스치던 머리카락. 그날 이후로 원과 단둘이 만난 적은 없다. 다른 어른들과 함께 있을 때 잠깐 얼굴을 본 것이 전부다. 그때 우리는 아무 일도 없었던 것처럼 태연하게 서로를 쳐다보았다. 얼굴 한번 붉히지 않고. 그것은 구름에서 나고 자란 아이들이라면 누구나 할 수 있는 일이다. 원은 어른들에게 데모에 참여하겠다고 말했다. 다 같이 좋자고 하는 일이니까요, 그렇죠? 비꼬는 투였지만 어른들은 눈썹을 찡그릴 뿐 아무 대꾸도 하지 않았다. 나는 그 말이 뜻하는 바를 잘 안다. 원은 나에게서 대가를 받아내고자 할 것이다.

그리고 그건 아무것도 아닌 일이다.

정말로 아무것도.

어둠 속에서, 나는 무릎을 세워 다리를 벌린다. 팬티 속에 오른손을 집어넣고 가운뎃손가락에 힘을 주어 뻑뻑한 질 안에 그대로 밀어넣는다. 입구쯤에서 느껴지는 약간의 따가움, 그리고 불쾌한 이물감 외에는 아무 느낌도 없다. 손을 닦을걸 그랬나 싶지만 이미 늦었다. 손가락을 조금씩 앞뒤로 움직여본다. 여전히 아무것도 느껴지지 않는다. 겁을 먹고 너무 얕게 집어넣어서 그런가. 그러나 손가락을 조금 더 깊이 밀어넣어보아도, 아무런 느낌이 없다.

그 순간 나는 마음속에서 어떤 감정 하나를 발견한다. 그것은 증오다.

나는 무표정한 얼굴로 눈을 부릅뜬다. 천장을 노려보며 손가락을 움직인다. 움직이면 움직일수록 증오는 몸집을 불려 마침내 내 몸보다, 이 집보다, 구름보다 커진다. 나는 아주 미운 누군가의 눈알을 후벼내려는 것처럼 질을 힘껏 쑤신다. 그러면서 원이 내게 이 짓을 하는 모습을 수백 번 상상한다. 옷을 홀라당 벗고 있겠지. 돼지처럼 땀을 흘리겠지. 거뭇거뭇 때가 묻은 앙상하고 큰 손을 내 목 양옆에 받쳐놓은 채로 평생 들어보지 못한 소리를 내겠지. 생각만으로도 당장에 죽여버리고 싶어진다. 정말로 죽일 수 있을 것 같다. 어렵지 않은 일이다. 상상 속에서, 나는 내 몸 위에 엎드린 원의 핏줄 선 목에 칼을 꽂는다. 분수처럼 뿜어져나오는 피를 온 얼굴로 맞는다.

빼낸 손가락은 젖어 있다. 어둠 속이라 무슨 색의 액체인지는 보이지 않지만 코에 가져다대니 시큼 달큼한 냄새가 난다. 나는 킁킁거리다 손가락을 이불에 슥 닦아내버린다.

바깥에서는 여전히 두런거리는 목소리가 들려온다. 어른들이 뿜어낸 담배 연기가 유령처럼 집안을 맴돌다 잠든 동생의 얼굴로 내려앉는다. 나는 손을 휘저어 유령을 쫓아낸다. 지금

이 순간 무엇도 나를 행복하게 해줄 수 없을 거라고 확신하면서. 세상은 불행하고 나쁜 것으로만 가득차 있다. 구름도 땅도 마찬가지다. 세상 끝에서 끝까지 걸어가도 기쁨과는 마주칠 수 없을 거다. 단 한 조각도.

나는 등을 둥글게 구부리고 몸을 웅크린다. 잠을 자두는 게 좋을 것이다. 내일은 피곤할 테니까. 아랫배 깊은 곳에서 뭉근한 통증이 느껴지는 것도 같다. 하지만 이런 것은 아무것도 아니다. 정말로 아무것도 아니다.

28

마지막 사람까지 모두 내려온 뒤, 아빠는 모여 선 사람들의 얼굴을 일일이 확인하며 수를 센다. 나까지 합해 스물세 명. 나는 그들에게 피켓과 머리띠를 하나씩 나누어준다. 대열 끝에 삐딱하게 서서 저들끼리 뭔가를 속닥거리고 있는 원과 그의 친구들에게도. 받아든 사람들은 어색한 동작으로 이마에 띠를 맨다. 모두 잘 알고 있다, '투쟁'이라는 글자가 앞으로 가도록 매야 한다는 것 정도는. 나는 아빠에게 허리를 숙이라고 손짓한 뒤 머리에 띠를 둘러 묶어준다. 아직 아무것도 하지 않았는데 아빠의 이마는 벌써 땀에 젖어 있다.

자, 오늘 힘들 텐데 다들 기운 냅시다. 더우면 바로바로 물들 마시고, 지치지들 말고.

아빠가 사람들을 둘러보며 말한다.

그럼 생수라도 한 병씩 나눠주든가.

대열 끄트머리에서 누군가가 다 들리도록 중얼거린다. 아빠는 못 들은 척 걸어가 대열의 맨 앞에 선다. 내가 아빠의 옆에 서는 것을 신호로 우리는 걷기 시작한다. 시청까지는 걸어서 한 시간 정도. 일부러 사람이 많은 큰길로만 갈 것이다. 한 명이라도 더 많은 땅 사람이 우리를 볼 수 있도록. 나는 고개를 똑바로 들고 걷는다. 두려울 것은 하나도 없다. 창피할 것도 없다. 출퇴근길에 매일 지나는 익숙한 골목을 지나친다. 왼발 앞에 오른발, 오른발 앞에 왼발. 날씨는 매우 좋음. 구루마에 실린 스피커가 덜그럭덜그럭 소리를 내며 뒤따라온다.

얼마 지나지 않아 양쪽으로 가게가 늘어서 있는 번화가가 나타난다. 출근하는 사람들이 바쁘게 걸어가고, 우리는 그 인파 사이로 행진한다. 사방에서 우리를 흘긋거리는 시선들이 느껴진다. 몸을 돌려 대놓고 쳐다보는 이들도 있다. 이곳에 집을 가진 사람들. 안정된 일자리를 가진 사람들. 우리를 마음대로 쳐다볼 수 있는 사람들.

계속 걸어라. 앞에서 밀리면 뒤에서도 밀려.

아빠의 목소리를 듣고서야 나는 내 발걸음이 느려졌다는 것을 깨닫는다. 대답 대신 피켓을 똑바로 고쳐 쥔다. 왼발 앞에 오른발, 오른발 앞에 왼발.

그렇게 일이십 분 정도를 걷고 있는데, 갑자기 내 앞에 새빨간 것이 휙 나타난다. 나는 깜짝 놀라 비명도 지르지 못하고 우뚝 서서 그것을 바라본다. 작은 노인이다. 허리가 꼬부라졌고 이 더위에도 새빨간 비닐 점퍼를 입었다. 그 노인은 무슨 할말이 있는 것처럼 우리를 빤히 노려보더니, 피켓에 쓰인 글자들을 곰곰히 읽는다. 그러고는 뒤늦게 그 뜻을 이해했는지 별안간 소리친다.

아주, 이, 아주 도둑놈의 새끼들이야!

무심히 지나던 행인들이 깜짝 놀라며 발걸음을 멈춘다. 뒤따라오던 행렬도 일제히 멈춰 서서는 뭐야, 무슨 일이야, 하며 고개를 빼꼼 내밀고 앞을 살핀다.

비키세요.

아빠가 말하지만 노인은 아랑곳 않고 다시 한번 외친다.

이, 이 도둑놈의 새끼들! 싸그리 불태워 죽여도 모자랄 놈들!

노인은 침을 튀기며 손가락질한다. 마치 우리가 방금 자신의 호주머니를 털기라도 했다는 듯이. 아빠는 입을 꾹 다물고 노인을 노려본다. 어떻게 해야 할지 생각하는 눈치다.

아빠, 그냥 가요.

나는 다시 걷는다. 이런 것은 상대해줄수록 더욱 기세가 등등해진다. 아빠가 따라오고, 행렬은 다시 움직이기 시작한다.

노인은 꽥꽥 소리를 지른다. 도둑놈의 새끼들, 아주 빨갱이 같은 새끼들, 거지새끼들. 발걸음을 빨리하자 목소리는 점점 멀어진다. 나는 마음속으로 노인의 말을 곱씹어본다. 도둑놈의 새끼들, 이건 틀렸다. 아무것도 훔치지 않았으니까. 빨갱이 같은 새끼들, 이것도 틀렸다. 빨갱이가 뭔지는 잘 모르겠지만. 하지만 거지새끼들, 이건 맞는 말일지도 모른다. 아무튼 세 개 중 한 개만 맞았으므로 탈락. 탈락이다.

계속 걷는다.

백화점 앞을 지나고 지하철역을 지난다. 생과일주스를 파는 노점을 지나고 휴대폰 케이스와 열쇠고리를 파는 좌판을 지난다. 머리띠에 땀이 배어든다. 덥구나. 기계적으로 다리를 움직이며 나는 뒤를 돌아본다. 행렬은 중간중간 끊기긴 했지만 잘 따라오고 있다. 아빠는 주변을 살피지 않고 그저 묵묵히 걷고만 있다. 여기는 와본 적이 없는 곳인데. 아빠는 길을 알고 가는 걸까. 이 길이 시청으로 가는 길이 맞기는 할까. 나는 문득 이상한 상상을 하기 시작한다. 사실 아빠가 길을 모르는 거라면. 우리가 시청으로 가고 있는 게 아니라면. 가도 가도 시청은 나타나지 않고, 이렇게 더위와 목마름에 지친 채 피켓을 들고 걷는 것만이 우리 삶에 유일하게 남겨진 할일이라면. 그리고 아빠는 사실 그 모든 것을 이미 알고 있는 거라면. 나는 아빠의 옆얼굴을 바라본다. 그게 아니기를 바라면서. 그때 아빠가 발걸음을 멈춘다. 다음 순간, 나는 나도 모르게 몸서리를 친다. 아빠의 얼굴에 순식간에 놀람과 절망이 차오르는 것을 보았기 때문이다.

저건······

나는 길 건너편, 아빠의 시선이 향한 곳을 바라본다. 처음에는 내가 보고 있는 것이 무엇을 뜻하는지 이해하지 못한다. 거기 있는 것은 서로 바짝 붙어 주차된, '경찰'이라고 적힌 커다란 흰색 버스 여러 대가 전부였으니까. 아빠는 들고 있던 피켓을 내게 쥐여주고는 길을 건너 그쪽으로 다가간다. 재빨리 따라붙는데, 그때 버스 한 대에서 젊은 남자 경찰이 불쑥 튀어나온다.

시위 오셨습니까?

아빠는 눈에 적의를 담은 채 말없이 경찰의 눈을 바라본다. 단추가 여러 개 달린 남색 셔츠를 입은 그는 원과 비슷한 또래처럼 보인다. 아빠가 그 경찰에게 왜 그렇게 화가 나 있는지를 이해할 수 없다. 우리는 어떤 잘못도 하지 않았고 경찰 역시 그렇게 생각하는 것처럼 보이는데. 그는 아빠의 행색을 흘긋 보더니, 고개를 돌려 아직 길을 건너오지 않은 우리 행렬을 살펴본다.

이쪽으로 오십쇼. 그쪽 분들도 다 건너오세요.

남자가 어딘가에 무전을 한 뒤 따라오라고 손짓하며 앞서 걷는다. 사람들이 아기 오리떼처럼 줄줄이 길을 건너 우리를 따라온다. 남자는 주차된 버스와 버스 사이, 사람 두 명이 겨우 지나갈 법한 틈으로 우리를 들여보낸다.

버스 너머는 시청 광장이다.

태어나서 처음 보는 크기의 회색 건물이 저멀리 서 있다. 시야를 가득 채울 정도로 커다란 시청 건물은 구름 하나가 통째로 들어갈 수 있을 만큼 거대해 보인다. 그 앞에 광장이, 우리가 찾던 그 광장이 펼쳐져 있다. 우리는 순식간에 광장의 아름다움에 압도당한다. 푸르고 맑은 여름 하늘 아래 탁 트인 광장은 도심 한가운데라고는 믿어지지 않을 만큼 넓고 깨끗하다. 바닥엔 흰 돌과 잔디가 조화롭게 깔려 있고 일정한 간격마다 커다란 화분이 하나씩 놓였다. 그 안엔 생전 보지도 못한 형형색색의 꽃들이 가득 심겨 있다. 바닥의 분수대에서는 리듬에 맞춰 물줄기가 뿜어져나오는 중이다. 곳곳의 벤치에 사람들이 드문드문 앉아 있다. 아이를 데리고 있는 사람, 뭔가를 마시고 있는 사람, 휴대폰을 들여다보고 있는 사람. 우리는 경찰이 이끄는 대로 그 사람들 앞을 지나친다. 정작 그들은 우리에게 전혀 관심이 없는 것 같지만, 그 순간 우리 모두 똑같은 생각을 하고 있으리라고 나는 짐작한다. 땀투성이에 잔뜩 지쳐 어깨가 수그러든 우리가 이곳에 정말로 끔찍하게 어울리지 않는다는 생각. 이 아름다운 장소에서 우리의 목숨과 권리에 대해 외치는 것은 어쩐지 부당한 것 같다는 생각. 그렇다, 이것은 옳지 않게 느껴진다. 아무것도 시작하지 않았는데 벌써 악당이 된 것 같다.

주변을 두리번거리며 느릿느릿 따라가는 사이 앞서 걷던 경찰은 어느새 광장을 거의 다 가로질렀다. 어디로 가는 거지, 생각할 때 멀찍이 경찰 여러 명이 잔뜩 모여 있는 것이 보인다. 그들은 캠프파이어라도 하듯 어깨를 맞붙이고 둥글게 서 있다. 다른 점은 바깥쪽을 보고 있다는 것. 그 우스꽝스러운 모습에 이어, 그들이 들고 있는 길쭉하고 검은 물건이 눈에 들어온다. 땡볕을 막기 위한 가림막으로 짐작했다가, 가까이 다가가니 그게 얼마나 우스운 생각이었는지를 깨닫는다. 그건 방패다. 막기보다는 때리기에 더 적합해 보이는, 여차하면 누군가의 머리를 내려찍을 수도 있을 것만 같은 방패. 우리를 보자 그들이 조금 물러나 길을 터준다.

자, 이리로 들어가시면 됩니다.

우리는 영문을 모른 채 시키는 대로 경찰들이 내어준 틈으로 줄지어 들어간다. 행렬 맨 마지막 사람이 스피커가 든 구루마를 끌고 들어오자마자 경찰들은 다시 틈새를 좁힌다. 천천히, 나는 주변을 둘러본다. 사방 어디를 보아도 단단히 돌아선 경찰들의 등밖에 보이지 않는다.

집회 신고 하신 대표자이신가요?

우리를 데리고 온 경찰이 아빠에게 묻는다. 아빠는 대답 없이 그를 노려보지만 경찰은 아랑곳 않고 말한다.

아홉시부터 열두시까지로 신고하셨죠? 지금부터 진행하시면 됩니다. 교통 방해나 신고지 이탈을 하시면 집회 및 시위에 관한 법률 위반으로 처벌받을 수 있고요. 돌발 상황 발생시 저희가 진압에 나설 수 있다는 점 미리 말씀드립니다.

돌발 상황이요?

아빠 대신 내가 묻는다.

예, 뭐 일정 데시벨 이상 소음을 내신다든가, 저희한테 폭력을 행사하신다든가 하면 말이죠. 아무튼 집회 신고서에 적으신 거 외에 다른 행동을 하시면 안 됩니다.

마치 우리가 그럴 거라고 단정짓는 듯한 말투다. 나는 돌아서서 행렬을 본다. 사람들은 불만스러운 얼굴로 주위를 두리번거리는 중이다. 어쩔 수 없다. 여기서 시작할 수밖에. 구루마를 끌고 온 이웃 아저씨가 스피커를 내린다. 사람들은 땡볕에서 오래 걸은 탓에 모두 지쳐 있다. 둘씩 짝지어 줄을 맞춰 서는가 싶더니 아이고, 소리를 내며 누군가 주저앉는 것을 시작으로 결국 다들 바닥에 털썩 앉아버린다. 그러고는 자, 이제 뭘 하면 되는지 읊어봐, 하는 눈빛으로 우리를 올려다본다. 서 있는 것은 나와 아빠뿐이다.

아빠, 시작해요.

나는 아빠를 재촉한다. 우리를 안내해준 경찰은 이미 어딘가로 가버렸지만, 아빠는 아직도 허공만 노려보며 서 있다. 무언가 골똘하게 생각하는 얼굴로. 아빠의 꽉 다물린 입술을 바라보다 나는 문득 그가 불쌍하다고 생각한다. 아직도 자신이 세상을 원하는 방향으로 돌아가게 만들 수 있다고 믿는다니, 아직도 어그러질 기대가 남아 있었다니. 그것은 슬픔을 넘어 조금 우스꽝스럽게 느껴지기까지 한다. 그 마음을 떨쳐내려 나는 고개를 돌리고 아빠 대신 행렬 뒤쪽을 향해 말한다.

스피커 연결해주세요.

스피커 옆에 쭈그려앉아 있던 아저씨들이 아 참 그렇지, 하는 얼굴로 둘둘 말린 발전기의 코드 선을 풀기 시작한다. 곧 스피커가 켜짐과 동시에 삐익, 하는 노이즈가 잠시 동안 모두의 귀를 멀게 한다. 귀를 막고 얼굴을 찡그리는 우리와 달리 돌아서 있는 경찰들은 미동도 하지 않는다. 이윽고 스피커에 연결된 마이크가 내 손에 쥐어진다.

나눠드린 구호 있지요. 저랑 아빠가 선창하면 큰 소리로 따라 외쳐주세요.

누구도 대답하지 않는다. 나는 마이크를 잠시 살펴보는 척하며 심호흡을 한다. 몸통의 검은 코팅이 조금씩 벗겨져 있다. 어디서 빌려온 누구의 것일까. 아니, 그런 것을 생각할 시간은 없다. 이제 투쟁을 외쳐야 할 때다. 나는 아랫배에 힘을 딱 준다.

……땅 사람 구름 사람 다 죽이는 인공 강우제 살포 멈춰라 아!

생각보다 큰 음량에 나는 지레 놀란다. 태어나서 이렇게 큰 소리를 내본 건 처음이다. 더군다나 이런 광장 한복판에서. 가슴이 활랑거린다. 바닥에 쭈그려앉은 사람들도 마찬가지인지 눈을 동그랗게 뜨고 나를 올려다보고 있다. 원과 그의 친구들마저 입을 딱 벌린 채다. 아무도 나를 따라 외치지는 않는다. 멈춰라, 멈춰라 하고 후창을 해주기로 했는데. 분명 그렇게 약속이 되어 있었는데. 나는 다시 한번 외친다.

……살길 마련하고 쫓아내라, 구름 사람들 다 죽는다아!

이번에는 산발적이고 힘없는 후창이 따른다. 다 죽는다, 다 죽는다. 정말로 다 죽기 직전의 사람들처럼 맥아리가 하나도 없지만 그런대로 만족스럽다. 힐끗 아빠를 바라보는데, 아빠는 나를 보고 있지 않다. 나는 조금 화가 난다. 마음에 드는 게 하나도 없지만 어쨌든 아빠를 따라서 시작한 일인데.

아빠, 아빠도 좀 해요.

나는 아빠의 옷깃을 잡아당긴다. 아빠가 말한다.

뭘 하라는 거야.

뭐라고요?

나는 어이가 없어 마이크를 쥐고 있다는 것도 잊고 아빠를 빤히 쳐다본다. 아빠가 마이크를 신경질적으로 뺏어들더니 전원을 꺼버린다.

넌 보이지도 않냐.

뭐가요?

봐라. 주변을 좀 보라고.

아빠의 손가락을 따라 눈을 돌려보아도 보이는 것은 돌아선 경찰들의 등뿐이다.

뭘 보라는 거예요? 아무것도 안 보이는데.

그래, 아무것도 안 보이지. 아무것도 안 보인다고.

나는 그제야 아빠의 말을 이해한다. 사방에 둘러싼 경찰들 때문에 바깥에서는 우리가 전혀 보이지 않을 것이다. 나는 까치발을 들고 경찰의 어깨 너머를 본다. 가까운 주변에는 아무도 없다. 우리의 목소리를 들어야 할 사람들은 저 건너편, 분수와 화분과 잘 전정된 나무들과 함께 있다. 이쪽에는 전혀 관심이 없는 상태로. 이들은 우리를 감시하는 동시에 감추고 있다. 완전히 무력화시키고 있다. 상자 안에 잡아 가둬놓은 쥐처럼.

더이상 무엇을 어떻게 해야 할지 몰라 멀거니 서 있다가, 문득 뒤쪽에 앉아 있는 원과 눈이 마주친다. 친구와 무언가를 숙덕거리던 원은 나를 보고 눈썹을 으쓱해 보인다. 그때 앉아 있던 행렬 한가운데에서 누군가 큰 소리로 묻는다.

저기요, 우리 아무것도 안 해요?

나는 힘없이 그쪽을 쳐다본다. 더위에 얼굴이 벌겋게 익은 여자가 마찬가지로 얼굴이 벌겋게 익은 아기를 안고 있다. 영애와 영애의 엄마다. 대답할 말이 없어 머뭇거리는데 영애 엄마가 다시 말한다.

계속 있을 거면, 애기가 너무 더워해서 그런데 그늘로라도 가면 안 될까요?

……밖으로 나가면 안 된다고 해서……

그럼 저는 그만 여기서 빠질게요. 애기 때문에 안 되겠어요.

영애 엄마가 이것 보라는 듯, 열꽃이 핀 영애의 얼굴을 공중으로 들어올린다. 가까이 있는 것도 아닌데 나는 뒷걸음질친다. 그것을 신호로 사람들이 저마다 한마디씩 던지기 시작한다.

어차피 말해봐야 여기선 들리지도 않겠구만.

날이 너무 더운데 꼭 오늘 했어야 했나?

좀 제대로 알아보고 하지, 이건 뭐 허공에 대고 외치는 거나 다름없네.

이렇게 다 막아놨는데 뭘 할 수가 있어?

나는 어떻게 해야 할지 몰라 아빠를 한 번 보았다가, 행렬 앞쪽에 있는 뒷집 아저씨를 한 번 보기를 반복한다. 둘 다 침통한 표정으로 땅바닥만 내려다보고 있다. 아무런 대답도 내놓지 못하자 원성은 점점 커진다.

여기 오려고 일도 빠지고 왔단 말이에요.

에이 제길, 내가 뭐 먹을 거 있다고 여길 왔는지 원.

쪽은 쪽대로 팔고.

찌푸려진 얼굴들이 중얼대는 말이 가래침처럼 내 얼굴로 내뱉어진다. 순간 욱하고 가슴속에서 뭔가 치받치는 것을 느낀다. 어떻게 이렇게들, 이렇게들 못되고 치사할 수가 있을까. 누구 하나만 배부르자고 하는 일도 아닌데, 다 함께 잘살자는 건데. 무너져내릴 걱정 없는 곳에서 편안하게 살아보자는 것뿐인데. 고작 이 정도의 인간들과 그런 것을 공모했다는 사실이 치가 떨리도록 분하고 억울하다. 나는 빈 주먹을 꽉 쥔다. 누군가의 멱살이라도 잡고 싶은 심정으로. 돌아선 경찰들은 여전히 미동도 없다. 하지만 듣고 있을 것이다. 그 사실이 나를 더 미치게 한다. 속으로 비웃고 있겠지. 처음부터 오합지졸들 같더라니 이럴 줄 알았다고 생각하고 있겠지. 저들끼리도 뭉치지 못하는 족속들이 어딜 기어오르느냐고, 얌전히 찌그러져 살지 자기들이 뭐라도 되는 줄 아는 게 아주 우습다고.

그때 원이 벌떡 일어나더니 벼락같이 외친다.

아 씨발, 다들 입 좀 닥쳐요!

사람들은 언제 그랬냐는 듯 조용해진다. 나는 똑바로 선 원과 눈을 마주친다. 땀에 젖은 원의 얼굴은 잔뜩 찌푸려져 있다. 그 순간, 나는 이전부터 수백 번 해온 상상을 다시 하기 시작한다. 원이 저벅저벅 걸어와 내 손을 잡는다면. 잡은 손을 그대로 끌고 달려 이곳을 빠져나간다면. 누구도 우리를 찾지 못하는 곳으로 떠나 다시는 돌아오지 않는다면. 그저 상상만 으로도 나는 기뻐서 몸서리를 친다. 그래, 지금 내게 필요한 건 단지 그것뿐이다. 제발, 나를 데리고 떠나줘. 나를 여기서 꺼내줘. 이 모욕과 악의에서 나를 구해줘.

하지만 물론 그런 일은 일어나지 않는다.

뭐라고 욕설을 내뱉은 원은 이내 고개를 돌리더니, 경찰들 사이를 비집고 나가버린다. 어어, 하고 원의 친구들이 소리치 며 뒤따른다. 야, 담배 피우게? 아니, 집에 가게. 좆같아서 못 있겠다. 하여간 구질구질한 인간들. 존나 병신 같아. 말소리가 멀어진다. 나는 어깨를 늘어뜨리고 서서 원이 빠져나간 자리 를 바라본다.

그러자 기다렸다는 듯, 마음이 귀퉁이부터 서서히 슬픔으로 젖어든다.

나는 그 슬픔을 똑바로 노려보려고 애쓰면서 마음속으로 중 얼거린다. 나를 슬프게 하는 건 내게 거지새끼라고 삿대질하 는 노인도 아니고 애써 준비한 데모를 헛수고로 만들어버린 경찰도 아니다. 내게 원망의 말을 쏟아내는 저 사람들도, 그걸 나서서 수습할 마음이 전혀 없어 보이는 아빠도 아니다. 내가 슬픈 이유는 원이 나를 두고 가버렸기 때문, 오직 그것뿐이다.

우리 그래서 계속해요, 말아요?

영애 엄마가 한풀 꺾인 목소리로 묻는다. 그는 내가 만들어 준 피켓으로 영애의 얼굴에다 부지런히 부채질을 하는 중이다. '결사반대'라는 네 글자가 팔랑팔랑거리며 무더운 바람을 실어나른다. 그 투쟁의 바람 아래 죽은듯이 잠들어 있는, 아니 어쩌면 오래전에 죽었는지도 모를 영애의 감긴 눈꺼풀. 태양이 우리 모두의 머리 위로 내리쬔다. 경찰들의 어깨에 달린 금속 장식이 번쩍거린다. 눈부시다. 눈부셔 죽겠다. 나는 눈을 감아버린다.

자, 그다음 눈을 뜨면 짜잔. 아무것도 달라져 있지 않다.

29

누나, 데모 어땠어?

뭐가 어때, 데모가 데모지.

경찰 많았어? 군인도 막 왔어?

어. 경찰도 오고 군인도 오고 탱크도 오고 대포도 왔어.

에이, 구라.

좆만한 게 속고만 살았냐? 진짜야.

사람이 탱크를 어떻게 이겨?

야, 누나 싸움 짱이잖아.

이히히, 누나가 무슨 싸움 짱이냐.

아빠도 있고 원이 형도 있고 다른 사람들도 있고, 아무튼 다
이겼어 새꺄.

어떻게 이겼는데? 응? 어떻게?

몰라. 야, 귀찮게 굴지 말고 저리 가서 폰이나 봐.

아 좀 얘기해줘. 군인들이 총 쐈어? 경찰들이 막 때렸어?

존나 귀찮게 구네. 저리 가라고.

아 누나 제발.

어휴, 그래. 총알 샥샥 피하면서 다가가서 발차기로 대가리 후려서 죽였어. 경찰들이 방패로 막길래 방패도 다 부숴버리고 땅바닥에 메다꽂으니까 머리가 펑펑 터지더라. 탱크도 그냥 기어올라가서 안에 탄 새끼 끄집어내다가 확 목에 칼 그어버렸고. 됐냐?

와, 미친. 진짜야? 진짜 누나랑 형들이랑 아빠랑 그랬어?

어. 땅 새끼들 다 제발 살려달라고 무릎 꿇고 빌었어.

그럼 우리 이제 땅에 가서 살아?

……

누나?

야, 꺼져.

아 누나.

너 진짜 개같이 처맞기 전에 꺼지라고.

아니 누나, 이것만 알려줘. 우리 땅에 가서 살아? 언제부터?

니가 그걸 알아서 어쩌게.

어…… 비밀인데, 사실 나…… 아니다. 아니야.

맞을래? 뭔데.

아니 있잖아 나, 사실 어디다 몰래 돈 숨겨놨거든. 근데 갑자기 이사가게 되면 그거 못 찾고 갈 수도 있으니까.

돈? 니가 돈이 어디서 나서?

아 있어. 비밀이야. 아무튼 언제 가는지 알려주면 안 돼? 제발. 제발.

너 지금 안 꺼지면 진짜 맞는다.

알았어, 갈게 갈게. 그래도 누나, 가기 전엔 꼭 알려줘야 돼?

……

누나!

알았어. 알았으니까 이제 좀 꺼져.

으응.

30

달 없는 밤, 원과 나는 쓰레기장에서 만난다. 이곳은 그야말로 칠흑같이 어둡다. 우리는 쪼그려앉은 채 휴대폰 플래시를 켜서 서로의 머리 위를 비춘다. 허공에 둥둥 뜬 원의 시허연 얼굴은 꼭 귀신 같다. 이윽고 귀신이 묻는다.

저녁은 먹었냐.

어어.

뭐 먹었냐.

컵라면에 밥 말아 먹었다, 왜.

괜히 불퉁한 목소리로 대꾸한다. 원은 대답 대신 크흠, 하고 목을 가다듬는다. 사방이 고요하다. 나는 침을 꿀꺽 삼킨다. 왠지 모르겠지만 정신을 똑바로 차려야 한다는 생각이 들어서

다. 이 어둠 속에, 저 쓰레깃더미 안에 뭔가가 도사리고 있는 것만 같다. 나를 어제의 나와는 완전히 다른 무언가로 바꾸어 놓을 어떤 것이.

괜찮냐.

뭐가?

그냥 다.

데모 얘기라면 관둬라.

데모 얘기 안 할게.

갑자기 뭔가가 내 손을 더듬더니 꽉 움켜쥔다. 나는 깜짝 놀라 소리 없는 비명을 지른다. 그건 물론 원의 손이다. 차가운 거미 같은 손가락들을 피하지 않고, 원의 손을 강하게 마주잡는다. 손바닥 안에서 배어나와 고이는 땀이 내 것인지, 원의 것인지 알 수 없다. 어색하게 웃으며 이 땀에 대해 말하려는 찰나, 원의 얼굴이 가까이 다가온다. 동시에 다른 쪽 손이 내 목덜미를 그러쥔다. 그렇게 세게 쥐지 않아도 도망가지 않아. 나는 이제 더이상 아무것도 무섭지 않거든. 그런 의미로 나는 다가온 원의 입술을 살짝 물어준다. 이 작은 화답에 원은 미친 듯이 흥분하여 달려든다. 두꺼운 혀가 입천장이며 볼 안쪽을 부지런히 훑는다. 마치 이빨 달린 문어에게 얼굴을 통째로 잡아먹히고 있는 것만 같다. 나는 숨을 참고 차분히 코로 호흡하려고 노력하지만, 원의 윗입술이 자꾸만 콧구멍을 막는다. 침

냄새와 담배 냄새. 문득 더럽다는 생각이 든다. 하지만 이다음에 벌어질 일에 비하면 이건 더러운 축에도 못 낀다. 정말로 그렇다.

잠시 후 원이 숨을 헉헉 몰아쉬며 얼굴을 떼어내자마자, 나는 고개를 돌리고 옷소매로 입을 문질러 닦는다.

너 처음 맞아?

내가 이런 걸 누구랑 또 해.

왠지 처음 하는 거 아닌 것 같은데.

진짜 존나게 처음 처음 거리네. 너야말로 처음 맞냐.

삐딱하게 말했지만 사실 크게 관심은 없다. 원과 다른 누군가가 이런 짓을 하는 모습을 상상하면 그저 우스꽝스러울 뿐이다. 잠깐, 이거 이상한 건가. 질투가 나야 맞는 거 같은데. 어둠 속에서 딸그랑딸그랑, 바지 벨트 푸는 소리를 들으며 나는 원이 뒹구는 장면을 골똘히 떠올린다. 벌거벗은 원이 마찬가지로 벌거벗은 웬 여자 위에 올라타 있는 모습. 너무나 쉽게 그려낼 수 있지만, 그야말로 아무런 감정이 생기지 않는다. 아니, 차라리 그랬으면 좋겠다. 그러니까 이쪽 말고 그쪽이 진짜였으면……

원의 손이 부드럽게 내 몸을 누른다. 나는 헝겊 인형처럼 누르는 대로 눌린다. 바닥에 등을 대고 눕자마자 브래지어 속으로 거리낌없이 밀고 들어오는 손가락. 이윽고 윗옷이 벗겨지자 등이며 배가 서늘하다. 훤히 드러난 가슴에 원이 얼굴을 비비며 중얼거린다.

오하늘.

왜.

나 너 좋아해…… 존나…… 좋아해……

갑자기 뭔 소리야.

난 오하늘이 좋고…… 좋은데 아 존나 씨발…… 불쌍하고……

나는 원의 머리를 양손으로 끌어당겨 입맞춘다. 키스가 하고 싶어서가 아니라 입을 닥치게 만들고 싶어서다. 이와 이가 표면을 긁으며 서로 부딪힌다. 원의 머리는 뜨끈하게 열이 올라 있다. 커다란 손이 이리저리 움직이며 내 바지 버클을 풀더니 팬티까지 한꺼번에 쑥 잡아 내린다. 드디어 올 것이 왔다. 나는 눈을 크게 뜨고 감지 않으려 노력한다. 내 얼굴 위로 뜬 원의 얼굴 너머로 별이 총총한 밤하늘이 보인다. 정말로 많기도 많구나. 아름답구나. 저 별들을 어떻게 이으면 무슨 그림이 될 것도 같은데. 문득 나는 동생이 아기였던 때를 생각해낸다. 밤새 잠투정으로 칭얼거리는 그애를 업고 집 앞을 왔다갔다하며 별자리에 대해 말해주었던 일. 봐봐, 이렇게 이렇게 이으면 국자 모양 북두칠성. 야 신기하지 그치. 이런 건 누가 만들었을까. 신기하지 응.

원이 내 위에서 움직이는 동안, 나는 눈으로 별을 따라간다. 윙크하듯 깜빡이는 별들. 새까만 어둠 속에서 바람이 불자 별빛이 흔들린다. 날이 밝으면 저 별들은 다 어디로 갈까. 아 피곤하다, 저들끼리 중얼거리며 집으로 돌아갈까. 정말 그럴까. 그러면 좋겠다. 포근한 집에서 평화롭게, 평화롭게. 저중 어느 별도 나처럼 차가운 바닥에 등을 깔고 누워 있지는 말기를.

곧이어 원의 몸이 딱딱하게 경직된다. 누구에게도 배운 적 없지만 직감으로 알 수 있다. 뭔가가 끝났다는 것을. 내 얼굴 위로 거친 숨을 내뱉던 원이 이윽고 몸을 반 바퀴 돌려 떨어져 눕는다. 그러고는 숨을 채 고르기도 전에 묻는다.

좋았어?

어어.

어둠 속에서도 원이 씨익 웃는 것이 느껴진다. 왠지 그렇게 말하지 않으면 안 될 것 같아서 한 말일 뿐인데. 나는 윗몸을 일으키고 바닥을 더듬거려, 아무렇게나 내던져진 바지를 찾아 내 주머니에서 휴지 뭉치를 꺼낸다. 집에서 나오면서 챙겨온 것이다. 그것을 다리 사이에 대고 지그시 누른 다음, 손으로 꾹꾹 뭉쳐 멀리 던져버린다. 닦여 나온 것이 무엇이든 그건 절대로 보고 싶지 않다.

……야.

왜.

나 이제 집에 가도 되지.

간다고?

누워 있던 원이 담뱃불을 붙이려다 말고 급하게 되묻는다. 나는 아직 알몸인 원을 바라본다. 키는 훤칠하지만 팔뚝은 앙상하고 벗은 가슴은 깡말랐다. 옷을 벗겨놓아서 그런가, 아니면 방금까지 나를 타고 올라 헉헉거리던 우스꽝스런 모습을 봤기 때문인가. 사람들 앞에 버티고 서서 쌍욕을 내뱉던 당당한 모습은 오간 데 없다. 나는 서둘러 옷을 입으며 눈을 돌린다.

아니 왜 벌써 가게.

그럼 여기 누워서 뭐해.

몰라. 담배라도 피우든가.

그렇게 말해놓고, 내가 진짜로 손을 내밀자 원은 놀란 얼굴을 한다. 나는 잽싸게 원의 입에 물린 담배를 빼앗아 입에 물고 말릴 새도 없이 숨을 깊게 들이쉰다. 가시가 돋친 듯 날카롭고 매운 연기가 입속을 가득 메웠다가 코로 쿡 치받는다. 목과 가슴에 힘을 꽉 주고 기침을 참자 눈물이 핑 돈다.

야, 야. 왜 그래. 미쳤냐.

놔둬.

한번 더 깊게 빨아들이자 처음보다 괜찮은 것 같다. 내 입에서 나온 연기가 주변으로 퍼지며 하늘을 향해 나부끼다 사라진다. 입안이 텁텁하고 까끌거린다. 이래서 그렇게들 침을 뱉는구나. 입에 있는 침을 전부 긁어모아 퉤, 소리 내며 내뱉자 원이 낄낄 웃는다.

잘 피네.

웃기냐.

원이 새 담배에 불을 붙이며 계속 웃는다. 뭐가 웃기지. 별로 웃기지 않다고 생각하면서도 나도 어느새 웃고 있다. 아하하하, 히히히히. 아무도 오지 않겠지만 우리는 소리를 죽여 웃는다. 지은 죄가 있으니까.

하지만 이게 정말 죄일까?

웃을 만큼 웃고 나서 나는 담배 한 개비를 마저 끝까지 피운다. 다 피운 뒤엔 제법 그럴싸한 동작으로 꽁초를 구름 바닥에 비벼 끄기까지 해본다. 좋다. 이제 나는 담배를 피우는 사람이 되었다. 아주 쉽고 자연스럽다.

존나 별거 아니네.

나는 어둠 속을 향해 말한다. 그러자 그 말에 화답이라도 하듯, 다리 사이에서 뭉근하게 무언가 흘러나오는 것이 느껴진다. 팬티가 축축하게 젖어드는 기분이 썩 좋지 않다. 아니, 정확히 말하면 아주 나쁘다. 니미 개 씨발 좆같이 나쁘다. 하지만 괜찮다. 이럴 때 어떻게 해야 하는지 방금 배웠으니까.

야, 한 대 더 줘봐.

나는 원을 향해 빈 손바닥을 내민다.

31

주방 이모가 손짓으로 나를 부른 건 한창 손님이 몰려드는 저녁 시간이 지나 조금 한가해졌을 무렵이다. 가게 구석의 빈 테이블에 앉은 이모는 나도 앉으라는 듯 앞자리를 눈짓한다. 무슨 얘기를 하려고 이러지. 조금 긴장하며 앉으니 이모가 묻는다.

하늘이 너, 고등학교는 나왔니?

네? 갑자기요? 나왔죠. 왜요?

수능은?

치긴 쳤죠. 성적은 끔찍하지만. 왜요?

아니, 갑자기 문득 생각해보니까 너는 대학 안 가나 해서.

대학이요? 뭔 대학?

나는 미간을 찌푸리며 되묻는다. 누굴 놀리는 건가 싶어서

다. 그다지 가깝지는 않지만 주방 이모와는 몇 년을 한 가게에서 일한 사이고, 내가 구름 사람이라는 것쯤은 당연히 잘 알고 있다. 고등학교를 다니는 동안에도 수업이 끝나자마자 바로 아르바이트를 뛰었는데 대학은 무슨 놈의 대학. 주방 이모가 내 표정을 보더니 손사래를 친다.

아니 아니, 돈 없어도 대학 갈 수 있어.

돈이 없는데 어떻게 가요?

요즘 세상이 좋아졌잖아. 장학금 받든가, 학자금 대출이나 국가 지원을 받든가, 아무튼 방법이 다 있다구. 찾아보면 많아. 찾아는 봤어?

아 진짜 갑자기 무슨 소리예요. 그런 거 관심 없어요.

자리에서 일어나려는 내 어깨를 이모가 눌러 앉힌다.

애, 진지하게 말하는 건데, 너 관심 있으면 이모가 방법은 알아봐줄게. 우리 딸이 사회복지사인데 너 같은 애들 땅에도 진짜 많대. 그런 애들도 다 나랏돈 받아서 대학 다닌다더라. 엄청 좋은 대학은 아니더라도 사년제로 갈 수도 있대. 아무튼, 응? 생각해봐. 우리 딸내미한테 물어봐줄 테니까.

나는 대답 대신 비슬비슬 웃어버린다. 물론 웃겨서 웃는 게 아니라 어이가 없어서다. 주방 이모가 눈을 부라린다.

웃기는 왜 웃어. 언제까지 이런 데서 돼지갈비나 나르면서 살 거야? 대학도 나오고 배울 수 있는 건 배워서 더 좋은 데

가야지. 너도 이런 거 말고 진짜로 하고 싶은 거 있을 거 아니냐? 응?

뭐라고 대답해야 할지 망설이는데 그때 마침 반갑게도 손님 대여섯이 우르르 들어온다. 어서 오세요! 나는 우렁차게 외치며 벌떡 일어난다. 등뒤에서 아이구 저 기지배, 하는 핀잔이 들려온다. 그러거나 말거나 주방으로 뛰어가 물티슈와 기본 찬을 세팅해둔 쟁반을 날라와서 손님들 앞에 반찬을 착착 내려놓으며 생각한다. 하고 싶은 게 없다고 말하지 않아도 되어서 다행이라고.

그렇다, 실은 하고 싶은 게 없다. 아니, 굳이 따지자면 이런 상황에 하고 싶은 게 있으면 더 이상한 거 아닌가. 물론 막연히 돈이 많았으면 좋겠다는 희망이야 있지만 어떻게 해야 그렇게 될 수 있는지에 대해 생각하면, 어느 시점에 이르러 머릿속이 흐려진다. 더구나 뭔가를 배우고 또 그러기 위해 어딘가에 소속되고 그렇게 착착, 계획과 목표를 세워 움직이는 것은 완전히 불가능한 일처럼 느껴진다. 말도 안 되는 소리다.

그러고 보니 초등학생 때부터 그랬다. 문득 아주 오래전의 미술 시간이 떠오른다. 어른이 되어 장래희망을 이룬 자신의 모습을 그려보라는 선생님의 말에 일제히 뭔가를 그리기 시작한 반 아이들 사이에서, 혼자 멍하니 빈 책상만 내려다보던 내가. 그때 선생님이 나를 혼냈던가, 그건 잘 기억나지 않는다.

아마 딱히 뭐라고 하진 않았을 것이다. 나는 처음부터 좀 모자란 애 취급을 받고 있었으니까. 숙제도 안 해오고 준비물도 안 가져오는데다 목덜미와 손톱 밑엔 새까맣게 때가 끼어 있었으니 그럴 만도 했다. 맞기는 애들한테 많이 맞았다. 또래한테도 맞았고 때로는 나보다 어린 애들한테도 맞았다. 그마저도 내가 구름 사람이라는 게 알려지기 전까지였다. 어떻게 알았는진 몰라도 그뒤로는 때리지도, 내게 말을 걸지도 않았다.

그러니까 나한테 아무도 꿈 같은 건 물어보지 않았다는 거다. 물어보지 않았으므로 생각한 적도 없다.

퇴근 시간이 되자마자, 나는 급한 일이 있는 양 후다닥 앞치마를 벗어던지고 가게를 나온다. 늘 가던 길 말고 다른 골목을 택해 도망치듯 걷는다. 골목 중간쯤 와서야 아무도 따라오지 않는다는 걸 확인하고 걸음을 늦춘다. 발을 질질 끌며 터벅터벅 걷는다. 그제야 내가 너무 싸가지 없었나 싶은 생각이 든다. 어쨌든 생각해서 해준 얘기일 텐데. 아니다. 오히려 싸가지 없는 건 이모 쪽이다. 사정을 뻔히 알면서 대학은 무슨 얼어죽을 놈의 대학. 내가 고깃집 일을 그만두면 우리 가족의 수입은 당장 반토막이 난다. 학비가 공짜라고 해도 어쨌든 공부는 돈이 드는 행위다. 책값이며 밥값이며, 교통비는 뭐 땅 파면 나오나. 벌어도 모자랄 판에 오히려 쓰고 다니라니, 말도 안 되는 소리다.

그런 생각들을 소여물 씹듯 우물거리며 집으로 돌아오니 아빠는 없고 동생만 방구석에 엎드려 휴대폰을 들여다보고 있다. 데모 이후로 아빠는 집에 잘 들어오지 않는다. 그전에도 그랬지만 최근엔 더욱 잦아져 이틀, 사흘씩 집을 비우기도 한다. 처음에는 아빠에게 어딜 갔다 왔느냐고 자주 캐물었고 집요하게 전화나 문자를 하기도 했지만 이제는 그러지 않는다. 다 소용없는 일이라는 걸 깨달았기 때문이다.

야, 누나가 왔는데 쳐다도 안 보냐.

고기 냄새에 찌든 옷을 벗으며 나는 동생의 엉덩이를 찰싹 때린다. 동생이 그제야 기겁하고 놀라며 귀에서 이어폰을 뺀다.

아 깜짝이야.

넌 하루종일 그거만 보고 있냐. 눈 나빠지게.

눈 안 나쁘거든.

밥 먹었냐?

어.

건성으로 대답하지만 눈은 여전히 휴대폰에 가 있다. 어휴, 저 한심한 새끼. 나는 동생 옆에 벌렁 드러눕는다.

야. 넌 커서 뭐 되고 싶냐.

어? 나?

여기 너 말고 또 누구 있냐.

나는…… 어……

동생은 얼른 말하지 못하고 내 눈치를 본다. 나는 재촉하지 않고 기다린다. 포동포동한 아랫입술을 우물거리던 동생이 조심스럽게 말한다.

방송……

뭐라고? 티비 나오는 거?

아니, 이거……

동생이 가리키는 휴대폰을 흘끗 보자, 재생이 멈춰진 화면에 머리를 빡빡 민 남자가 있다. 민소매를 입은 남자의 양팔에 문신이 화려하다. 앞에는 초밥이 잔뜩 놓인 길쭉한 접시가 있는데, 언뜻 보아도 오십 개는 넘어 보인다.

이번엔 뭐야? 이거 다 이 새끼 혼자서 먹어?

예전 같으면 신이 나서 설명했을 동생은 그저 주눅든 채 고개만 끄덕인다. 나는 동생이 왜 그러는지 안다. 예전에도 이 짓거리를 하고 싶다고 했다가 내게 죽도록 두들겨맞았으니까. 나는 그때 온 힘을 다해 쥐어박았던 동생의 동그란 머리통을 바라본다. 이상하다, 동생을 때렸던 일을 떠올리니 맞고 있던 동생보다는 때리던 내가 더 생생하게 기억나는 게. 기분은 어땠는지, 몸 어디에 어떻게 힘을 주었는지, 어디를 어느 정도의 힘으로 때렸는지, 나는 그 모든 것을 머릿속에서 또렷하게 재생할 수 있다. 누군가를 때리면 다 이렇게 되는 건가. 그렇다면 나를 때린 사람들도 그럴까. 나는 나도 모르게 쯧, 혀를 차고는 묻는다.

이거 어디서 어떻게 되는 건데?

응?

비제이인지 뭔지 그거, 어디 가야 시켜주는 거냐고.

동생은 말하려다 말고 내 눈치를 슬쩍 본다. 정말 말해도 되는지, 괜히 떠들었다가 호되게 당하는 게 아닌지 살펴보는 것이다. 나는 말해도 된다는 뜻으로 눈썹을 까딱한다. 찌그러져 있던 동생의 미간이 화악 펴지더니, 이내 재잘거리기 시작한다.

어, 일단 누가 시켜주는 건 아니고, 아무나 할 수는 있어. 첨에는 당연히 시청자도 없고 관심도 못 받는 게 당연하고, 뭐 유명한 사람하고 친하면 그 사람 방송에 꼽사리 낄 수도 있긴 한데. 그런 거 없으면 그냥 뭐 하고 싶은 콘텐츠 찍어서 무작정 시작하는 거야. 먹방이든 겜방이든 그냥 토크 방송이든.

동생의 말을 전부 이해하진 못했지만, 아니 사실은 거의 이해하지 못했지만 나는 듣고 있다는 뜻으로 고개를 끄덕거린다. 동생의 말이 점점 빨라지고 두서없어진다.

그리고 어, 음, 홍보도 열심히 하고, 약속한 요일에 꼬박꼬박 방송하는 건 당연하고. 아니다, 더 중요한 건 뭘 하는지인데. 특이한 거나 신기한 거, 그런 거 하나씩 있어야 사람들이 많이 봐줘.

예를 들면?

어, 예를 들면 막 짜장면 열 그릇 한꺼번에 먹기. 콜라 큰 거 열 병 마시기.

그게 가능해?

아니 누나, 그런 건 별것도 아니야. 어떤 애는 막 전구도 깨서 먹고 그래.

구라 치지 마, 전구를 어떻게 먹어.

아냐 누나 내가 진짜 보여줄 수도 있어.

동생이 휴대폰을 들고 설치는 걸 나는 손사래 치며 말린다. 보나마나 조작된 가짜 영상이겠지. 그보다 내가 궁금한 건 다른 것이다.

근데 그 비제인지 뭔지 하는 애들 말야, 다 대학 안 나왔지?

대학? 몰라. 나온 애들도 있고 아닌 애들도 있을걸.

대학 안 나와도 할 수 있는 일이야?

그럴걸?

나는 안심하는 동시에 실망한다. 개나 소나 할 수 있는 일, 즉 변변찮은 일이라는 뜻이니까. 그러나 그렇기 때문에 동생도 할 수 있을 것이다. 하고 싶은 일이 있다는 건 좋은 거다. 어쨌든 이 녀석이 나보다 낫구나. 나는 뿌듯한 마음으로 동생의 머리를 쓰다듬는다.

너 그거 꼭 돼라.

어어. 나 내년에 초등학교 들어가면 진짜 준비해보려고.

기분이 잔뜩 좋아진 동생이 눈을 반짝이며 내 턱밑으로 머리를 들이민다. 감지 않은 머리에서 시큼한 땀냄새가 난다. 아빠가 자꾸 집을 비우는 탓에 동생은 일주일이 넘도록 목욕탕에 가지 못했다.

그래, 그래. 뭔지 모르겠지만 잘 해봐.

있잖아 누나, 실버 버튼 받으면 그거 누나 줄게.

그게 뭔데?

유튜브에서 구독자 많으면 주는 거야. 잘했다고.

그런 걸 왜 날 주냐. 니가 가져야지.

아냐, 누나 줄게. 나 어차피 돈 진짜 많이 벌 거거든.

개좋네, 나 부자 되겠네.

우리는 동시에 히히 웃는다. 정말 그렇게 될지도 모른다. 나는 배운 것 없이 나이만 먹었으나 동생은 아직 어리니까 뭐든지 될 수 있다. 그다지 똑똑한 편은 아닌 것 같지만 뭐, 괜찮다. 세상에는 머리가 좋지 않아도 할 수 있는 일이 많으니까.

동생이 다시 이어폰을 낀다. 나는 머리 뒤로 깍지를 끼고는 반듯이 눕는다. 바깥에는 바람이 무섭게 불고 있다. 창문이 덜컹덜컹 소리를 내며 흔들린다. 혹시 아빠가 돌아오는 소리는 아닐까, 나는 아니라는 것을 알면서도 문 쪽을 흘깃 본다. 문은 굳게 닫혀 있다. 영영 열리지 않을 것처럼.

나는 눈을 감는다. 곧 얕은 잠에 빠져들기 시작한다.

32

일을 끝내고 집으로 돌아오는 길, 춘여사에게 발판을 내려달라고 전화를 한 후 기다리며 서 있는데 저쪽에서 누군가 걸어오는 것이 보인다. 영애 엄마다. 가슴에 띠를 둘러 영애를 안고선 양손에 불룩한 비닐봉지를 하나씩 들고 있다. 슈퍼에 다녀오는 모양이지. 생각만 할 뿐 인사는 하지 않는다. 영애 엄마 역시 분명 나를 알아봤겠지만 알은체하진 않는다. 머뭇거리며 몇 걸음 떨어진 곳에 서 있을 뿐이다. 나는 입을 비죽거리며 등을 돌린다. 보통 발판 근처에서 구름 사람을 만나는 경우, 먼저 올라간 쪽이 춘여사에게 발판을 다시 내려보내라고 말해주는 게 보통이지만 이번에 나는 그럴 생각이 없다. 춘여사에게 전화하지 않는 걸 보니, 영애 엄마는 내가 그런 친절을 베풀 거라고 생각하나보지. 울퉁불퉁한 마음으로 허공을 노려보고 서 있는데 영애 엄마가 모기만한 소리로 말한다.

저기.

나는 못 들은 척 운동화 앞코만 내려다본다. 영애 엄마가 몸을 뒤트는지 봉지 부스럭거리는 소리를 내더니, 나를 다시 부른다.

저기, 하늘아, 있잖아.

아 왜요.

퉁명스럽게 대꾸하며 마지못해 돌아보니 흐린 가로등 불빛 아래 영애 엄마의 망설이는 얼굴이 보인다. 영애 엄마가 봉지를 내려놓더니 조심스럽게 묻는다.

저, 그…… 소식 없니?

무슨 소식이요?

인공 강우제 말야. 언제 뿌린다거나 뭐…… 그런.

아니, 제가 그걸 어떻게 알아요?

나는 울컥 짜증이 나서 쏘아붙인다. 그 서슬에 영애 엄마가 흠칫 놀라며 무심코 영애를 끌어안는다. 아랑곳 않고 노려보자 시선을 피하며 뭐라고 입을 오물거린다. 뭐 이딴 사람이 다 있지. 정말로 염치도 없는 사람이다.

아니 그냥…… 그 이후로 뭐 들은 게 있나 싶어서 그랬지.

아줌마, 데모는 하기 싫고 그건 또 궁금해요? 어떻게 사람이 그래요?

아유, 왜 그렇게 화가 났어 그래.

영애 엄마가 달래듯 말하며 한 걸음 다가선다. 입가에 떠올린 비굴한 미소를 보자, 마음속에서 증오가 끓어오른다. 나는 주먹을 꽉 쥐며 소리지른다.

애새끼 머리 다 쥐어뜯어놓기 전에 꺼져요. 나한테 말 걸지 말라고요.

어머, 애 말하는 것 좀 봐?

머리 위 멀리서 끼익끼익, 발판이 내려오는 소리가 들린다. 나는 양다리에 힘을 주어 버티고 서서 영애 엄마의 얼굴을 똑바로 노려본다. 그리고 증오심과는 별개로, 어떤 사실 하나를 깨닫는다. 영애 엄마는 내 생각보다 훨씬 젊으며, 어쩌면 나와 나이 차이가 그다지 나지 않을지도 모른다는 사실을. 그러나 지금 그런 건 중요하지 않다. 중요한 건 영애 엄마가 참으로 뻔뻔스럽고 이기적인 사람이라는 것뿐이다.

뭐요, 억울해요? 열받아요? 그럼 데모 좀 잘하지 그랬어요?

쏘아붙인 말에 두들겨맞은 사람처럼 영애 엄마가 눈을 질끈 감는다. 그러곤 별안간 벼락같이 소리를 지른다.

그날은 애기가, 애기가 너무 더워하는데 어떡해!

영애 엄마가 발치의 비닐봉지를 뒤지더니 뭔가를 쓱 끄집어낸다. 베이비파우더가 든 흰색 플라스틱병이다. 그것을 내 눈앞에 대고 미친 사람처럼 흔들어대며 악을 쓴다.

이거 봐! 안 그래도 애 온몸에 땀띠가 나서 이 비싼 파우더를 몇 통이나 처바르고 있는지 알아? 애가 밤마다 가려워서 죽으려고 해! 그런데 어떻게 그 땡볕 아래 애를 내버려둬? 응? 어떻게? 어떻게 그러냐고?

파우더 통이 날아와 퍽 소리를 내며 내 가슴께에 부딪힌다. 멍하니 서 있는 내 발치에서 통이 데구르르 굴러간다.

그래, 데모 제대로 못해서 미안하다 미안해! 야, 근데 니가 뭐가 그렇게 잘났고 뭘 그렇게 잘했어? 뭐, 애 머리채를 뜯어? 어디 뜯어봐! 어? 뜯으라고!

영애 엄마가 소리치며 가슴을 내민다. 나는 멀거니 영애의 머리통을 내려다본다. 고운 머리카락이 보송보송 돋아 있는 아기의 둥근 머리통. 어떻게 이럴 수가 있을까 싶게, 제 어미가 이토록 소리를 지르고 있는 와중에도 영애는 잠들어 있다. 마치 엄청나게 고단한 하루를 보내고 온 사람처럼. 나는 입술을 앙다문다. 분명 분노와 증오가 마음속에서 용솟음치고 있는데 그것을 입으로 내뱉을 방법을 잊어버린 것만 같다. 이건 아닌데. 공평하지 않은데. 나는 머릿속으로 말을 고른다. 너만 더웠냐, 우리도 다 더웠다, 다 같이 잘살자고 거기 나간 거 아니냐. 수많은 말이 떠올랐다가 사그라든다. 그리고 다음 순간, 내가 뱉은 말은 내 의도와는 전혀 다른 말이다.

그러게 애를 어디다 맡기고 왔어야지…… 왜 데려와서.

아닌데, 이런 말을 하려고 했던 게 아닌데. 나는 애써 표정을 감추며 속으로 되뇐다. 영애 엄마가 혼자서 영애를 키우고 있다는 건 구름 사람들 누구나 아는 사실이다. 아침이면 영애를 데리고 구름을 내려와 미싱 공장의 시다 일을 하러 간다는 것도, 애 업은 여자를 받아주는 곳이 거기밖에 없어 먼지와 실밥 부스러기 사이에서 콜록콜록 기침하는 영애에게 마스크를 씌워가며 버티고 있다는 것도. 나는 영애 엄마의 시선을 피해 버린다. 차라리 욕을 했으면 좋겠다고 생각하면서. 그러나 영애 엄마는 입을 굳게 닫은 채 그대로 서 있다. 나는 영애 엄마의 생각을 정확히 읽어낼 수 있을 것만 같다. 설명할 가치도 없다고 생각하고 있겠지. 그저 내가 밉겠지. 진심으로, 내가 자기를 미워하는 것보다 훨씬 더 많이, 어쩌면 인공 강우제를 뿌리려 드는 사람들보다도 더.

끼익거리는 소리가 가까워진다. 발판이 거의 다 내려온 것이다. 나는 숨을 깊게 들이쉬었다가, 길게 내쉰다. 허리를 숙여 발치에 있던 베이비파우더 통을 집어든다. 그것을 영애 엄마의 비닐봉지에 다시 넣어준다.

올라가서 발판 내려보내라고 얘기할게요.

영애 엄마는 대답하지 않는다. 움직이지도 않는다. 그저 작게 칭얼거리는 영애를 한 번 추슬러 안을 뿐이다. 그것을 대답이라고 여기고 나는 발판에 올라탄다.

이윽고 발판이 올라가기 시작하자, 영애 엄마의 모습이 점점 멀어진다. 어느새 손가락만하게 작아진 영애 엄마가 자리에 쭈그려앉는 게 보인다. 우는 것인지 그저 힘들어서 주저앉은 것인지는 알 수 없다. 엉망이다, 모든 것이. 다 엉망진창이다. 나는 입술을 짓씹다 말고 문득 코를 킁킁거린다. 어디선가 베이비파우더 향이 나는 것 같아서.

33

 한가로운 주말 오전, 아빠는 없고 동생마저 놀러 나가 빈집에 나 혼자뿐이다. 오랜만에 낮잠이라도 잘까 하고 누워 있는데 휴대폰이 울린다. 모르는 번호로 문자메시지가 도착했다. 상대는 나와 친한 사이인 양 내 이름을 부르고 있다.

 ―안녕 하늘~ 잘 지내? 오랜만에 연락하네!

 무시할까 하다가 누구세요? 라고 답장하니 곧바로 또하나의 메시지가 온다.

 ―나 김연수인데 기억나? 고2 때 너랑 같은 반이었는데

 기억을 더듬어볼 필요도 없다. 초중고를 통틀어 이름을 기억할 정도로 친했던 애는 단 한 명도 없으니까.

 ―아니

—아 그렇구나~ 갑자기 연락해서 미안...! 사실 부탁할 게 있어서 연락했어

—?

—음... 혹시 잠깐 만날래? 별건 아니고 내가 커피 한잔 살게! 너 시간 되는 때 맞춰서 내가 근처로 가면 좋을 것 같아. 너 아직도 거기 살지?

이건 무슨 개수작이지. 나는 휴대폰을 들여다보며 곰곰이 생각한다. '거기'라면 구름을 말하는 것일 테지. 누구에게도 내가 여기 산다는 걸 말한 적이 없지만, 어떻게 된 일인지 모두가 알고 있었으니까. 그런데 땅에 사는 애가 나한테 부탁할 일이 뭐가 있을까. 돈을 빌려달라는 걸까, 뭔가 팔려는 걸까. 모두 구름 사람인 내게 부탁할 만한 일은 아닌 것 같다. 나는 잠시 생각하다가 답장한다.

—지금 괜찮아

기다렸다는 듯 좋다는 답이 돌아온다. 두 시간 뒤, 번화가 골목의 모 카페에서 만나기로 약속한 뒤 휴대폰을 내려놓자 괜히 가슴이 뛴다. 무슨 얘기를 하려는 걸까. 혹시…… 엄마 얘기를 하려는 건 아닐까. 우리 엄마를 어디서 봤다든가, 어디 있는지 알고 있다든가 하는. 물론 말도 안 되는 얘기라는 건 안다. 정말로 그걸 기대하는 것도 아니다. 하지만, 하지만.

약속한 시간에 맞춰 카페에 도착해 문을 밀고 어색하게 들어가니, 멀찍이 앉아 있던 여자가 발딱 일어나며 내게 손짓한다.

여기야!

나는 좀 당황한다. 전혀 기억나지 않는 얼굴이기 때문이다. 하지만 자기를 김연수라고 소개한 저애는 마치 나와 한때 절친하기라도 했던 것처럼 환하게 웃고 있다. 나는 김연수의 모습을 슬쩍 뜯어본다. 매끈매끈 윤이 나는 긴 생머리를 늘어뜨리고 깔끔한 원피스에 샌들을 신은 김연수. 가까이 다가가자 몸에서 꽃향기 비슷한 것이 풍긴다. 그 모든 게 좋아 보인다.

일단 주문부터 하자. 뭐 마실래? 내가 살게.

난 아무거나 좋아.

대답하고 나서야 궁색한 소리를 했나 싶어 후회한다. 한 번도 이런 곳에 와본 적이 없다는 걸 들켰으려나. 하지만 김연수는 대수롭지 않게 고개를 끄덕이곤 카운터로 걸어간다. 나는 자리에 앉아 무언가를 주문하는 그의 뒷모습을 쳐다본다. 아무래도 낯설다. 정말로 내가 저애랑 같은 반이었던 적이 있나. 주문을 마친 김연수가 자리로 돌아오자마자 나는 묻는다.

근데 왜 보자고 한 거야?

음, 부탁할 게 좀 있어서.

김연수가 눈을 반달 모양으로 접으며 웃더니, 옆으로 몸을 숙여 가방에서 뭔가를 꺼낸다. 이윽고 커다란 노트북이 테이블 위에 펼쳐진다. 나는 눈을 동그랗게 뜨고 김연수가 콘센트에 노트북 전원코드를 꽂는 것을 지켜본다. 나와 동갑인데 저런 걸 가지고 있다니, 굉장한 부자구나. 아니면 어디서 빌려온 걸까. 이윽고 노트북 화면이 켜졌는지, 흰 불빛에 그의 얼굴이 환해진다.

음, 설명부터 할게. 나 이번에 학교에서 '근현대생활사'라는 교양수업을 듣게 됐거든.

……근데?

이번 학기 중간고사 대체 과제가 삼십 장짜리 자유 리포트를 써오는 건데, 뭘 주제로 삼을까 하다가 구름 생각이 나더라고. 요즘 인공 강우제 때문에 완전 난리잖아. 뉴스에도 나오고. 그래서 구름 사람들의 생활상을 조사해볼까 했는데 갑자기 네 생각이 났지 뭐야.

나는 어떤 표정을 지어야 할지 몰라 그저 눈을 크게 뜬 채 듣고만 있다. 김연수의 말을 전부 이해한 건 아니지만, 적어도 내게서 뭘 원하는지 정도는 알 것 같다. 너무 당황스럽고 어이가 없는데, 정말 악 소리를 지르고 싶을 만큼 황당한데 너무 황당해서 오히려 내가 황당해도 되는 게 맞는지조차 알 수가 없다. 내 낯빛이 심상치 않다는 걸 눈치챈 김연수가 황급히 말을 잇는다.

어려운 거 아니야. 사진도 안 찍을 거고, 그냥 내가 묻는 질문에만 대답해주면 돼. 리포트에 절대로 네 이름이나 신상 정보는 안 넣을게. 한 십 분 정도면 끝날 거야.

카운터에서 주문하신 아이스 바닐라라테 두 잔 나왔습니다, 하고 외치는 소리가 들린다. 김연수가 잽싸게 일어나 커피를 가지러 간 사이, 나는 내 앞에 펼쳐져 있는 노트북을 노려본다. 겉면에 귀여운 토끼 스티커가 붙어 있다. 쟁반을 받쳐들고 돌아온 김연수가 내 앞에 커피를 밀어놓는다.

부탁 좀 할게. 나 진짜 이번 학기 성적 중요하거든. 장학금이 걸려 있어서. 이거 못 받으면 다음 학기는 휴학 때려야 될지도 몰라. 밥이든 뭐든 다 살 테니까 제발 한 번만, 응?

김연수가 양손을 모아 비는 시늉을 한다. 가느다란 손목에서 금팔찌가 찰랑거린다. 나는 대답하기 전에 커피를 쭉 들이켠다. 아빠와 종종 마시곤 하는 믹스커피나 고깃집 문 앞에서 머신으로 뽑아먹는 밀크커피와는 다른 맛이다.

……물어볼 게 뭔데?

내가 다 준비해 왔어. 진짜 몇 개 안 돼.

김연수가 반색하며 노트북 위에 손을 올려놓는다. 나는 내가 어떻게 하고 싶은지조차 모르는 채로 빨대 끝을 잘근잘근 씹는다.

어, 질문 시작할게. 첫번째, 구름에는 어떻게 살게 되었나요?

나는 김연수를 쏘아본다. 이년이 진짜 미쳤나 싶다. 하지만 김연수는 아랑곳없이 눈을 반짝이며 그저 대답만 기다리고 있다. 정말로 아무것도 모르는 얼굴이다.

……그냥 태어나보니 여기였는데.

그래? 그럼 부모님이 구름 사람이었던 거야?

고개를 끄덕이자 김연수의 손가락이 부지런히 키보드 위를 왔다갔다한다. 타닥타닥, 경쾌한 소리.

그럼 두번째, 구름에서 살면서 제일 힘든 건 뭔가요? 구름 사람으로서 차별을 경험한 적이 있나요?

나는 잠시 고민한다. 물론 있지 너 같은 애들한테, 라고 대답하고 싶어서다. 하지만 왠지 그러기는 싫다. 그렇게 말해버리면 인정하는 것 같기 때문이다. 너는 나를 차별할 수 있는 사람, 나는 네게 차별을 당하는 사람이라는 사실을. 나는 목 끝까지 치미는 말 대신 다른 말을 한다.

별로 없어.

그래? 아주 작은 거라도?

김연수가 재차 캐묻는다. 나는 정말로 그렇다는 듯 어깨를 들썩해 보인다. 내 대답이 마음에 안 들겠지. 괴롭고 힘들다고 말해야 더 그럴듯해 보일 테니까. 하지만 나는 김연수의 뜻대로 놀아나줄 마음이 없다.

그럼 세번째. 최근 이슈가 되고 있는 인공 강우제 문제에 대해 어떻게 생각하시나요?

뭘 어떻게 생각해, 존나 좆같다고 생각하지.

어…… 그러니까 나쁘게 생각한다는 거지?

키보드를 두드리던 김연수의 손이 뚝 멈춘다. 하긴, 과제물에 '좆같다'는 말을 쓸 수는 없겠지. 아니면, 귀하신 땅 사람님 앞에서 감히 욕을 해서 깜짝 놀라셨나? 나는 속으로 웃는다.

존나 나쁘게 생각하지. 너 같으면 니네 집 무너뜨린다는데 존나 좆같지, 그럼 안 좆같겠냐? 그런 씨발 새끼들은 다 잡아다가 거꾸로 매단 담에 개네 집부터 부숴버려야 돼.

큰 소리로 말하자 옆 테이블에 앉은 커플이 우리를 흘끔거린다. 김연수도 그 시선을 의식했는지 곤란한 표정으로 고개를 숙인다.

야, 안 그래? 씨발 너 같으면 어떨 것 같냐? 가뜩이나 좆도 없는 살림살이며 집이며 다 부순다는데, 집에 씨발 거동 못 하는 노인네가 있건 애새끼가 있건 상관없이 강우제 뿌려서 다 조지겠다는데 너 같으면 어떨 거 같냐고?

알았어, 알았으니까 조용히 좀 말해.

김연수가 애원하듯 속삭인다. 하하, 저 표정 좀 보라지. 이제 카페의 모든 사람이 우리를 처다보고 있다. 카운터 너머의 아르바이트생도 험악한 얼굴로 이쪽을 흘긋댄다. 하지만 나는 목소리를 낮출 생각이 없다.

진짜 땅 새끼들은 생각이 있는 건지 없는 건지 모르겠어. 구름 부수면 그거 다 니네 머리 위로 떨어진다? 아, 상관없나? 어차피 땅에서도 존나 가난한 애들만 구름 밑에 사니까, 그치? 우리 몸뚱어리랑 걔네 대가리가 부딪쳐서 박살나면 참 재밌겠다, 땅 거지랑 구름 거지랑, 그치? 아하하하.

나는 크게 웃는다. 아르바이트생이 더이상 못 참겠다는 듯 결연한 얼굴로 우리에게 다가온다. 하지만 그가 채 우리 테이블에 도착하기도 전에, 김연수는 노트북을 탁 소리 나게 덮고는 짐을 챙기기 시작한다. 뺨이라도 한 대 맞은 것처럼 얼굴이 새빨개져 있다.

왜, 벌써 가게? 질문 아직 안 끝나지 않았어?

나는 정말 의아해 죽겠다는 듯한 말투로 묻는다. 김연수는 아랑곳없이 노트북을 가방에 욱여넣고는 자리에서 벌떡 일어나, 나를 내려다보며 이렇게 말한다.

야, 내가 인공 강우제 뿌리겠다는 것도 아닌데 왜 나한테 그래?

나는 당황한다. 김연수의 눈에 눈물이 그렁그렁 맺혀 있기 때문이다. 도대체 왜, 무엇 때문에 우는 거지? 울어야 될 쪽은 나 아닌가? 대체 자기가 뭐가 슬프고 억울해서 우는 거지? 이유를 채 묻기도 전에 김연수의 눈에서 눈물 한 방울이 또르르 흘러 떨어진다. 다음 순간, 김연수는 휙 돌아서더니 카페를 나가버린다. 자리에는 어리둥절한 얼굴을 한 나와 커피잔 두 개만이 덩그러니 남았다. 괜히 머쓱해진 나는 주변을 둘러본다. 이쪽을 쳐다보던 사람들이 황급히 고개를 돌리며 시선을 피한다. 여기서 더 구경거리가 될 필요는 없다. 컵 바닥에 조금 남은 커피를 쭉 빨아 마신 뒤 카페를 나온다.

집을 향해 걷는데, 뭔가 꼴이 우습게 된 것 같아 입맛이 쓰다. 그 얄미운 애를 실컷 쪽팔리게 해주면 속이 시원할 줄 알았는데. 그러나 어쨌든 김연수의 과제는 잘 마무리될 것이다. '구름 사람들은 인공 강우제에 관해 이야기하면 극도로 폭력적인 태도를 보인다. 그들은 땅 사람들에 대한 증오를 숨기지 않으며, 공공장소에서 소리를 지르는 등의 남부끄러운 행동을 거리낌없이 한다' 같은 내용에 오늘 제가 겪은 일까지 곁들이면 꽤나 진정성 있는 멋진 글이 될 것이다. 장학금은 보나마나 따놓은 당상이다. 그러니 김연수는 다음 학기에 휴학을 하지 않아도 될 것이다. 대학을 계속 다니고 졸업을 하고 취직을 하고 결혼을 하고 집을 사고 차를 사겠지.

그런데 걔는 도대체 왜 울었을까.

눈물에 대해 생각하자 문득 잊고 있었던 사실이 하나 떠오른다. 김연수를 만나러 나오기 전, 혹시 김연수가 엄마에 대해 알지도 모른다고 생각했던 일이다. 왜 그런 멍청한 상상을 했을까. 이번에야말로 더할 나위 없이 비참해진다. 하지만 이런 일로 울 수는 없다. 더구나 길거리에서는 더더욱. 나는 목을 움츠리고 터벅터벅 걷는다.

34

일하러 가려고 발판을 내려왔는데 앞에 웬 남자 두 명이 서 있다. 내가 땅에 발을 딛자마자 그중 하나가 종이 한 장을 건네준다. 엉겁결에 받아들고 보니 맨 위에 빨간색으로 '계고장'이란 글자가 쓰여 있다.

이게 뭐예요?

계고장입니다.

나랑 장난하자는 건가. 남자의 얼굴을 노려보지만 남자는 무표정한 얼굴로 나를 마주볼 뿐이다.

그러니까 계고장이 뭐냐고요.

밑에 읽어보시면 될 거 같아요.

옆에 서 있던 남자가 대신 말한다. 나는 시키는 대로 '계고장' 아랫부분을 소리 내어 읽는다.

……수신자 ○○동 상공 구름의 불법건축물 거주민 귀하, △△년 △월 △일 ○○동 상공 구름을 방문하여 무단으로 건축한 가택을 철거 및 퇴거하도록 촉구하였으나 현재까지 이행되지 않고 있습니다. 구름을 방치하면 ○○동 거주민들의 일조권과 재산권에 큰 침해를 입히는 바, 근시일 내 인공 강우제를 살포하여 구름을 제거할 예정이며 이로 인한 인명 및 재산 피해가 없도록 즉시 자진 철거 및 퇴거할 것을 행정대집행법 제2조 및 동법 제3조 1항의 규정에 의거하여 계고하는 바입니다.

두 남자는 마치 시 낭송이라도 듣는 듯이 멍하니 고개를 숙이고 있다가, 내가 글을 다 읽고 난 뒤에야 정신이 번쩍 든 듯 나를 쳐다본다.

그래서 뭘 어쩌라는 거예요?

방금 읽으셨잖아요. 철거 후 퇴거하시라고.

어디로 가라고요?

그렇게 묻자 두 남자는 약속이라도 한 것처럼 눈을 피한다. 나는 다시 묻는다.

어디로 가라는 말이냐고요?

돌아오는 대답은 없다. 나는 그들을 똑바로 노려보다가 손에 쥔 종이를 눈으로 다시 살핀다. 이들이 방문했다는 △월 △일이 언제지, 생각하다 그만 헛웃음이 터진다. 기억났다. 지난번에 웬 남자가 꾸역꾸역 구름으로 기어올라왔다가 시뻘건 토사물만 한 바가지 남기고 갔던 일이. 하지만 그게 어떻게 '무단으로 건축한 가택을 철거 및 퇴거하도록 촉구'한 것이 될 수가 있나.

이게 지금 말이 된다고 생각하세요?

두 남자는 땀을 뻘뻘 흘리고 있다. 당황해서가 아니라 더워서다. 공무원이 틀림없을 그들은 둘 다 어려 보인다. 아마 그렇기 때문에 모두가 하기 싫어하는 일을 억지로 떠맡았겠지. 땡볕 아래 서서 거지같은 구름 사람들한테 욕이나 얻어먹는 일을. 그들이 지친 얼굴로 묻는다.

집에 어른 없어요?

제가 어른인데요.

어려 보이는데.

돈 벌고 애 키우면 그게 어른 아니에요?

두 남자는 못 당하겠다는 듯 고개를 절레절레 젓는다. 나도 알고 있다. 이들은 더이상 내게 해줄 수 있는 말이 없다. 계속 붙잡고 입씨름해봐야 달라지는 것은 없을 것이다. 출근만 늦어질 뿐. 나는 종이를 구기다시피 접어 옆구리에 끼고 그들을 떠난다. 종종걸음쳐 골목을 통과한 다음, 방향을 꺾어 다른 길로 접어들고 나서 휴대폰을 꺼낸다. 아빠에게 전화를 건다.

받아라.

제발 받아라.

신호 대기음이 길어진다. 아빠를 마지막으로 본 것은 그제 밤이다. 새벽이 다 되어 엉망으로 술에 취한 채로 들어왔다. 발판은 어떻게 올라온 것인지, 몸도 제대로 가누지 못하고 비틀거리다 그대로 문 앞에 쓰러졌다. 담배는 많이 피워도 이렇게 술을 마시는 건 드문 사람인데, 어쩐 일일까. 어쨌든 잘 거면 편하게 자라고 팔을 끌어 방 중앙으로 데려다놓는데, 아빠가 끙끙 신음소리를 내며 중얼거렸다.

어떻게 그래, 어떻게 어떻게 응, 어떻게 그래.

뭘 어떻게 그래.

무심코 대답했지만 아빠는 그대로 입을 벌리고 곯아떨어졌다. 그리고 다음날 아침 일어나보니 사라져 있었다. 일을 하러 갔겠거니 생각했지만, 보낸 문자에 내내 답장이 없었다. 그러니 전화도 받지 않을 확률이 높다. 아니나다를까, 신호 대기음이 툭 끊어지더니 음성사서함으로 연결하겠냐는 안내가 이어진다. 나는 전화를 끊었다가 다시 걸기를 서너 번 반복하고 나서야 포기한다. 대신 문자를 남긴다.

—아빠 구름 철거한대 우리 나가래 어디로 가야 돼?

하지만 아빠라고 그걸 알 리가 없다. 만일 우리가 살 만한 곳을, 그래도 되는 곳을 찾았다면 진작에 그리로 데려갔을 테니까. 나는 휴대폰을 꼭 쥔 채 고깃집으로 걷기 시작한다. 이대로 아빠에게 연락이 오지 않는다면 어떻게 해야 하나. 원도 이 계고장을 받았을까. 새벽에 출근하는 원은 아마 퇴근길에야 공무원들을 마주칠 테니 아직 모르고 있을 것이 틀림없다. 원에게 이야기하고 같이 대책을 세우는 게 좋을까. 하지만 만일 구름에서 쫓겨나게 된다면 원은 춘여사와 동생들을 챙기느라 정신이 없을 것이다. 나까지 원에게 짐이 되고 싶지는 않다.

그런 생각을 하며 고깃집에 들어가니 먼저 와 앉아 있던 주방 이모가 내 안색을 살핀다.

무슨 일 있어?

왜요?

표정이 꼭 어디서 매라도 맞고 온 사람 같잖아.

나는 말없이 손에 쥔 종이를 내보인다. 주방 이모가 목을 쭉 빼고 종이에 쓰인 글을 읽더니 눈이 휘둥그레진다.

어머, 이게 뭐야? 이거 뭐 어떻게 하라는 거야?

몰라요. 나가라는데.

아이고, 어떡하니. 어떻게 해야 돼. 갈 데는 있어?

없죠.

이거 뉴스에서 떠들던데 우리 동네도 결국 하는구나. 저 밑에 지방에, 열 집 정도 사는 작은 사이즈 구름들은 이미 다 철거를 했다고 하데? 정말로 인공 강우제 뿌려서 녹인다나봐. 밑에다 천막 같은 거 펼쳐놓고.

벌써 뿌린 곳도 있다고요?

그렇다나봐. 사람들이 하도 철거해라, 철거해라 민원을 넣어서……

말하다 말고 주방 이모는 찔끔하며 입을 다문다. 그렇지, 다른 지역에도 구름들이 있었지. 이미 인공 강우제가 뿌려졌다니 그럼 거기 사는 사람들은 어떻게 됐을까. 어디로 갔을까. 몸은 괜찮을까. 그들도…… 저항하려고 했을까. 만약에 이 나라의 모든 구름 사람들이 한데 뭉쳤다면, 어느 한 사람의 불만이나 반대도 없이 모두가 한목소리를 내어 이 얼토당토않은 일에 맞서 싸웠다면 어땠을까. 그랬다면 확실히 지금과는 달랐을까. 하지만 나는 그것이 불가능한 일임을 이제는 안다. 그래, 그건 불가능하다.

아휴 얘, 너 지금 여기 나와서 일할 때가 아닌 거 같애. 반지하 단칸방이든 어디든 비빌 곳 찾아서 동생이랑 짐부터 옮겨야지.

주방 이모가 수선을 떤다. 듣고 보니 맞는 말이다.

너 돈은 있어?

있어요.

얼마나? 보증금 낼 정도는 돼?

모르겠어요. 얼마나 있어야 되는데요?

하아, 글쎄…… 이 동네가 근방에선 집값이 제일 싸긴 한데, 요즘엔 진짜 집세가 미친듯이 오른 판국이라.

대충 얼마쯤 필요할까요?

아유 모르겠네…… 그래도 칠팔백 정도는 있어야 되지 않을까?

헤엑, 나는 숨을 들이킨다. 칠팔백이라니. 우리집 방바닥에 뚫어놓은 구멍을 돈으로 가득 채운다 해도 턱도 없을 거다. 얼마나 되더라. 세어본 지 오래되어 정확히는 알 수 없지만, 오백만원도 안 될 것이 틀림없다.

왜, 모자라?

모자라도 한참 모자라요. 어떡하죠?

주방 이모의 눈에 망설이는 기색이 스친다. 내가 돈을 빌려달라고 할까봐 그러는 것이다. 하지만 그럴 생각은 없다. 갚을 수도 없을뿐더러, 이모한테 남에게 빌려줄 여윳돈이 없다는 것도 잘 아니까. 아무튼 이러고 있는다고 없던 돈이 갑자기 생기는 것은 아니다. 행동을 하려면 빨리 해야 할 텐데. 나는 선채로 망설인다. 이모의 말대로 집으로 돌아가 어떻게든 이사할 방법을 강구해야 할까, 아니면 출근을 했으니 일단 앞치마를 걸치고 일을 시작해야 할까. 우물쭈물거리고 있는데 문이 열린다. 손님인가, 반사적으로 돌아서니 들어오는 것은 뚱한 얼굴을 한 사장이다. 마침 잘됐다는 듯 주방 이모가 옆구리를 쿡쿡 찌른다.

가서 사정 얘기하고 월급 조금만 가불해달라고 해. 당장 달
방이라도 얻어야 한다고.

늘 그렇지만, 사장은 기분이 좋지 않아 보인다. 가게에 들어
오자마자 직원들한테 인사도 없이 카운터 안쪽에 돌아앉아버
린 그를 향해 나는 쭈뼛거리며 다가간다. 살이 두 겹으로 접힌
사장의 목덜미를 보며 부른다.

저기요, 사장님.

왜.

사장은 돌아보지도 않은 채 대답한다.

저, 드릴 말씀이 좀 있는데요.

드려라.

다른 게 아니라, 가불을 조금만 받을 수 있을까 해서……

……

다른 데 쓰려는 게 아니라 방을 얻어야 돼서요…… 이제 정
말 인공 강우제 뿌린다고……

……

저 그래도 여기서 몇 년째 일 잘했잖아요…… 한 번도 결근
한 적 없고……

……

사장님……

사장이 갑자기 자리에서 벌떡 일어나는 바람에 나는 깜짝 놀

라 뒤로 나동그라질 뻔한다. 몇 걸음 떨어진 곳에서 조마조마하게 지켜보던 주방 이모도 화들짝 놀란다. 거대한 덩치의 사장이 나를 내려다본다. 마치 벽에 가로막힌 것 같다. 술에 취한 것처럼 새빨개진 얼굴을 하고, 그가 낮은 목소리로 말한다.

넌 이게 안 보이냐.

……뭐가요?

새끼야, 가게 텅 빈 거 안 보이냐고. 지금 저녁 시간이 다 돼가는데 가게고 요 앞 골목이고 간에 눈 씻고 찾아봐도 사람 새끼 하나 없는 거 좀 봐라. 어? 이게 다 뭐 때문인 것 같아?

단춧구멍처럼 작은 사장의 눈이 나를 더할 나위 없이 원망스럽게 노려본다. 확실히 요즘 고깃집에는 손님이 없다. 그런데 그게 내 잘못인가, 왜 나한테 이러지. 생각하던 중에 갑자기 깨닫는다. 구름 때문이구나. 인공 강우제를 뿌린다고 하니 구름 아래 사는 사람들이 다 도망간 거구나.

안 그래도 장사 안 돼서 고기가 냉장실에서 썩어나는데, 뭐? 가불? 야, 넌 아무 생각이 없냐? 이렇게 텅텅 빈 가게에 편하게 퍼질러앉아서 수다나 떨고 커피나 뽑아 처먹다가 월급 받아가는 주제에 양심의 가책도 없어?

사장이 한마디 한마디 씹어뱉는 단어들이 가래침처럼 내 얼굴에 날아와 척척 늘어지는 것 같다. 나는 나도 모르게 공손하게 손을 모으고 고개를 숙여 꾸중 듣는 어린이 같은 모습이 된다.

니 사정 다 알겠는데, 내 사정도 생각 좀 해라, 어? 맘 같아선 이 씨발놈의 구름 새끼들 진짜 다 죽여버리고 싶은 심정인데 참고 있으니까.

이기죽거린 사장이 이만 꺼지라는 듯 손을 내젓는다. 힘없이 어깨를 축 늘어뜨리고 돌아오자, 이모가 말없이 내 손등을 토닥여준다. 의자에 털썩 주저앉으니 그제야 목 안쪽에서 뜨거운 덩어리 같은 것이 치밀어오른다. 저 새끼가…… 저 새끼가 감히 나한테 양심이라는 단어를 꺼냈다. 그런데 나는 거기다 대고 한마디도 맞받아치지 못했다. 사장이 무서워서였다면 이렇게 화가 나진 않을 것이다. 내가 입을 다물고 있었던 건 돈 때문이다. 혹시 그렇게 말하다가도 돈을 줄까봐, 말은 그렇게 해도 못 이기는 척 가불을 해줄 생각일까봐. 나는 눈을 질끈 감는다. 그런 비겁하고 치졸한 생각을 품고 있었던 나 스스로가 사장보다 훨씬 징그럽다.

그때 주머니 속에서 휴대폰이 울린다.

황급히 꺼내 들여다보니 아빠다. 잔뜩 긴장한 내 손가락이 자꾸만 통화 버튼을 빗나간다. 겨우 전화가 연결되자마자 나는 묻는다.

아빠, 어디야?

……어어.

순간 등골이 오싹하다. 뭔가 이상하다는 것을 감지했기 때문이다. 분명 목소리는 아빠가 맞는데, 수화기 너머가 이상하게 고요해서 이질감이 느껴진다. 완전히 끝나버린 세계의 저편에서 걸려온 전화처럼.

아빠, 지금 어디 있어?

……

여보세요? 아빠, 지금 어디냐고. 나 식당 출근해 있는데 당장 집에 가야 될 거 같아. 아빠도 집에 와야 돼.

……

아빠?

나는 휴대폰을 양손으로 꽉 쥐고 대답을 기다린다. 몇 년처럼 느껴지는 시간이 흐른 뒤, 다 까라진 아빠의 목소리가 나직하게 들려온다.

……아빠 집에 못 간다.

뭐? 어딘데? 왜?

여기 경……

말을 끝내기도 전에 전화기를 빼앗긴 듯, 젊은 남자의 목소리가 이어진다.

여보세요, 따님 되시나요? 여기 ○○경찰서인데요, 아버님께서 지금 현행범으로 체포돼서 와 계시거든요.

……네?

○○경찰서에 지금 아버님 체포돼서 와 계신다고요.

아빠가 체포돼요? 왜요?

내 말에 주방 이모는 물론 멀찍이 있던 사장까지 놀라는 기색인 게 느껴진다. 하지만 그런 것은 지금 눈에 들어오지 않는다. 손끝 발끝에서 피가 썰물처럼 빠져나가는 듯하다. 휴대폰을 쥐고 비틀거리는 바람에 바닥이 핑그르르 따라서 돈다.

어, 시청 건물에 방화하려다 신고받고 현행범으로 체포되셨어요. 범행은 미수로 그쳤는데, 그래도 이게 현주건조물 방화 예비죄라고 해서 무조건 처벌을 받긴 받는 거거든요.

……네? 뭘 하려고 했다고요?

수화기 너머 남자는 답답하다는 듯 목소리를 한 톤 높인다.

방화요, 방화. 불지르는 거. 휘발유 말통이랑 라이터 들고 시청 건물 장애인 화장실에 숨어 있다가 체포되셨어요. 본인도 지금 다 인정하셨고. 아무튼 따님분, 직계가족이고 성인 맞으시죠? 자세한 건 좀 오셔서 이야기해야…… 여보세요? 따님분?

대답하려고 입을 열었는데 소리가 나오지 않는다. 윗입술과 아랫입술이 떨어지며 구멍이 만들어지긴 했는데, 그 구멍에서는 쌕쌕 거친 숨만 새어나올 뿐이다. 갑자기 목에 뭐가 턱 걸린 것처럼 숨이, 숨이 쉬어지지 않는다. 나는 휴대폰을 귀와 어깨 사이에 끼우고는 양손으로 주먹을 쥐고 가슴을 쾅쾅 소리가 나도록 세게 내려친다. 얘가 왜 이래! 주방 이모가 소리치며 일어선다. 얼굴이 새하얗게 질린 주방 이모를 향해, 나는 괜찮다는 뜻으로 손을 내젓는다. 지금 이게 문제가 아니다, 빨리 대답을 해야만 한다. 혹시 전화가 끊어지기라도 하면 다시 걸 수 없을지도 모른다. 그런 상황만은 정말 피하고 싶다. 그런데 아무리 노력해도 목소리가, 목소리가 나오지 않는다. 나는 가슴을 쥐어짜며 신음한다. 왜 이러지. 왜 이럴까. 아아, 왜 마음대로 되는 게 하나도 없는 거야. 씨발, 대체 왜…… 왜……

35

아빠 오늘도 안 와?

아빠 안 온대. 나한테 문자했어.

동생은 흐웅, 하고 대답도 뭣도 아닌 소릴 내더니 다시 휴대
폰 삼매경에 빠져든다.

밤이 깊었다. 새어든 바람에 전구가 작은 원을 그리며 흔들
리자 물건들의 그림자가 따라서 춤을 춘다. 나는 똑바로 누워
천장을 올려다보며 그 그림자들이 내 몸을 아무렇게나 밟고
지나다니게 내버려둔다. 지금쯤 아빠는 어디서 뭘 하고 있을
까. 아빠가 있는 곳에도 저런 전구가 있을까. 거기도 이렇게
바람이 불까.

아빠는 도대체 왜 그랬을까.

고개를 푹 수그리고 앉은 아빠를 보자마자 제일 먼저 왜 그랬냐고 물었다. 아빠는 옆에 선 경찰이 시간이 없다 을러대는데도 아랑곳없이 땅바닥만 보고 있었다. 멱살을 잡고 흔들어서라도 입을 열게 만들고 싶었지만 경찰서에서 그럴 순 없는 노릇이라 마음만 졸이며 지켜볼 수밖에 없었다. 한참이 지난 후에야 아빠는 머리를 숙인 채로 이렇게 말했다. 하도 열이 받아서, 분해서 그랬다. 나는 입술을 안으로 단단히 말며 얼굴을 돌려버렸다. 그 대답을 듣고 나자 사실 내가 진짜로 알고 싶었던 게 무엇인지 깨달았기 때문이다.

내가 궁금한 건 왜 불을 지르려고 했는지가 아니다.

내가 듣고 싶었던 건 왜 불을 지르지 못했는지다.

그래, 이유에 대해서다. 자식들이 집에서 쫓겨나 길거리에 나앉게 생겼는데도 돈 한푼 쥐여주거나 소리 한번 질러주지 못하고 저렇게 감옥에나 들어앉을 거면, 포승줄에 꽁꽁 묶인 채 손 하나 까딱 못 하고 맥없이 고개나 수그리고 있을 거면, 그럴 거면 차라리 불이나 시원하게 질러버리지 왜 그것조차 못 했나. 어려운 일도 아니다. 인공 강우제 살포를 막아달라고 호소하는 것도 아니고 우리가 살 집을 구해오라는 것도 아닌데. 기름을 뿌리고 불붙이는 일, 고작 그거 하나도 제대로 속 시원히 못 해서 아빠는 이 모양 이 꼴로 여기 잡혀 와 있다. 그것이 한심해서, 정말 칼로 푹 찔러주고 싶을 만큼 한심해서 나는 아빠를 똑바로 볼 수가 없었다.

……바닥에.

아빠가 고개를 숙인 채로 말했다.

……방바닥에 구멍이 있다. 그 안에 돈이 좀 있어. 그걸로 일단 어떻게든 해라.

나는 대답하지 않았다. 그 구멍에 들어 있던 돈은 오기 전에 이미 다 세어본 참이었다. 삼백칠십이만 오천원이 있었다. 온갖 지폐가 잡다하게 섞인 탓에 빵빵하게 부풀어올라 굉장히 많아 보였지만, 실상 땅에서는 두 평짜리 반지하 셋방도 구할 수 없는 돈이다. 자식 둘을 내버려두고 감옥에 들어가는 아빠가 믿고 있었던 구멍, 무슨 대단한 비밀이라도 되는 듯 알려주는 그 구멍에 든 돈은 고작 그게 다였다.

……어른이 필요하면 뒷집 아저씨한테 부탁하고. 내 걱정은 마라.

뒷집 아저씨래. 나는 속으로 비웃었다. 아직도 누군가를 믿고 있다는 사실이 한심하기 짝이 없었다. 어떻게 하는 말마다, 생각하는 것마다 저렇게 바보 같을까. 내내 다리를 떨며 서 있던 경찰이 이윽고 아빠를 일으킬 때까지, 아빠가 겁먹은 눈빛으로 나를 바라보며 안쪽의 다른 방으로 사라질 때까지 나는 입을 열지 않았다. 해야 할 말도, 하고 싶은 말도 더이상 없었으니까.

춤추는 그림자를 눈으로 좇으며, 나는 경찰서에서 알게 된 새로운 사실 하나를 마음속으로 굴린다.

아빠가 감옥에 간 사이에 구름이 철거되면 아빠는 우리를 찾을 수 없다. 우리가 새로이 머물게 될 집 주소를 알려주지 않으면 된다. 아빠가 얼마나 살다 나올지는 모르겠지만, 짧지는 않을 것이다. 도망치기엔 충분한 시간이다. 출소한 아빠가 우리를 찾을 수 없도록 먼 곳으로 가면 된다. 이 넓은 땅에 나와 동생 둘이서 몰래 숨어들 만한 곳 하나 없을까. 찾으면 있다. 있을 것이다.

그리고 그건 굉장히 합당하고 옳은 일이다.

아빠가 이렇게 아빠 노릇을 못하잖아. 변변히 할 줄 아는 것도 없어서 그 나이 먹고도 노가다판이나 쏘다니고, 집에는 돈도 별로 못 가져오면서 툭하면 자식들을 복날 개새끼 패듯 패잖아. 데모하자고 딸자식 앞세워놓고 자기는 뒤로 쏙 숨었으면서 비통한 척은 혼자 다 하잖아. 이제 집도 헐리고 자식새끼들은 쫓겨나게 생겼는데 고작 한다는 게 제 분풀이로 불을 지르고, 아니, 그마저도 못 하고 잡혀갔잖아. 그게 무슨 아빠야. 그런 아빠는 필요 없다.

누나.

누구든 그렇다고 할 것이다. 그러니 도망칠 것이다. 아빠를 버리는 것이다. 설령 동생과 길거리에 나란히 누워 새우잠을 자게 된다고 해도, 그게 어느 동네의 무슨 골목인지 아빠는 이제 앞으로 평생 알 수 없을 것이다.

……누나.

어어.

생각에 빠졌던 나는 동생이 부르는 소리에 퍼뜩 정신을 차리고 대꾸한다. 동생은 여전히 휴대폰을 들여다보며 묻는다.

우리 구름 철거돼?

누가 알려주디?

애들이 다 그러던데. 땅으로 도망가야 된다고.

어느 집 애들이 그래?

다들 그래. 땅에 집 얻어야 된다고.

맞아. 우리도 이사가야 돼.

우리 돈 있어?

돈 있지. 아까 같이 세어봤잖아.

그걸로 모자라잖아.

아, 내가 모아놓은 거 또 있어.

말하면서도, 이런 말로 대강 얼버무려질 것 같지는 않다고 생각했는데 의외로 동생은 더이상 묻지 않는다. 내 속이 시끄럽다는 걸 알아차린 걸까. 고마운 일이다. 나는 눈을 꼭 감았다가 뜬다.

야, 있잖아.

응?

너는 만약에…… 세상에 너랑 나만 남는다면 어떨 거 같아?

세상에? 어떤 세상?

몰라, 대충 생각해봐. 엄마 아빠 다 없고 너랑 나만 있다면.

음, 지금처럼?

응, 지금처럼.

동생은 왼쪽 위로 눈을 살짝 흘기며 생각에 잠긴다. 그러다 가 이렇게 대답한다.

그럼 내가 초등학교 들어갈 때까지만 누나가 나 지켜줘. 내 가 초등학생 되면 누나 지켜줄게.

의외의 대답에 나는 피식 웃고, 동생의 머리를 헝클어뜨리 려다가 그만둔다. 머리카락이 두껍게 뭉쳐 떡이 져 있는 것을 봤기 때문이다.

초등학교 들어가면 어떻게 지켜줄 건데?

나한테 다 계획이 있거든. 돈 많이 벌고 키도 엄청 클 거야.

돈은 그렇다치고 키는 어떻게 크냐.

고기 많이 먹으면 큰대.

그러냐.

알량한 안도감이 내 마음속을 기웃거린다. 동생도 약속한 거다. 아빠가 없다고 슬퍼하거나 떼를 쓰지 않겠다고. 어쨌든 이 아이도 구름에서 태어나고 자란 아이다. 고등학교를 졸업

할 때까지만 돌봐주면 그 이후로는 충분히 제 앞가림을 할 것이다. 그래, 그렇게 둘이 살아가면 된다. 자리를 잡기 전까지 조금만, 정말 조금만 고생하면. 그러면 언젠간 땅에 집을 마련할 수 있을지도 모른다.

그런데 그전까지는 어디서 어떻게 살아야 하지.

온갖 고민들이 섞인 머릿속이 끈적끈적하게 녹아내리는 듯한 느낌이 든다. 당장 내일부터 지낼 곳을 찾기 시작해야 할 텐데, 고깃집 일은 일대로 나가야 한다. 퇴근할 때쯤에는 부동산도 문을 닫을 것이다. 그러나 설령 부동산을 간대도 별 뾰족한 수가 있는 건 아니다. 돈이 없으니까. 돈이 없으면 아무것도 할 수 없다. 돈이 없으면 어디서도 상대해주지 않는다.

어떡하지. 어떡하면 좋지.

큰 바람이 분다. 전구가 긴 호를 그리며 천장을 휘젓는다. 마치 빛으로 글씨를 쓰는 것 같다. 뭐라고 쓰는 걸까. 눈을 떴다 꾹 눌러 감는다. 눈꺼풀 안쪽에 초록빛으로 남은 전구의 잔상을 읽어보려고 하지만 영 알 수가 없다. 뭐야, 뭐라고 하는 거야. 나는 눈을 세게 비벼댄다. 이대로 눈알이 뽑혀나가도 별 상관이 없을 것 같다.

36

출근길에 보는 골목은 스산하다. 가뜩이나 나다니는 사람이 없는 판에 날씨까지 우중충하니 가게들은 거의 다 개점휴업 상태다. 두리번거리며 걷다보니, 언제 설치한 것인지 건물 꼭대기마다 이상한 것이 붙어 있다. 옥상의 네 귀퉁이에 쇠로 된 긴 막대가 하나씩 튀어나와 있고, 거기에 연결된 강철로 된 철망이 늘어뜨려진 것이 보인다. 꼭 출항 직전의 배가 사려둔 그물 같다. 저게 뭐지, 여러 번 생각하고 나서야 알아차린다. 인공 강우제를 살포한 뒤 구름에서 떨어져내리는 물건들을 받아내기 위한 거로구나. 여기 사는 사람들도 짜증나겠다, 생각한 뒤 나는 어깨를 움츠리고 종종걸음친다. 저것이 아직 펼쳐져 있진 않다는 점이 그나마 고무적이라고나 할까. 저거 얼마나 튼튼할

까. 사람도 받아낼 수 있을까. 나는 나와 동생과 우리집의 허섭
스레기 같은 살림살이들이 빗방울처럼 저 그물 위로 떨어지는
상상을 한다. 저기 떨어지면 아마 면 뽑는 기계에 넣은 밀가루
반죽처럼 그물코 모양으로 쭉 뽑혀나오지 않을까. 고기 면이
되기 전에 어서 거처를 구해야 한다. 방법만 찾는다면.

고깃집에 도착하자마자 유니폼으로 갈아입고 나왔지만, 손
님이 있을 리 없다. 텅 빈 홀에 앉아 있던 주방 이모가 눈인사
를 보낸다. 사장은요? 입 모양으로 묻자 역시 입 모양으로 안
왔어, 하는 대답이 돌아온다. 나는 어색하게 의자에 앉아 한숨
을 내쉰다.

집은 알아봤어?

알아볼 시간이 없었어요. 돈도 없고.

아버지는? 뵙고 왔어?

네.

어떻게 된대? 징역 사셔야 된대?

모르겠어요.

아휴, 변호사 사는 것도 다 돈인데. 참, 나라에서 해주는 변
호사 있을 텐데?

국선변호사 선임 청구서인지 뭔지를 내래요. 모르겠으면 법
률구조공단에 전화해보라고.

아휴 참, 남의 집 아빠라 욕을 할 수도 없고 답답해 죽겠네.

주방 이모가 혀를 차며 고개를 내젓더니, 갑자기 문득 좋은 생각이라도 난 듯 속닥인다.

애, 너 이러고 있지 말고 나가서 부동산 갔다 와.

지금요? 사장 오면 어떡해요.

내가 바로 전화를 하든지 문자를 하든지 할 테니까. 잠깐 화장실 갔다고 하면 되잖아. 손님도 없는데, 응? 지금 여기서 이럴 때가 아니야. 내일이라도 당장 강우제 뿌린다고 뉴스에서 난리인데.

이모가 내 어깨를 잡아 일으킨다. 그 등쌀에 못 이기는 척 일어나긴 했지만 여전히 그래도 되나, 싶은 심정이다. 설령 부동산에 간다고 해도 이 돈으로 구할 수 있는 집이 있을까. 혹시나 싶어 집에 있던 돈을 전부 가져오긴 했지만, 이걸 부동산 중개사 앞에 내밀 용기가 내게 있는지조차 확신할 수 없다. 비웃음을 당하면 어쩌지. 어린애라 세상 물정을 모른다고, 그 돈으로 어떻게 땅에 집을 구하려 드느냐고 내쫓기면.

아이고, 망설이지 말고 빨리 가. 이럴 시간 없어.

이모가 등을 떠미는 바람에 나는 힘없이 가게 바깥까지 밀려난다. 이왕 이렇게 된 김에, 그렇다면, 정말 괜찮다면. 나는 사방을 한번 둘러보곤 이모에게 고개를 꾸벅한 뒤, 앞치마를 머리 위로 벗으며 가게를 나와 골목을 빠르게 벗어난다. 부동산이 어디 있더라. 평소에 오며가며 봐둔 곳이 많다고 생각했는데, 막상 찾으려니 눈에 띄지 않는다. 마침내 문을 연 곳 한 군데를 발견했을 땐 등허리며 목까지 온통 땀으로 젖은 뒤다. 나는 쭈뼛거리며 안으로 들어선다.

저기요.

집 보러 오셨어요?

나이든 여자가 책상 너머에서 일어난다. 언뜻 보기에도 꼬장꼬장하고 약삭빨라 보이는 인상이다. 나는 티 나지 않게 침을 꿀꺽 삼킨다. 주눅들지 말아야지. 시세만 물어보고 영 안 되겠으면 그냥 나오면 되니까.

저…… 방을 좀 보려고 하는데요.

네네, 방이요. 혼자 사시려고요? 대학생?

아니요, 동생하고 둘이 살 건데요. 학생…… 은 아니고요.

그래요? 예산이 어느 정도 있는데요?

나는 조금 당황한다. 이렇게 갑자기 본론부터 시작할 줄은 몰랐는데. 하지만 오히려 잘됐다. 쓸데없는 얘기를 주고받지 않아도 되니까.

삼백만원 정도……

보증금 삼백? 아이고, 그걸로 둘이 살 집을?

나이든 여자가 놀라는 척하며 외친다. 딱 벌어진 여자의 입 안에서 금니가 번쩍거린다. 나는 고개를 돌리고 아무렇지 않아 보이기 위해 노력한다.

아이고, 삼백…… 삼백이라……

여자는 일어선 자세 그대로 책상 위에 놓인 장부 같은 것을 집어들어 이리저리 넘겨보다가 갑자기 묻는다.

저기 혹시, 기분 나쁘게 듣지는 말고. 아가씨 구름 사람이에요?

네.

즉답했지만 여자는 들은 건지 아닌 건지 반응이 없다. 들여다보고 있는 장부에 몰두한 채로 흐음, 콧소리를 내더니 블라우스 앞주머니에서 볼펜을 꺼내 종이에 크게 동그라미를 치고 뭐라고 메모한다.

그럼 지금 사정이 좀 급하겠네, 그치?

네, 급해요. 많이.

여자가 갑자기 반말을 쓰기 시작한 것은 신경쓰이지 않는다. 그보다 중요한 건 여자의 말에서 풍기는 일말의 가능성, 혹시 방법이 있을지도 모른다는 듯한 저 뉘앙스다. 과연 여자는 동그라미를 친 장부를 한참 더 들여다보더니 갑자기 어딘가로 전화를 건다.

여보세요? 네네 여사님, 혹시 그 방 아직도 내났나 해서요. 네네. 네. 네네.

나는 눈을 동그랗게 뜨고 여자의 표정을 지켜본다. 관자놀이에서 심장이 두근두근 뛴다. 지금 방이 있다는 건가? 보증금 삼백만원으로 들어갈 수 있는 방이?

아이고, 다행이다. 아직 안 나갔다네.

전화를 끊은 여자가 나를 바라본다. 다리가 탁 풀려서 주저 앉을 것만 같다. 세상에, 이렇게 일이 쉽게 풀린다니.

어떻게, 지금 가서 볼래? 비어 있다는데.

네, 네. 갈래요. 갈게요.

그래 그럼. 여기 바로 앞이니까, 조금만 걸어가면 돼.

휴대폰과 열쇠를 챙긴 여자가 부동산을 나와 문을 잠그고는 앞서 걷기 시작한다. 종종걸음으로 여자를 따라가면서도 믿기 지가 않는다. 이렇게 금방 해결될 일이었으면 진작에 부동산 을 와볼걸, 지금까지 왜 그렇게 걱정만 했을까. 바보 같으니라 고. 아니, 그전에 땅에도 이 정도 돈으로 구할 수 있는 집이 있 었으면 우리 식구들은 그동안 왜 구름에 살았던 거야. 별별 생 각을 다 하며 걷는다. 땅을 디디는 발에 용수철이 달린 것처럼 방방 뜨는 기분이다.

아무 말 없이 걷기만 하던 여자가 웬 초록 대문 앞에 멈춰 선 것은 십 분 정도 걸었을 무렵이다. 가타부타 말도 없이, 여 자는 쇠로 된 문을 망설이지 않고 밀어젖힌다. 끼이이익 하고 녹슨 쇠 부딪는 소리가 귀부터 뱃속까지 쩌렁쩌렁 울린다. 영 차, 하고 높은 대문턱을 넘어가는 여자를 따라 나도 대문을 넘 는다.

아주 낡아 보이는 작은 주택이 눈에 들어온다. 시멘트가 발린 작은 마당에는 쓴 지 오래되어 보이는 수돗가가 있고 비슬비슬한 나무 몇 그루도 보인다. 더러운 창문에 지저분한 스티커들이 덕지덕지 붙어 있다. 분명 사람이 살았던 것 같은데, 사람의 온기는 전혀 느껴지지 않는 집이다. 멸망한 지 얼마 되지 않은 문명의 유적을 보는 것 같은 느낌이랄까. 나는 겁에 질린 채로 주변을 둘러본다. 이 여자가 뭔가 착각한 것이 분명하다. 물론 엄청나게 좋아 보이는 건 아니지만, 이만한 크기의 집 보증금이 고작 삼백만원일 리가 없다. 여자는 어디론가 씩씩하게 걸어가더니 나를 향해 손짓한다.

이쪽으로.

여자를 따라 집을 반 바퀴 돌았을 무렵, 어느 지점에서 별안간 멈춰 선 여자가 벽을 가리킨다.

여기쯤인가. 그래, 여기다 여기.

나는 영문을 몰라 멀뚱멀뚱 서 있을 따름이다. 그가 가리킨 곳은 그냥 붉은 벽돌로 된 벽일 뿐이니까. 그런데 여자가 갑자기 허리를 숙이더니, 마치 무슨 질긴 식물 뿌리라도 캐내려고 애쓰는 사람처럼 뭔가를 쥐고 힘껏 잡아당기기 시작한다. 깜짝 놀라 자세히 들여다보니 벽에 녹이 슨 작고 둥근 손잡이가 달려 있다. 이게 뭐지. 벽에 왜 손잡이가 돋아 있지. 더 생각하기도 전에 퍼석, 하는 소리와 함께 벽인 줄 알았던 곳이 갈라지더니 웬 문이 벌컥 열린다. 나는 눈을 동그랗게 뜨고 여자가 열어놓은 공간을 바라본다. 눈앞에 어둑어둑한 굴 같은 것이 펼쳐져 있다.

아휴, 오랫동안 안 썼나보네. 청소 한번 하긴 해야겠다.

여자가 안을 들여다보며 말한다. 허리를 구부려 들어서려던 나는 컥 하고 숨을 참는다. 먼지도 먼지지만, 그보다는 코를 찌르는 시큼한 냄새가 확 풍겨왔기 때문이다.

원래는 김장독이랑 젓갈 같은 거 놔두던 데라 그래. 문 좀 열어놓으면 냄새는 금방 빠져. 안에 창문도 있고.

코를 움켜잡은 나를 보며 여자가 아무렇지 않은 듯 말한다. 창문이 있다고? 나는 숨을 크게 들이마신 뒤 참고, 허리를 잔뜩 숙인 채 안으로 성큼 한 발을 들여놓는다. 다행히 천장 높이가 허리를 쭉 펼 수 있을 만큼은 된다. 나는 몸을 어색하게 펴고 조심히 숨을 쉬려고 애쓰면서 방안을 둘러보다가, 한눈에 깨닫는다. 이곳은 애초부터 사람이 지낼 목적으로 만들어진 공간이 아니라는 사실을. 일단, 너무나도 좁다. 세간을 놓기는커녕 나와 동생이 발을 엇갈려 누우면 서로 옴짝달싹할 여유도 없이 꼭 들어맞을 것만 같다. 게다가 여자가 말한 창문이라는 것은 한쪽 벽에 나 있는 손바닥 두 개만한 구멍이 전부다. 그 구멍 위에 옹색하게도 먼지투성이의 체크무늬 천조각이 압정으로 고정되어 있다. 바닥에 깔린 누런 비닐 장판 위,

무거운 장독을 놓아두었던 듯 둥글게 눌린 자국마다 시꺼멓고 냄새나는 액체가 찐득하게 고여 있다. 생 시멘트가 그대로 드러난 벽에도 악취가 배어 있는 것 같다. 나는 거칠거칠한 벽에 손톱을 비벼본다. 손톱 끝이 갈리며 새하얀 가루가 날린다.

저, 여기가 보증금 삼백짜리 방이에요?

왜, 마음에 안 들어?

여자가 날카롭게 되묻는다.

아니, 그건 아닌데……

아가씨, 생각 잘해. 요즘 땅 사람들도 방 없어서 난리야. 이 정도도 없어서 못 산다구. 이제 구름 헐리면 이 동네 땅값이며 집값이며 다 오를 거라는 거, 알지?

물론 내가 그런 걸 알 리가 없다. 그렇구나. 구름이 없어지면 살기 좋아져서 땅의 값이 오르는구나. 나는 원이 오래전에 했던 말을 생각한다. 땅 사람들 입장에선 우리가 세균과도 같을 거라던 말.

오늘 지나면 이 방도 금방 나가버릴지도 몰라. 그리고 아가씨, 내가 우리 딸하고 비슷한 또래 같아서 말해주는 건데.

여자가 무슨 비밀이라도 전해주려는 듯 한 발짝 가까이 다가서더니, 이곳엔 나와 자기밖에 없는데도 입을 귀에 바짝 가져다 대고 소곤거린다.

집주인들이 구름 사람이라고 하면 싫어해. 공실로 놔두면

놔뒀지, 웬만하면 안 받으려고 한다니까. 나니까 알아봐주는 거지, 다른 부동산 가서 구름 사람이라고 말하면 방도 안 보여주는 중개사들도 많아. 그러니까 혹시라도 어디 딴 데 가서 물어볼 때는, 응? 구름 사람이라곤 하지 말란 말이야.

나는 눈을 내리깔고 가만히 그의 말을 듣는다. 그럴듯한 이야기다. 약점은 들키기 전까지 감추는 게 좋다는 건 당연한 상식이니까. 내가 또 너무 순진했나. 몰랐다. 구름 사람이라고 말하는 게 약점이 될 줄은. 하지만 이건 좀 억울하다. 그냥 태어나보니 구름 위였을 뿐인데, 내가 뭘 잘못해서 여기서 나고 자란 것도 아닌데 그걸 말하는 것만으로 약점이 된다니. 그러나 나는 여자의 말에 토를 달지 않는다. 그저 좋은 충고를 들었다는 뜻으로 고개를 끄덕일 뿐이다.

어떻게, 여기로 정할 거야? 다른 물건은 없어.

……동생하고 상의 좀 해볼게요.

그래그래, 그렇게 해. 대신 오늘 안에 전화를 줘. 알았지?

나는 여자의 번호를 저장해두기 위해 바지 뒷주머니에서 휴대폰을 꺼낸다. 그런데 아무리 버튼을 눌러도 화면이 켜지지 않는다. 배터리가 나간 것 같다. 그러고 보니 어제 충전해두는 걸 잊어버린 채 그대로 들고 나왔구나. 그제야 갑자기 더럭 겁이 난다. 혹시 그동안 주방 이모한테 전화가 왔으면 어쩌지.

저, 가볼게요. 번호는 찾아서 연락 드릴게요. 감사합니다.

나는 꾸벅 인사하고, 여자가 대답하기도 전에 돌아서서 온 길을 되짚어 뛰어가기 시작한다. 아주 힘이 센 누군가가 심장을 꽉 잡고 쥐어짜는 것 같다. 제발, 아직 사장이 가게에 돌아오지 않았기를…… 숨이 턱끝까지 차오르지만 지금 그런 것을 신경쓸 때가 아니다. 나는 골목을 가로지르고 코너를 돌아 부리나케 달린다. 이제 두어 블록만 더 가면 고깃집이 나타날 참이다. 사장이 돌아왔을까.

그때, 나는 멀찍이서 뛰고 있는 원을 발견한다.

나를 본 원이 내게 달려오기 시작한다. 원과 눈이 마주치자마자, 정수리에서 무언가 아주 차갑고 불길한 것이 흘러내리는 듯한 기분이 든다. 뭔가 잘못됐다는 직감. 나도 원을 향해 달리기 시작한다. 가까워질수록 그 직감은 선명하고 또렷해진다. 땀에 젖은 원의 얼굴에 가득한 저것은 절망과 충격이다. 아아, 무슨 일일까. 무슨 일이 또 일어난 걸까.

너, 왜, 전화, 안 받아.

이윽고 마주친 원이 숨을 헉헉거리며 한 단어씩 띄어 말한다. 나도 숨을 몰아쉬며 전원이 꺼진 휴대폰을 꺼내 보인다.

배터리 없어서 꺼졌어. 무슨 일인데.

너 찾으러 왔어. 고깃집에서는 나갔다고 하고.

야, 안에 사장 있었어?

아니. 근데 지금 그게…… 그게 중요한 게 아냐. 하……

원이 손바닥으로 땀에 젖은 얼굴을 문지른다. 볼이며 목 언저리가 새빨간데, 뛰어왔기 때문만은 아닌 것 같다. 나는 눈을 동그랗게 뜨고 원의 입술을 바라본다.

말해. 무슨 일이야? 지금 구름 철거한대? 우리 나가래?

아니. 그게…… 일단 가자. 가면서 얘기하자.

가다니, 어딜?

원은 대답 없이 내 손목을 잡아채고, 그대로 성큼성큼 뛰듯이 걸어 큰길로 나가더니 마침 오는 택시를 잡는다. 엉겁결에 문을 열어주는 대로 타긴 탔지만 영문을 모르겠는 건 여전하다. 뒷좌석에 따라서 탄 원이 택시 기사에게 일러주는 목적지를 들으니 더더욱 그렇다.

○○병원으로 가주세요.

병원? 야, 병원엘 왜 가?

질문에 아랑곳없이 택시가 출발한다. 나는 침을 꿀꺽 삼키느라 원의 목젖이 크게 꿀렁거리는 것을 본다. 원은 난감한 표정으로 내 얼굴이 아닌 어깨 뒤쪽을 보고 있다. 무슨 말을 어디서부터 시작해야 할지 모르겠다는 눈빛이다. 이윽고 원이 낮게 말한다.

니 동생이…… 걔가 많이 아파.

응? 걔가? 왜? 갑자기? 무슨 말이야, 그게?

나는 달려들듯 묻는다. 동생이 아프다니. 오늘 아침까지만 해도 함께 컵라면을 끓여먹고 나왔는데. 평소처럼 쭉 찢은 신 김치 얹어서 국물까지 짭짭 전부 마신 그애가 아프다니. 그럴 리가 없다. 어디서 까불며 놀다가 이마라도 깨졌나. 아님 다리 라도 부러졌나.

내 동생들한테 전화 받고 니네 집 갔는데…… 애가 엎어져 있더라고. 데리고 내려가서 구급차 태워 보내고 나서야 들었 는데……

들었는데?

……걔가 구름을 먹었대. 인터넷방송인지 뭔지 켜놓고.

나는 원의 입을 멍하니 바라본다. 뭐를 어쨌다고? 분명 제 대로 듣긴 들었는데 내용이 한 번에 얼른 이해가 되지 않는다. 문장이 머릿속에서 단어와 글자로 산산조각나 둥실둥실 떠다 니는 것 같다. 구름, 먹었대, 방송. 그것들은 지금 도저히 내게 어떤 의미로도 해석되지 않는다.

일단 위세척한다고 했는데, 구름 자체가 워낙 유독하기도 하고…… 영상 보니까 또 먹기도 엄청 많이 먹었더라고. 그래 서 경과가 어떨지 잘 모르겠대. 일단 애가 정신을 차리는 게 먼저인데 정신을 못 차리고 있어서.

영상…… 이 있어?

내가 힘없이 묻자 잠시 망설이던 원이 자기 휴대폰을 내민 다. 나는 한쪽 귀퉁이에 금이 간 원의 휴대폰 화면을 내려다본다. 영상에 나오는 배경은 우리집이다. 동생은 아침에 함께 컵라면을 끓여먹었던 그 밥상 앞에 앉아 있다. 원의 동생들 중 하나가 찍고 있는 듯, 화면 너머에서 그애들의 목소리가 들린다. 밥상 위에는 진한 분홍색 구름이 가득 담긴 국그릇이 덩그러니 놓여 있다. 화면 속 동생이 말한다. 안녕하세요 여러분 지금부터 제가 이걸 먹어볼 건데요 이게 뭐냐면 바로바로 짜잔 구름입니다 아하하 딸기맛 솜사탕처럼 생겼죠 아닙니다 구름입니다. 동생의 얼굴을 찍던 카메라가 국그릇 속을 잠깐 비췄다가, 약간 긴장한 기색의 얼굴로 돌아온다. 지금까지 구름을 먹은 분은 없는 걸로 알고 있는데요 그래서 제가 한번 먹어보려고 합니다 여러분 좋아요랑 구독 많이 해주세요 후원도 감사하고요 그럼 지금부터 먹겠습니다. 동생이 비장한 동작으로 숟가락을 드는 것과 동시에 나는 아아, 소리 내며 휴대폰 화면을 꺼버린다.

애가 이걸…… 이 그릇에 있는 걸 다 먹었어?

원은 대답하지 않고 얼굴을 찡그리며 고개를 돌린다. 무언가 더 묻기 위해 입을 벌렸지만 아무런 말도 나오지 않는다. 잠시 후 원이 들릴락 말락 한 소리로 중얼거린다.

왜……

……

왜 너한테는 이렇게 좆같은 일만 생기냐……

......

내가 아는 사람 중에 니가 제일 열심히 사는데…… 제일 착한 것도 넌데…… 왜 너한테는 이런 씨발 개같은 일만 생기는 거냐고……

신호에 걸려 잠시 멈추었던 택시가 다시 출발하고, 고개를 돌린 원의 옆모습 너머로 차창 밖의 풍경이 빠르게 지나간다. 나는 멍하니 그것을 바라본다. 아무런 생각도 나지 않는다. 아니, 생각을 할 힘조차 없다. 온몸의 에너지가 순식간에 다 빠져나가 빈 껍데기만 남은 것 같다. 그러게, 왜 나한테만 이런 일이 일어나지, 원아. 왜일까 대체. 내가 뭘 그렇게 잘못했길래. 원은 한쪽 손을 들어 제 턱을 세게 감싸쥐고 문지른다. 얼굴이 날아갈까봐 두려워하는 사람처럼.

……나 때문이야.

잔뜩 쉬어버린 목소리. 이게 내 목소리가 맞나. 말하면서도 낯설다. 누군가 내 입을 빌려 대신 말하고 있는 것 같다.

걔가 비제이인지 뭔지 해보고 싶다고 했을 때…… 내가 해보라고 했어…… 뭐든지 해보라고, 꿈이 있는 건 좋은 거라고……

말이 입속에서 뱅뱅 돌다가 사라진다. 원이 내 어깨를 감싸 안고 토닥이지만 그의 팔이 닿은 곳에 아무런 느낌이 없다. 우리가 앉아 있는 이 택시가 섰다 달렸다 하는 것만이 아주 희미하게 감각될 뿐이다. 나는 입을 약간 벌린 채 택시 앞유리 너머를 바라보며 생각한다. 말하고 나니 알 것 같다고. 이건 정말로 내 잘못이라고. 참으로 그렇다. 할아버지가 죽은 일, 엄마가 도망간 일, 데모가 실패로 돌아간 일, 아빠가 잡혀간 일까지, 여태 일어난 모든 불운은 내 탓이 아니었다. 내가 막을수 있는 일도 아니었다. 멀리서 제멋대로 시작된 폭풍이 점점몸집을 키우며 다가와 결국 내게 부딪친 것에 가까웠달까. 그렇지만 이번 일은 다르다. 막을 수 있었다. 일어나지 않게 할수 있었다. 아니, 심지어 내가 이렇게 되도록 만든 것이나 다름없다. 동생에게 휴대폰을 구해준 것도, 볼 거면 조용히 보라고 이어폰까지 사다준 것도 나다. 돈이 없다고 다 들리게 투덜거린 것도 나고 꿈을 이루라며 격려한 것도 나다. 아주 죽으라고 고사를 지냈구나. 누나가 돼서 코흘리개 하나 제대로 돌보지 못해 이 지경이 됐다. 이제 곧 초등학교에 들어갈 거였는데. 초등학교 갈 때까지만 자기를 지켜달라고 했는데.

지킨다, 라는 단어를 떠올리자 갑자기 가슴이 미어지는 것같다.

재빨리 고개를 숙여보지만, 미지근한 눈물이 순식간에 온얼굴을 적시고 옷 앞섶으로 뚝뚝 떨어진다. 끄으으 하는 소리가 꽉 다문 잇새로 새어나온다. 뭘 잘했다고 울어 울기를, 니가 울 자격이나 있냐. 속으로 중얼거리며 눈물을 그치려고 애써보지만 잘 되지 않는다. 어깨가 위아래로 크게 들먹인다. 이 대로 영원히 울 수 있을 것만 같다.

그러나 택시가 병원 정문에 미끄러지듯 들어서자마자 울음 은 저절로 뚝 멎는다. 나는 원을 따라 택시에서 내린다. 얼굴 을 마구 문질러 닦은 뒤, 빠르게 걷는 원의 뒤에서 종종걸음치 기 시작한다.

37

동생은 밤이 늦도록 눈을 뜨지 못한다.

좀전에 다녀간 의사는 미간을 찌푸리며 이상한 일이라고 말했다. 즉시 위세척을 했으므로 먹은 것은 거의 나왔을 텐데, 왜 의식이 돌아오지 않는 것인지 모르겠다면서. 그리고 덧붙였다. 구름에는 중금속뿐만 아니라 수많은 독성물질이 포함되어 있고 그중에는 아직 기본적인 연구조차 되지 않은 낯선 유해물질도 있으며, 그것이 신경계에 어떻게 작용하는지는 예측할 수 없다고. 나는 동생이 누운 침대 옆에 앉아 의사의 한마디 한마디를 귀담아들으려고 애썼다. 구름이 얼마나 유독한지에 대해선 할아버지와 병원에 다니던 시절에 이미 여러 번 들은 적이 있다. 그 의사도 같은 말을 했었다. 구름 속 아직 연구

되지 않은 독성물질 어쩌고저쩌고. 나는 돌아가는 의사의 뒷모습을 쏘아보며 속으로 중얼거렸다. 왜 그걸 연구하지 않는 건데. 너희들이 하는 일이 그거잖아. 뭔가를 연구해서 알아내는 거. 왜 구름은 그렇게 하지 않는 건데. 그렇지, 구름은 거지들이나 아프게 하는 거니까. 더 멋진 것, 더 돈이 되는 것을 연구하느라 바쁘실 테니까. 마음 깊은 곳에서부터 증오가 끓어오른다. 다 때려 부수고 엉망으로 망가뜨려주고 싶다. 불. 그래, 불을 지르고 싶다. 흔적도 없이 다 타버리도록. 나는 아빠처럼 허접하게 망설이다 붙잡히지 않을 것이다. 제대로 불을 내서…… 모두 죽일 것이다.

그러나 눈을 감고 누운 동생의 얼굴은 얼마나 평화로운가.

그 얼굴을 내려다본다. 새까맣게 탄 피부. 입술엔 핏기가 하나도 없다. 긴 속눈썹이 돋은 눈꺼풀에 비치는 파란 실핏줄들. 입가에는 토사물이 말라붙은 듯 엷은 분홍빛 흔적이 남아 있다. 볼수록, 그냥 잠들어 있는 것만 같다. 맛있는 것을 배부르게 먹고 실컷 놀다가 기분좋게 지쳐서. 물론 이건 상상에 불과하다. 그런 동생의 모습을 실제로 본 적도 없다.

마지막으로 동생의 손을 한 번 잡아본 뒤, 나는 중환자실을 나온다.

병원 복도를 터벅터벅 걸으며 아까 원무과에서 들었던 말을 생각한다. 원무과 직원은 내게 동생을 계속 중환자실에 둘 거냐고 물었다. 의식이 없는 상태라 일단은 중환자실에 입원시켰지만, 원한다면 내일이라도 일반 병실로 옮길 수 있다고 했다. 입원비 때문이다. 중환자실의 입원비는 상상을 초월하는 액수다. 물론 가장 싼 육인실로 옮긴다고 해도 만만한 금액은 아니겠지만. 나는 머릿속으로 계산기를 두드려본다. 지금 가진 돈을 모두 병원비로 쓴다고 쳐도, 버틸 수 있는 건 고작 한 달이다. 물론 오로지 입원비만 계산했을 경우다. 동생이 깨어나 치료를 받아야 한다면 약값이나 수술비가 더 들어갈 것이다.

혹시 이대로 영영 깨어나지 않는다면.

나는 병원을 나온다. 중환자실 면회는 아침저녁으로 하루에 두 번 가능하다고 했으니, 내일 출근하기 전에 병원에 들를 수 있을 것이다. 출근 생각을 하자 마음 한편이 슬그머니 무거워진다. 충전할 곳이 마땅치 않았던 터라 휴대폰은 아직도 방전 상태다. 주방 이모에게라도 알려뒀어야 하는데. 상황을 모르는 고깃집에선 내가 제멋대로 사라졌다고 생각할 것이다. 동생의 상태를 얘기해도 아마 거짓말이라고 생각하겠지. 아르바이트를 잘리게 될지도 모른다. 차라리 지금 고깃집으로 돌아가는 편이 좋으려나. 그러고 보니 지금이 몇시인지도 알 수가 없다. 병원 입구 앞 풀숲에서 담배를 피우는 아저씨 하나를 붙잡고 시간을 묻자, 열두시 사십오분이라는 대답이 돌아온다. 가게는 한창 마감 준비를 하고 있을 시간이다. 지금 가봤자 이미 늦었다. 나는 고개를 꾸벅하고 다시 걷기 시작한다. 집까지 걸어갈 작정이다. 아직 운행중인 버스가 있을지도 모르지만 어디서 몇 번 버스를 타야 하는지도 모르겠고, 택시를 타기엔 돈이 아깝다. 한 시간 정도 걸으면 발판에 도착할 수 있을 것이다.

무릎 아래쪽부터 내 몸이 아닌 것만 같다.

나는 머릿속을 비우고 걷는 일에만 집중하려고 노력한다. 발이 아니라 추가 달린 듯 다리가 무거워서, 안간힘을 쓰지 않으면 발길을 올바른 위치에 옮겨놓을 수가 없다. 아니, 다리뿐만이 아니다. 온몸이 피곤에 촘촘히 절여져 어느 한구석도 편안하지가 않다. 갑자기 몸의 모든 조임쇠가 풀어지며 산산이 분해될 것만 같다. 내가 아닌 다른 무엇으로. 차라리 그렇게 된다면 좋겠다. 이 낯선 길 위에서. 차들이 쌩쌩 달리며 내 옆을 스쳐지나간다. 그 바람에 머리카락이 푸르르 날리며, 온 세상이 깜박거리고 희미해지다 천천히 되돌아온다. 그 순간 나는 애써 외면해왔던 한 가지 사실이 더이상 피할 수 없을 만큼 가까워졌음을, 그래서 그것을 똑바로 응시하는 것 외에는 할 수 있는 일이 아무것도 없음을 깨닫는다.

나는 이제 혼자가 되었다.

혼자.

완전히 혼자.

이 두렵고 불쾌하고 유해한 것으로 가득한 세상에.

나는 길가에 비틀거리며 멈춰 선다. 아니, 무슨 생각을 하는 거야. 아직 동생이 죽은 것도 아닌데. 그렇게 쉽게 끝날 리가 없다. 어린데다 원체 건강해서 감기 한번 걸려본 적이 없는 아이다. 곧 언제 그랬냐는 듯 깨어날 것이다. 이번에야말로 호되게 혼내면 된다. 휴대폰 따위 빼앗아버리고 공부, 그래, 허튼 짓하지 말고 앞으로는 공부만 하라고 해야지. 쓸데없이 불길한 생각은 하지 말자. 나는 찻길과 인도 사이에 놓인 울타리를 붙들고 천천히 심호흡한다. 여기서 이러고 있을 때가 아니다. 빨리 집에 가서 휴대폰을 충전해야 한다. 혹시 병원에서 연락이 올지도 모르니까. 발판까지만 가면 된다. 발판 옆에 구름 사람들이 돌려쓰는 휴대폰 충전기가 놓여 있으니까. 하지만 생각과는 다르게 발이 떼어지지 않는다. 불행이, 끔찍한 불행이 내 양 어깨 위에 버티고 서서 나를 바닥으로 내리누르고 있는 것만 같다. 나는 불행의 새까만 맨발을 느낀다. 가난하고 불쌍한 사람들만 골라 달라붙는 이 비겁한 새끼, 찍소리도 내지 못할 걸 알기에 더 독하게 구는 개같은 새끼의 말랑말랑한 발바닥. 나는 몸서리를 치며 그것을 털어내려고 하지만 소용없다. 그것은 나와 끈질기게 연결되어 있다. 아주 오래전 내가 태어났을 때부터, 아니 태어나기도 전부터 불행은 나와 한몸이다. 분리하려야 분리할 수 없는 이 단단한 결합.

그리고 이제 집으로 돌아가서 그 불행과 단둘이 밤을 보내야만 한다.

나는 이를 악문다. 그것만은 정말로 피하고 싶다. 천장의 흔들리는 전구를 바라보며 괴로운 일들을 곱씹는 그 짓거리만큼은. 아무도 없는 집에 누워 이곳이 가족들로 북적거리던 때를 추억하는 일 따위는. 그러나 다른 방법이 없다. 달리 갈 곳도 없다. 돌아가야만 한다. 틀림없이 어둠 속으로 사라지는 그림자처럼. 나는 주먹을 쥐었다 폈다를 반복한다. 가슴 깊은 곳에서부터 힘을 짜내어 다리로 보낸다. 발을 떼어놓을 수 있도록.

마침내 집에 도착했을 때는 새벽 두시가 한참 넘은 시각이다. 집에 들어오자마자 휴대폰부터 충전기에 꽂아둔다. 입이 깔깔해 생수병을 낚아채 물을 들이켜고 나니 아침 이후로 아무것도 먹지 않았다는 사실이 떠오른다. 하지만 전혀 배가 고프지 않다. 나는 아무렇게나 옷을 벗어두고 집안을 둘러본다. 아까 영상에서 봤던 밥상이며 그릇이 그대로 널브러져 있다. 보기만 해도 마음이 문드러지는 것 같지만 손댈 기운조차 없어서, 그대로 놔두고 바닥에 벌렁 드러눕는다.

그러자 기다렸다는 듯, 적막이 두꺼운 이불처럼 내 몸 위로 덮쳐든다.

나는 눈을 감고 가슴 위로 손을 모은다. 어서 잠들자. 모든 것을 잊어버리고 잠의 세계로 도망가자. 이 고요함을 의식하지 말자. 잊자. 생각하지 말자. 아무런 일도 일어나지 않는 곳으로 가자. 정수리부터 시작해 이마, 볼, 턱, 목, 쇄골 순서대로 의식적으로 힘을 푼다. 깊은 곳으로 가라앉는 상상을 하며 부지런히 잠을 불러모은다. 어서 잠들자. 어서.

그리고 잠깐 의식의 끈을 놓친 찰나에, 별안간 휴대폰이 울리기 시작한다.

나는 귓방망이라도 후려맞은 듯 소스라치게 놀라 눈을 번쩍 뜬다. 전화벨 소리가 쩌렁쩌렁 울리며 고요를 갈기갈기 찢는다. 휴대폰 화면이 하얗게 발광하며 어두운 방안에 빛을 뿌리고 있다. 허겁지겁 충전기를 꽂아놓은 쪽으로 가는 내 발이 자꾸만 꼬인다. 저장되지 않은 번호로부터 온 전화. 시간은 새벽 네시가 넘었다.

통화 버튼에 손을 가져가기 전, 나는 많은 것을 생각한다. 누구일까. 받기 전까지 상상 속에서 상대방은 그 누구라도 될 수 있고, 용건은 어떤 것이라도 될 수 있다. 예를 들면 곧 돌아가겠다고 말하는 엄마가 될 수도 있고 운좋게 집행유예 판결을 받아낸 아빠가 될 수도 있다. 청소 일을 마치고 돌아오다가 그냥 내 생각이 나서 전화를 걸어본 원일지도 모르고, 나를 저주하고 싶은 김연수나 고깃집 사장일지도 모른다. 아니면 오늘 인공 강우제를 뿌릴 작정이니 대피하라는 전화이거나, 그

밖에도 고깃집 이모, 부동산 여자, 영애 엄마, 어쩌면 저승에
서 할아버지가 걸어온 전화일 수도 있겠지. 그 모든 가능성을
고르게 믿으려 애쓰며 나는 전화를 받는다.

그리고 아득히 먼 허공에다 대고 여보세요, 라고 말한다.

38

동생은 내가 병원에 도착하고 삼십 분이 채 지나지 않아 죽었다.

끝내 의식을 되찾지 못했으므로 유언 같은 것은 없었다.

예전 할아버지를 화장했던 그 화장터에서 화장했다.

백옥처럼 새하얀 유골함을 고르면서도 울지 않았다.

낯선 누군가가 내 앞을 막아선 것은, 갓 죽은 생물처럼 미지근한 그것을 품에 안고 돌아오는 길이었다.

3부 ··· 땅

39

여자는 자신의 이름을 김노을이라고 소개하고는 이렇게 덧
붙인다. 항상 지는 이름이에요. 마치 그 문장까지 자기 이름에
포함되어 있다는 듯 능숙한 말투다. 멍한 머리로 그 말을 두어
번 곱씹고서야 뜻을 이해한다. 아, 노을이라서. 노을이라서 진
다고.

그런데 그 말을 지금 여기서 나한테 왜.

나는 동생의 유골함을 더 단단히 끌어안는다. 본능적으로
알 것 같아서다. 이 여자는 잡상인도 종교인도 아니며, 내게서
무언가를 빼앗아갈 작정으로 말을 붙였다는 것을. 그렇다면
그건 지금 내가 가진 이것, 동생의 유골뿐이다.

아 참, 소개가 늦었네. 저는 이런 사람이에요.

여자가 손에 쥐고 있던 명함을 내민다. 나는 그것을 받아드는 대신 묻는다.

누구시죠?

방송국에서 나왔어요. 실례지만…… 비제이 '구름 거지' 누나분 맞으시죠?

뭐요?

김노을이 대답 대신 나를 빤히 바라본다. 그 눈빛은 정말 아무것도 모르는 거냐며 나를 안타깝게 여기는 것 같기도 하고, 다 알고 왔는데 왜 숨기느냐고 따지는 것 같기도 하다. 어쩌면 둘 다일지도 모른다. 나는 그의 눈을 잠시 마주보다가 고개를 모로 돌린다. 그게 뭐든지 간에 나와는 상관없는 일이다. 유골함을 안고 다시 빠르게 걷기 시작하는 나를 김노을이 막아서더니 팔을 가볍게 잡는다.

잠시만, 잠시만 얘기 좀 나눠요 우리.

그쪽이랑 무슨 얘기를 왜 나눠요 제가.

그러지 마시고 잠시만. 잠시만요. 시간 오래 뺏지 않을게요.

김노을이 빠르게 말하며 옆걸음으로 재게 따라온다.

버스 타고 가세요? 택시? 제가 구름 밑까지 모셔다드릴게요. 차 가지고 왔어요.

됐어요.

아유, 그러지 마시고 잠시만. 여기서 엄청 먼데 어떻게 가시려고요? 피곤하실 텐데 차로 편하게 가면서, 잠시만 이야기 나눠요 우리. 저 나쁜 사람 아니에요.

나는 머뭇거린다. 제 입으로 나쁜 사람이 아니라고 말하는 사람치고 좋은 사람 없다는 것 정도는 나도 안다, 고 쏘아붙이기에는 너무 피곤하다. 사실 김노을의 말대로다. 나는 지칠 대로 지쳤고 끌어안은 유골함은 몇 걸음 걷지도 않았는데 벌써 너무나도 무겁게 느껴진다. 며칠째 제대로 먹지도 자지도 못했으니까. 이대로 버스를 두 번 갈아타고 갈 생각을 하니 막막한 게 사실이다. 결국 나는 못 이기는 척 발걸음을 늦추고 만다. 김노을이 그럴 줄 알았다는 듯 내 팔을 잡아끈다.

차는 저기 주차장에 있어요. 같이 가요.

김노을의 빨간색 경차 앞유리에 방송국 로고가 붙어 있다. 나는 유골함을 끌어안은 채 앞좌석에 깊숙이 앉는다. 차 안에서 무슨 음식 냄새가 난다. 따라서 탄 김노을이 코를 킁킁대더니 민망한 얼굴을 한다.

어휴, 냄새나죠. 죄송해요. 방금까지 차에서 김밥 먹었거든요. 이런 일 하다보면 제때 밥 먹기가 뭐해서.

……

맞다, 김밥 좀 드실래요? 오늘 아침에 집에서 싸갖고 나온 건데요. 맛은 그냥저냥이긴 한데, 배고프실 것 같아서.

거절할 틈도 없이 김노을이 차 뒷좌석으로 손을 뻗는다. 그가 검은 비닐에서 밀폐용기를 꺼내 운전석과 조수석 사이에 펼치자, 겉이 반드르르한 김밥이 나타난다. 순간 뱃속에서 뭔가가 꼬이는 듯한 기분이 든다. 그것이 극심한 허기라는 것을 자각하는 데까지는 얼마 걸리지 않는다.

드세요, 저는 많이 먹었어요.

김노을이 파삭 소리 나게 갈라 건네준 새 나무젓가락을 받아든 채 밀폐용기 속을 들여다본다. 분명 먹음직스러워 보이는데, 먹어도 될 것 같은데 손이 얼른 움직이지 않는다. 가지런히 놓인 김밥이 마치 처음 보는 물건처럼 생경하다. 이것을 입에 집어넣는다는 것이, 씹어서 꿀꺽 삼킨다는 것이, 그런 일을 바로 며칠 전까지는 아무렇지 않게 해냈다는 것이 모두 이상하기 짝이 없다. 배는 고픈데, 입에 침이 고여 뚝뚝 흘러내릴 것 같은데 동시에 구토가 치밀 것 같다. 왜 이럴까. 이러지도 저러지도 못하는 나를 보던 김노을이 낮은 목소리로 말한다.

못 먹겠죠? 하긴…… 힘들 거예요. 당분간은 뭐든.

김노을이 밀폐용기 뚜껑을 닫는다. 그러나 차 안에는 계속해서 김밥냄새가 망령처럼 떠돌고 있다.

저도 그랬어요. 엄마 돌아가셨을 때…… 뭔가 먹어야 할 것 같은데, 그래야 살 것 같은데 이상하게 음식만 보면 역하고 속이 뒤집어지더라고요. 엄마는 죽었는데 내가 살겠다고 이걸

272

먹는 게 맞나. 내가 나 살겠다고. 그죠.

나는 대답하지 않는다. 하지만 속으로는 좀 놀랐다. 방금 만난, 뭐하는 사람인지도 모르는 이 여자가 내 마음을 정확히 읽은데다 명확한 언어로 정리까지 해주었다는 사실에. 정말로 그렇다. 동생의 유골함을 끌어안은 채 음식을 입에 처넣는다니 그건 말도 안 되는 일이다.

그래도 시간이 지나면 먹게 되더라고요. 흔하고 뻔한 말 같지만, 시간이 약이에요. 봐요, 저도 엄마 생각나서 남의 장례식 얘기만 들어도 울곤 했는데 지금은 일한답시고 이렇게 화장터까지 찾아다니고 있잖아요.

김노을이 내 손에서 젓가락을 가져가더니 밀폐용기와 함께 비닐봉지에 집어넣는다. 그러고는 웃차, 소리 내며 그것을 아무렇게나 뒷좌석으로 내던진다.

먹고 싶어지면 다시 말해요. 더 맛있는 거 사줄게요.

나는 뒷좌석을 흘끔 본다. 뭔지 모를 쓰레기와 빈 플라스틱 컵, 음료수 캔 따위가 널브러져 난장판이다.

자, 그럼 갈까요.

김노을이 차키를 꽂아넣고 시동을 건다. 차가 덜덜거리며 위아래로 크게 흔들리더니, 이윽고 천천히 주차장을 빠져나가기 시작한다. 가만히 앉아 창밖으로 고개를 돌리자 그 순간 정말 이상한 기분이 스물스물, 엉덩이에서부터 올라와 몸 전체를 감싼다. 정확히 표현할 순 없지만 굳이 비슷한 단어를 찾자면, 안락. 그래, 안락하다는 느낌에 가까운 것 같다. 안락하다니, 지금 이 상황이 어째서 안락해. 하지만 나는 이유를 알고 있다. 누군지는 모르지만 아무튼 누군가가 나를 집으로 데려다주고 있어서다. 나를 이해하는, 나와 같은 경험을 한 사람이. 바로 그런 사람이 나를 지저분하지만 푹신한 의자에 앉혀놓고 오직 나만을 위해 차를 몰고 있어서다. 나는 무심코 유골함을 더 세게 끌어안는다. 그렇구나, 나는 이런 것에 약하구나. 누가 나를 알아주고 위해주는 것에 나는 속수무책으로 무너지는구나. 그리고 이 치명적인 약점을 이제야 깨달은 건…… 내가 이런 경험을 해본 적이 많지 않아서구나.

발판이라고 부르죠, 그거? 그 앞까지 데려다줄게요.

김노을이 말하며 자기 쪽 창문을 내린다. 차 안에 고여 있던 김밥냄새가 빠지며 신선한 바람이 들어온다. 화장터 건물이 등뒤로 빠르게 멀어진다.

저, 그런데.

네에.

뭐하시는 분…… 이세요?

마침 적신호다. 김노을의 차가 줄지어 서 있는 다른 차들 뒤로 부드럽게 달라붙으며 멈춰 선다. 고개를 돌려 나를 바라보는 김노을의 얼굴 위로, 저물어가는 오후의 빛이 쏟아지고 있다. 나는 그 위에 흩어진 자잘한 주근깨들을 바라보며 대답을 기다린다. 이윽고, 김노을이 천천히 말한다.

저는 선생님을 도우러 온 사람이에요.

그러고는 씨익 웃는다. 정말로 정확하고 올바른 설명을 해 냈다는 듯이. 그 웃음은 낯이 익다. 아까 그가 자기소개를 하며 항상 지는 이름이라는 말을 덧붙였을 때 지었던 것과 비슷한 웃음이다. 이 사람은 나뿐만 아니라 많은 이들에게 이렇게 말해왔구나. 그리고 그것은 거의 항상 통했을 것이다. 도움을 주겠다는데 거절하는 사람은 없을 테니까. 이 깨달음이 나를 묘하게 차분하게 만든다.

어떻게 도와드릴지는 이제 함께 얘기해봐요, 차근차근.

나는 말없이 고개를 끄덕인다. 끄덕이는 것 외에 할 줄 아는 게 아무것도 없는 사람처럼. 어느덧 신호가 바뀌고, 김노을이 여전히 미소 띤 얼굴로 앞유리를 응시하며 차를 출발시킨다. 나는 유골함을 끌어안은 채 눈을 감는다.

40

동생이 구름을 먹는 영상이 아홉시 뉴스에 보도됐었다는 것을, 나는 김노을을 통해서 알게 된다. 정말 몰랐느냐며 눈을 동그랗게 뜬 김노을이 내게 휴대폰으로 그 뉴스를 보여준다. 하단에는 이런 자막이 떠 있다. 7세 아동, 인터넷방송에서 구름 먹고 사망. 얼굴에 모자이크 처리가 된 동생이 밥상 앞에 앉아 있는 모습이 지나간다. 남자 아나운서가 심각한 얼굴로 말한다. 해당 아동은 곧 철거가 예정된 ○○동 상공 불법 건축물에 살고 있었던 것으로 밝혀졌습니다. 아동은 인터넷방송을 시작하기 전, 철거 후 머물 주거지 마련을 위해 돈을 벌기로 결심했다고 밝혔다는데요. 참, 어디서부터 이야기를 꺼내야 좋을지 모르겠습니다. 정말 참담한 사건이 아닐 수 없습니다.

해당 아동은 내년에 초등학교에 입학할 예정이었다고 합니다. 꿈 많고 천진난만했을 이 아이의 삶, 과연 누가 어떻게 책임져야 할까요. 우리가 함께 고민해보아야 할 문제입니다.

내가 내미는 휴대폰을 도로 받아들며 김노을이 묻는다.

어떻게 생각해요?

뭘요?

이 뉴스요.

뉴스…… 그냥 뉴스구나, 싶은데요.

아휴, 착하네. 너무 착하다. 화도 안 나요?

김노을이 언성을 약간 높인다. 뭐라고 대답해야 할지 난감해진 나는 커피를 한 모금 마신다. 김노을이 사준 것이다. 우리는 발판 근처에 있는 카페에 앉아 있다. 잠시만 이야기를 나누자는 말에 들어온 것인데, 자리에 앉고 나서야 김노을의 차에 유골함을 두고 온 것이 마음에 걸려 안절부절못하고 있던 참이다.

왜 화가 나야 되는데요?

당연히 화가 나야죠. 말하는 것 좀 봐요. 너무 무책임하지 않아요? 우리가 함께 고민해봐야 할 문제라니. 이미 죽은 사람을 되살려줄 것도 아니면서, 고민을 하긴 뭘 해? 그런다고 저 아나운서가 돈이라도 한푼 쥐여준대요? 구름 철거 안 되게 해준대요?

그렇지 않느냐는 듯 김노을이 내 얼굴을 빤히 바라본다. 그 런가. 틀린 말은 아닌 것 같기도 하다. 어쩌면 내가 지금 별로 화가 나지 않는 이유는 땅 사람들이 때로 내보이는 저 무책임 한 자비에 이미 이골이 날 대로 났기 때문일지도 모른다. 김노 을 역시 그런 듯 고개를 내젓는다.

뉴스뿐만이 아니에요. 인터넷 안 하시는 것 같은데, 잘 모르 시죠? 동생분 영상 인터넷에 퍼지고 나서 난리가 났어요. 도 와줘야 된다고, 어린애가 너무 안타깝다고. 근데 그 사람들, 다 말뿐이에요. 이래야 한다 저래야 한다 떠들긴 엄청 떠들지 만 다 입방정으로 끝난다구요.

그 사람들이 뭘 어쩌겠어요. 그냥 저는…… 별로 관심 같은 거 받고 싶지 않아요.

정말로 그렇게 생각한다기보다는 그냥 이 화제를 끝내고 싶 어서 한 말이다. 그런데 김노을이 갑자기 눈을 희번덕거리며 나를 똑바로 쳐다본다.

네에? 무슨 말이에요 그게?

네? 뭐가요?

관심을 받고 싶지 않다니, 그게 무슨 말이냐고요.

당황하고 어안이 벙벙해 김노을의 입만 바라보는데 김노을 이 몸을 앞으로 숙인다. 지금부터 아주 중요한 얘기를 할 테니 잘 들으라는 듯이.

자, 봐요. 그렇게 말하는 사람들이 원하는 게 뭐일 것 같아요? 왜들 그렇게 말할까요? 뒤에서 떠든다고 달라질 것도 없는데.

네? 어…… 글쎄요.

내가 답을 알려줄게요. 그 사람들은 그냥 착한 척하고 싶은 거예요. 내가 이렇게 착하고 선하다, 내가 이렇게 공감 능력이 높고 사회문제에 관심이 많다. 그렇게 말하면 진짜로 그래 보이거든요. 어때요? 내 말이 맞는 것 같아요?

……그럴지도요.

그래서 내가 하려는 게 뭐냐면, 그 사람들이 조금 더 착한 척할 수 있게 판을 깔아주려는 거예요. 너희가 정말 그렇게 측은지심을 갖고 있다면 말로만 떠들 게 아니라 여기 이 사람을 직접 도울 수 있는 방법이 있으니, 어디 너희의 공감 능력을 한번 마음껏 뽐내봐라, 하고요.

이쯤 말하면 알아들었겠지 하는 표정이다. 그러나 내가 아직까지 확실히 알 수 있는 건 이야기가 드디어 김노을이 의도했던 본론에 가까워지고 있다는 사실뿐이다.

……저, 죄송한데 무슨 말씀을 하시는 건지 잘 모르겠어요.

그러자 김노을이 피식 웃으며 대꾸한다.

바보 같긴. 잘 생각해봐요, 내가 어디서 왔다고 했죠?

방송국, 이라고 무심코 대답하려다 나는 말을 삼킨다. 전부

는 아니어도 대강은 알 것 같아서. 이 사람이 무슨 일을 하려
는 건지, 그것으로 인해 내게 어떤 일들이 일어날지를.

시간 많이 안 내도 돼요. 딱 하루만 내줘요. 뭐 준비할 것도
따로 없어요. 그냥 평소 지내는 그대로 보여주는 게 오히려 더
좋아요. 촬영해주실 여자 촬영감독님 한 명이랑 나만 갈 거니
까 크게 불편하지도 않을 거예요. 되는 대로 빨리 끝낼게요.
어차피 시간도 많이 없어요. 이슈 가라앉기 전에 빨리 내보내
야 좋으니까.

저기, 그러니까 지금 저를…… 찍겠다는 건가요?

맞아요.

이제야 말이 통한다는 듯 김노을이 환한 미소를 지으며 고
개를 크게 끄덕인다.

그러니까, 말하자면 다큐멘터리예요. 하루 정도는 따라다니
면서 일상생활을 찍고, 중간중간 짧은 인터뷰 같은 거 삽입하
고. 그리고 마지막엔 후원 계좌 만들어서 띄울 거고요. 걱정
마요, 진짜 기깔나게 찍어줄 테니까. 제가 이래 봬도 다큐 쪽
꽤 오래 있었거든요.

그건…… 그건 구걸이잖아요.

말해놓고 나는 김노을의 눈치를 본다. 구걸이라는 단어가
그의 기분을 상하게 했을지 모른다는 생각에서다. 하지만 김
노을은 딱 잘라 대꾸한다.

맞아요, 구걸이죠.

……

왜요, 구걸 좀 하면 안 돼요? 이왕 구걸할 거 전국적으로, 제대로 한번 해보자는 거예요. 그게 어때서요? 후원 계좌에 돈 보내는 사람들이 뭐 그 돈 없다고 굶어죽나? 어차피 커피 한잔 값, 파스타 한 그릇 값 정도 보낼 건데.

그래도, 그건……

잘 생각해요. 분하지 않아요? 방금 뉴스도 그렇고, 사람들은 그냥 동생분 얘기를 가십거리로 소비하면서 불쌍하다, 안됐다 하고 입 싹 닦으면 끝이잖아요. 까놓고 말해서 그런 사람들이 여태 해준 거 있어요? 오히려 뜯어가려고 하면 했지, 도와준 적 있냐고요. 이젠 우리가 그 사람들 이용하자는 거예요. 그게 나빠요? 어디가 왜, 어떻게 나쁜데요?

아까부터 치켜올라가 있던 김노을의 눈썹이 이젠 거의 이마 중간까지 갈 지경이다. 나는 뭐라고 대답해야 할지 몰라 비슬비슬 웃으며 김노을의 시선을 피한다. 하지만 사실 마음 깊은 곳에서는 깨닫고 있다. 김노을의 말이 옳다는 것을. 그들의 동정에 경멸이 섞여 있다는 사실이야 당연히 알고 있다. 내 사정이 안됐다고 말하면서 그것을 자기들 입맛대로 이용하는 사람들, 자기들에게 조금이라도 뭔가 요구하는 것 같으면 금세 태도를 바꿔 네 주제를 알라며 호통치는 사람들을 나는 수도 없이 만났다. 김노을의 말대로 그들을 이용할 수 있다면 그건 꽤나 통쾌한 일일 것이다. 얼굴이야 팔릴 테고 자존심도 좀 상할지 모르지만 어차피 크게 상관은 없다. 그런 건 전혀 귀한 것이 아니다. 그걸 지킨다고 밥이 나오나, 돈이 나오나. 그런 말들을 속으로 굴리는 나를 김노을이 흘끗거린다.

그 후원이라는 게 적은 금액이라고 생각될지 몰라도 모이면 생각보다 커져요. 뭐 구체적인 액수는 찍어봐야 알겠지만, 땅에 혼자 살 집 정도는 어렵지 않게 구할 수 있을 거예요. 뭐 집뿐인가, 대학 등록금이나 일자리를 마련해주겠다는 사람도 거의 항상 나타나는 편이고.

헤엑, 나는 나도 모르게 숨 들이키는 소리를 낸다. 김노을이 말하는 것들은 상상한 것보다 훨씬 거창하다. 김노을이 웃으며 덧붙인다.

그러니까 이거 완전히 윈윈이에요. 저는 의미 있는 영상 찍어서 좋고, 그 사람들은 마음껏 착한 척할 수 있어서 좋고, 그리고……

유창하게 지껄이던 김노을이 말을 멈추고는 갑자기 무척 수줍은 표정을 지으며 묻는다.

내 정신 좀 봐, 지금까지 이름도 안 물었네. 저기, 이름이 뭐죠?

나는 나도 모르게 아주 공손한 말투로 대답한다. 하늘, 오하늘이요. 그러고는 얼른 덧붙인다. 평생 구름에 살 팔자인 이름이죠.

나는 김노을이 박장대소하며 내 팔뚝을 찰싹찰싹 치도록 내버려둔다. 사실은 평생 한 번도 내 이름에 대해 그렇게 생각해 본 적은 없다. 왜 이런 말을 했을까, 마치 미리 준비라도 해둔 것처럼. 하지만 꽤나 그럴듯하다. 어쨌든 틀린 말은 아니니까. 실컷 웃은 김노을이 눈꼬리를 눌러 눈물을 닦는 것을 보며 나도 웃는다. 이상한 일이다. 아직 아무것도 하지 않았는데 함께 웃었다는 이유만으로 이미 공범이 된 듯한 기분이 든다. 김노을이 웃음기 남은 얼굴로 내게 말한다.

잘해봐요, 우리.

나는 고개를 끄덕인다. 차에 두고 온 동생의 유골함에 대한 불안함은 이미 사라진 지 오래다.

41

촬영이 별거 아닐 거라고 했던 김노을의 말은 옳았다. 아침 일찍 발판에서 만나 함께 구름으로 올라온 김노을과, 그가 데리고 온 키가 껑충하니 큰 여자 촬영기사는 그저 하루종일 따라다니며 이것저것 궁금한 것을 물을 뿐 내게 별다른 요구를 하지 않았다. 오히려 뭔가 해야 한다는 부담감에 시키지도 않은 짓을 한 건 나다. 나는 그들을 데리고 구름을 한 바퀴 돌며 여기저기를 구경시켜주었다. 사람들이 사는 곳, 무슨 일이 있을 때 모여들곤 하는 발판 앞 공터와 지상에서 물을 떠와 보관해두는 탱크, 언젠가 고양이가 뛰어내렸던 구름의 끄트머리까지 전부. 이윽고 쓰레기장에 도착했을 때 나는 폐지더미 앞에 멈춰 선다. 그것을 들춰내고 내가 모은 인형들을 꺼내

보여준다.

이건 언제부터 모은 거예요?

김노을이 카메라에 잘 보이도록 인형들을 하나하나 펼쳐 늘어놓으며 묻는다. 나는 자랑스레 대답한다.

아주 옛날부터요. 남자친구가 사준 것들이에요.

남자친구가 있어요?

어어, 네……

어머 부끄러움 타나봐, 하고 김노을과 촬영기사가 빙그레 웃는다. 하지만 그래서가 아니다. 내가 말끝을 흐린 것은 방금 이상한 생각을 했기 때문이다. 카메라를 똑바로 쳐다보며 여기서 그와 섹스를 했다고, 바로 저기 고물이 쌓여 있는 곳 앞에서였다고 말하고 싶다는 생각. 손가락을 뻗어 정확히 그곳을 가리켜 보이고 싶다. 덧붙여 그 섹스가 얼마나 최악이었는지까지 구구절절 떠들고 싶다. 배기던 등허리와 하늘에 총총하던 별들과 원이 내 귀에 내뿜었던 뜨끈한 숨결까지도. 왜지. 왜 묻지도 않은 얘기를 자꾸자꾸 하고 싶어지는 거지. 나는 혹시나 내가 진짜 그렇게 할까봐 혀끝을 꼭 깨문다.

이윽고 해가 저물고, 마지막으로 집에서 짧게 인터뷰를 한 뒤 나는 발판을 타고 내려가는 그들을 배웅한다. 오늘 수고했어요, 연락 줄게요. 김노을이 손을 흔들며 말한다. 네, 수고하셨어요. 나도 마주 손을 흔들어준다.

그들의 머리꼭지가 흔들리며 눈앞에서 사라지고 난 뒤, 춘여사가 묻는다.

친구들이니?

아니요.

그럼 저 사람들은 누구니?

모르겠어요. 저를 도와주러 온 사람들이래요.

어떻게, 하고 되물을 거라고 생각했으나 춘여사는 그저 입을 오물거리며 말없이 나를 바라볼 뿐이다. 돌아서서 천천히 집을 향해 걷는데, 뒤통수에 시선이 느껴진다. 거기에 섞여 있는 질타도. 나는 속으로 중얼거린다. 뭘 어떻게 했어야 했는데요 그럼.

42

인터뷰어: (화면 밖에서) 여기가 하늘씨 집이에요?

하늘: 네. 거기 아무데나 앉으시면 돼요.

(카메라가 천천히 한 바퀴 돌며 집안을 비춘 뒤 하늘의 상반신으로 돌아온다.)

인터뷰어: 컴퓨터나 티브이 같은 건 없네요?

하늘: 태양광발전으로 전기를 만드는데 양이 적고 그걸 온 마을 사람들이 나눠 써서…… 부피 큰 기계를 돌리면 민폐예요. 불 켜거나 휴대폰 충전하는 정도만 해야죠.

인터뷰어: 그럼 구름 위에 티브이 있는 집이 하나도 없어요?

하늘: 네. 냉장고도 없는데요 뭐.

(카메라가 방 한편에 놓인 아이스박스를 비춘다.)

인터뷰어: 그럼 평소에 집에 있을 때는 뭐하세요?

하늘: 어…… 잠자고…… (어색한 웃음) 어차피 일하느라 집에 많이 있지는 않아요. 주말에는 그냥 자고요.

인터뷰어: 아, 화장실은요? 화장실도 없어요?

하늘: 화장실……

(또다시 어색한 웃음, 하늘이 문 옆에 걸려 있는 녹슨 모종삽을 가리킨다.)

인터뷰어: 저게 뭐예요?

하늘: 화장실 가고 싶으면 저거 들고 좀 멀리 가서, 구름 파내고 싼 다음에 다시 묻어요.

인터뷰어: 안 불편해요?

하늘: 평소엔 일하는 데에서 싸고 오니까.

인터뷰어: 아, 무슨 일 해요?

하늘: 고깃집 알바요. 지금은 안 해요. 잘렸어요.

인터뷰어: 왜요?

(하늘, 대답하지 않고 우물쭈물한다. 여성 내레이터의 목소리가 깔린다. "하늘씨가 동생의 죽음을 알게 된 것은 식당에서 일하고 있을 때였다. 하늘씨는 가게에 알릴 틈도 없이 병원으로 달려가야 했다. 다음 날 출근한 하늘씨에게 돌아온 것은 싸늘한 해고 통보였다.")

인터뷰어: 다른 가족들은 안 계세요?

하늘: 어…… 네. 지금은 저만 있어요.

인터뷰어: 왜요?

(하늘, 고개를 약간 숙이고 말없이 옷소매를 잡아 뜯는다.)

인터뷰어: 가족 얘기 조금 해줄 수 있어요?

하늘: 아…… 꼭 해야 돼요? 좀 그런데.

인터뷰어: 왜 좀 그래요?

하늘: 좋은 얘기도 아니고…… (의미 없이 머리를 풀었다 묶었다 하며) 아무튼.

인터뷰어: 그럼 하늘씨 하고 싶은 얘기 해줄 수 있어요?

하늘: ……그냥 가족 얘기 할게요. 음…… 원래는 할아버지, 아빠, 엄마, 저, 그리고 동생 이렇게 다섯 명이 살았는데요.

인터뷰어: 이 집에서요?

하늘: 네. 근데 할아버지는 돌아가셨어요. 원래 좀 아팠는데 어느

날 보니까 갑자기.

인터뷰어: 여기서요? 하늘씨가 발견한 거예요?

하늘: 네. 저기 누워서.

(하늘의 손가락을 따라 카메라가 방안 한구석을 비춘다. 지저분한 이불이 구겨져 있다.)

하늘: 자고 일어났더니 돌아가셨더라고요.

인터뷰어: 아.

하늘: 그리고 엄마는⋯⋯ 엄마는 지금 연락이 안 돼요. 땅 사람 집에서 입주 가정부 하고 있었는데, 그냥 갑자기 사라졌어요.

인터뷰어: 엄마 찾으려고 해봤어요?

하늘: 나름대로요. 근데 못 찾았어요.

인터뷰어: 무슨 일이 생기신 건가요?

하늘: (씁쓸하게 웃고 고개를 숙이며) 도망간 거죠 뭐.

인터뷰어: 아빠는요?

하늘: 아빠는⋯⋯ 지금 구치소에 있어요. 아빠랑도 연락 안 돼요.

인터뷰어: 구치소요? 왜요?

하늘: 어, 설명하자면 긴데⋯⋯ 불지르려고 하다가 잡혔어요. 시청에다.

인터뷰어: 시청에 불을 왜 질러요?

하늘: 아마 많이들 모르실 텐데 저희가 저번에 작게 데모를 했었거든요. 구름 철거에 반대하려고. 근데 그게 잘 안됐어요. 그러고 나서 아빠가 많이 힘들어했는데 자기 딴에는 억하심정이 있었나봐요.

인터뷰어: 하늘씨는 아버님이 그런 생각인 거 알고 있었어요?

하늘: 아뇨, 몰랐어요. 알았으면 말렸겠죠.

인터뷰어: 아무튼 그래서 할아버지, 아빠, 엄마랑 다……

하늘: 네. 동생이랑 둘이 지냈어요.

인터뷰어: 동생은…… 어떤 아이였어요?

하늘: 아, 걔는……

(내레이터의 목소리. "하늘씨는 동생 얘기가 나오자 말을 잇지 못한다. 오늘 낮에 그런대로 괜찮아 보였던 하늘씨의 모습은 금세 온데간데 없다. 고개를 숙여버린 하늘씨.")

인터뷰어: 동생이 평소에 인터넷방송에 관심이 많았어요?

하늘: 네. 맨날 봤어요. 그래서 제가 그런 것 좀 보지 말라고 잔소리하고 그랬는데…… 자기가 커서 그걸로 돈 벌겠다고, 잘될 수 있다고 큰소리쳤거든요. 그래서 제가…… (갑자기 입술을 일자로 힘주어 다물었다가 떼어내며) 해보라고 했어요. 꿈이 있는 건 좋은 거라고……

(카메라, 갑자기 훌쩍 일어나 성큼성큼 방 한쪽으로 걸어가는 하늘의 뒷모습을 잡는다. 하늘은 벽에 걸려 있던 달력을 떼어내고 벽을 손가락으로 가리킨다.)

하늘: 이것 보세요. 걔가…… 동생이 여기다 돈을 숨겨놨더라고요. 사천원. 꼬깃꼬깃 접어서.

(카메라가 벽을 확대한다. 갈라진 틈에 접힌 천원짜리 몇 장이 끼어 있다.)

인터뷰어: 동생이 숨겨놓은 거예요?
하늘: 네. 어떻게 모았는지는 모르겠어요. 아마 어디서 훔쳤겠죠.
인터뷰어: 돈을 왜 모았을까요?
하늘: 구름 곧 철거된다 하니까…… 자기도 살 집이 필요하다는 걸 알았나봐요. (씁쓸한 웃음) 제가 평소에 돈타령을 많이 하기도 했고. 어른들도 다 돈타령하고.

(하늘, 돈을 그대로 둔 채 다시 달력을 건다.)

인터뷰어: 왜 안 꺼내세요?
하늘: 모르겠어요. 찾기는 예전에 찾았는데 얼만지만 세어보고 그

냥 다시 넣어놨어요. 이걸…… 이걸 제가 어떻게 쓰겠어요.

(처연한 분위기의 음악이 흐른다. 소매 끝을 계속 잡아 뜯으며 고개를 숙이는 하늘.)

인터뷰어: 구름 철거되면 하늘씨는 갈 데 있어요?
하늘: 없죠. 저만 없는 거 아니고 여기 사람들 다 마찬가지예요.
인터뷰어: 그럼 어떻게 하시게요?
하늘: ……몰라요.

(내레이터의 목소리. "하늘씨는 동생이 죽기 며칠 전 종이 한 장을 받았다. 불법 건축물로 지정된 구름을 곧 철거할 테니 퇴거하라는 내용이 담긴 계고장이었다. 거기엔 어디로 가라는 것인지, 며칠까지 나가라는 것인지 아무것도 적혀 있지 않았다." 카메라, 어두운 표정으로 고개를 돌린 하늘을 비추다 뒤쪽으로 포커스를 옮긴다. 좌식 밥상 위에 동생의 유골함이 동그마니 놓여 있다. 화면이 구름 먹방 영상으로 전환된다. 동생이 분수처럼 토사물을 뿜어내며 쓰러지는 마지막 장면까지 송출한 뒤, 이어 동생의 생전 사진 몇 장을 연이어 보여준다. 목이 늘어난 러닝셔츠를 입은 모습, 사지를 뻗고 잠들어 있는 모습, 앞니가 두 개 빠진 이를 드러내고 웃으며 양손으로 브이 자를 그린 모습. 화면 하단에 '사진: 오하늘씨 제공'이라고 쓰여 있다. 다시 내레이터의 목소

리. "누나가 사다주는 초콜릿에 기뻐 날뛰던 어린아이, 어서 키 크고 힘센 사람이 되어 누나를 지켜주겠다던 아이가 밥그릇 하나 가득 구름을 퍼먹고 누나 곁을 떠나기까지, 하늘씨에게는 너무나 많은 일이 있었습니다. 그리고 앞으로 더 많은 일이 예고되어 있습니다. 이미 수없이 잃은 하늘씨는 무엇을 또 잃게 될까요?")

인터뷰어: 하늘씨가 지금 하고 싶은 건 뭐예요?

하늘: 하고 싶은 거요? (입을 다물고 옷소매를 뜯다가) 진짜 솔직하게 말해도 돼요?

인터뷰어: 네.

하늘: 잠자고 싶어요. (스스로도 우스운 말을 했다는 듯 웃는다.)

인터뷰어: 잠이요?

하늘: 네. 그냥 아무도 저를 깨울 수 없는 곳에서, 무슨 일이 일어나는지도 모르고 그냥 계속 잠만 자고 싶어요.

인터뷰어: 무슨 꿈 꾸면서요?

하늘: 꿈…… 아니요. 꿈 안 꾸고. 아무 꿈도 꾸고 싶지 않은데요.

(먼 곳을 응시하는 하늘. 내레이터의 목소리. "꿈 많을 나이 스무 살, 하늘씨가 바라는 것은 그저 현실을 외면하고 잠 속으로 도망치는 것뿐이다. 그러나 그런다고 하늘씨에게 다가올 것들이 사라지지는 않는다. 그것은 하늘씨 본인이 가장 잘 알고 있을 것이다." 구슬픈 단조

의 배경음악이 깔린다. 화면에 오하늘 명의의 후원금 계좌번호와 자막

이 나타난다. '보내주신 후원금은 오하늘양의 새 거처 마련과 중단된

학업을 이어가는 데 소중하게 쓰입니다.' 이윽고 검게 처리된 화면 오

른쪽으로 제작진들의 이름이 적힌 엔딩크레딧이 올라가고, 화면 왼쪽

에서 하늘의 영상이 이어진다. 하늘은 동생의 유골함을 끌어안고 있다.

인터뷰어가 묻는다. "그건 왜 안고 있어요?" 하늘이 대답한다. "생전에

많이 못 안아준 게 마음에 걸려서…… 이거 딱 동생 머리통 느낌이랑

비슷해요. 딱딱하고 맨들맨들한 게." 유골함을 안고 어딘가로 걸어가는

하늘의 뒷모습이 점점 줌아웃 된다. 엔딩크레딧이 전부 올라가고 난

뒤, 프로그램이 끝난다.)

43

대학 졸업까지 등록금을 대주겠다는 땅 사람이 두 명.

공짜로 방을 빌려주겠다는 땅 사람이 네 명.

일자리를 제공해주겠다는 땅 사람이 열세 명.

각종 생필품을 보내주겠다는 땅 사람은 셀 수 없음.

그리고 이억 칠천오백삼십일만 오천십오원.

하루 만에 내 후원금 계좌에 모인 돈이다.

방송이 나가자마자, 김노을이 전화로 몇 가지 주의 사항을
일러주었다. 인터넷은 아예 찾아보지 말 것, 돈 자랑은 어디에
든 절대 금물, 특히 브랜드 로고가 크게 박힌 물건이나 사치품
은 되도록 가지고 다니지 말 것. 누군가 알아보거나 말을 걸어
온다면 예의 바르게 응하고 되도록 빨리 자리를 피할 것. 나는

그 하나하나를 귀기울여 듣고 나서 물었다. 그거면 되나요? 수화기 너머의 김노을은 잠시 고민하다가 웃으며 덧붙였다.

아무튼 적당히 잘살면 돼요. 행복하게. 남들 눈에 띌 정도로 는 말고.

그건 완벽하게 내가 바라던 거였다.

밤이 되어 나는 아빠가 쓰던 낡은 배낭에 당장 필요한 것들을 닥치는 대로 쑤셔넣고 도망치듯 집을 나선다. 왠지 그래야 할 것 같아서다. 구름에 텔레비전은 없지만, 휴대폰은 모두 가지고 있으니 누군가는 이미 방송을 봤을 것이다. 뭐라고 생각할까. 불쌍해할까, 끔찍해할까. 둘 다일지도 모른다. 뭐든 상관없다. 알고 싶지 않다. 영원히. 발판 앞에서 나는 배낭을 앞으로 고쳐 메고 품에 안은 동생의 유골함을 감춘다. 춘여사가 묻는다.

이 야밤에 아가씨가 어딜 가니?

평소와 같은 다정한 목소리. 춘여사는 아직 모르는 모양이다. 하긴 휴대폰을 잘 다루는 편은 아니니까. 그러나 춘여사는 구름에서 가장 소문에 훤한 사람 중 하나다. 구름을 드나들기 위해선 춘여사를 거치지 않을 수 없으니까. 어쩌면 누군가 이미 말해주었을지도 모른다. 그러니까 저 목소리에는 다정을 가장한 동정이나 비난이 섞여 있을 수도 있다. 나는 앞으로 그것을 구분해야만 한다. 구분할 수 없어도 구분해내려고 노력해야겠지. 발판을 타고 반쯤 내려왔을 때에야 나는 입속에서 맴돌던 대답을 웅얼거린다.

그러게요, 어디로 가야 할까요.

결국 내 발걸음이 향한 곳은 번화가 뒤쪽의 좁은 골목이다. 거기에 모텔이며 여관이 많다는 것은 지나다니며 봐서 알고 있었지만 평생 한 번도 가본 일은 없다. 나는 휘황찬란한 색으로 빛나는 간판들을 천천히 읽으며 골목 끝까지 걸어갔다 되돌아온다. 바이올린, 짝, 애플, 프린스. 그중 가장 허름하고 촌스러운 곳을 고르고는 주변을 두리번거린다. 보는 사람은 아무도 없건만 무슨 죄라도 짓는 것마냥 가슴이 두근거린다. 나는 유골함을 안고서 반대쪽 손으로 가슴을 툭툭 친다.

야, 쫄지 마. 이 정도 일에 쫄아서 앞으로 어떻게 살아.

프런트 직원은 나를 힐끗 쳐다볼 뿐 아무 말도 하지 않는다. 나는 숙박비로 칠만원을 치르고 카드키를 받는다. 단지 잠을 자는 것뿐인데 그만한 돈을 내야 한다니, 솔직히 입이 떡 벌어졌지만 막상 방에 들어와보니 이해가 된다. 엄청나게 큰 침대와 벽걸이형 텔레비전에, 화장실에는 욕조까지 있다. 침구 각이 딱 잡혀 있어 흐트러뜨리기도 미안한 침대에 앉아 빵빵한 베개를 잠시 쓸어보다, 이윽고 드러눕는다. 그리고 다음 순간, 나도 모르게 입에서 비명이 터진다. 천장의 웬 시꺼면 여자와 눈이 마주쳤기 때문이다.

다시 보니 천장은 온통 거울이다.

뭐야 미쳤나, 저기에 왜 거울을 붙여놨어. 머쓱해져서 중얼거렸지만 정말로 모르는 건 아니다. 안 그래도 이곳에 들어오기로 마음먹은 순간부터 생각하고 있었으니까. 땅 사람들이 이곳에 오는 이유에 대해서. 뭐 개중에는 나처럼 단순히 며칠 묵을 곳이 필요한 사람도 있겠지만 숙박업소가 정말 숙박만을 위한 곳이라고 믿을 만큼 내가 순진하지는 않다. 그들은 여기 섹스를 하려고 온다. 단지 그걸 위해서 이 깨끗한 방을 구매하는 거다. 나는 거울 속에 누운 여자를 빤히 바라본다. 나처럼 이 거울 속에 담겼을 수많은 여자를 생각하면서. 그러자 귓속으로 쏟아지던 원의 뜨끈한 숨결이며 앙상한 팔이 갑자기 기억 속에서 튀어나와 순식간에 생생해진다. 꼭 지금 여기 있는 것처럼. 물론 안다. 원은 이곳에 올 수 없다. 이 고요하고 깨끗한 방에, 일박에 칠만원이나 하는 방에. 나는 거울을 빤히 바라본다. 그 속에 어색하게 누워 있는 여자가 돌연 비굴한 미소를 짓는다.

나는 벌떡 일어난다.

벽에 붙은 여러 개의 버튼을 아무거나 눌러대자 삑 소리와 함께 방은 순식간에 빛 한 점 없이 캄캄해진다. 이렇게까지 어두워질 줄은 몰랐다. 더듬거리며 돌아오다 무언가에 정강이를 세게 부딪혔지만 어쨌든 침대를 찾아 도로 드러눕는다. 이제 야 좀 살 것 같다. 정말로 고요하다. 잠자리에 누우면 으레 들 렸던 바람소리며 창문 흔들리는 소리가 여기엔 없구나. 그러 니 아주 깊은 잠을 잘 수 있을 것 같다. 원한다면 영원히. 나는 눈을 감는다.

그러나 지금, 거울 속 나도 눈을 감고 있을까?

나는 무엇에 찔린 사람처럼 눈을 번쩍 뜬다. 천장을 노려보 자 거울에서 튕겨나와 내 위로 쏟아지는 것들을 느낄 수 있다. 적의, 혐오, 두려움, 그리고 그 너머에 희미하지만 선명하게 도사린 저것은 기쁨. 어쩔 수 없는 기쁨이다. 어제의 거기가 아닌 오늘의 여기에 있기 때문에. 더는 돌아가지 않아도 되기 때문에. 그 모든 것을 온몸으로 받아내며 나는 문득 생각난 듯 중얼거린다.

너는 이제 뭐가 될 테냐.

그리고 거울과 나 사이의 어두운 공간이 내 목소리를 쑤욱 흡수하는 순간, 나는 그 질문의 답을 내가 이미 알고 있다는 것을 깨닫는다. 뭐든지. 나는 뭐든지 될 수 있고 할 수 있다. 그럴 만한 돈이 있으니까. 이 돈은 오롯이 내 것이다. 누구에 게도 주지 않아도 되는 돈이다. 돈이 생기면 주고 싶었던 이들 은 이제 모두 나를 떠났으니까.

어둠 속 저편에 동생의 유골함이 희고 둥근 실루엣으로 떠올라 있다. 돌아누운 채로 그것을 잠깐 바라보다, 나는 다시 눈을 감는다. 먼 곳에서부터 기다렸다는 듯 미끄러져 다가오는 무언가를 감각하면서. 나는 그것이 내 미래라는 것을 알아차렸지만, 그 얼굴이 무슨 표정을 짓고 있는지 분간하기도 전에 그만 깊이깊이 잠들어버리고 만다.

44

부동산 중개인은 시종일관 공손한 태도다. 나는 그가 내어
준 아이스커피를 마시며 자동차 조수석에 앉아 몇 개의 매물
을 구경하러 돌아다닌 끝에, 그중 가장 커다란 창문이 있는 집
을 골라 계약한다. 번화가에서 두어 블록 떨어진 주상복합 오
피스텔 건물의 십사층이다. 원룸이지만 크지요. 게다가 햇빛
이 잘 드는 집이라 정말 마음에 드실 거예요. 중개인은 마치
자기가 그 집을 만들기라도 한 것처럼 자랑스레 얘기한다. 정
말로 그렇다. 커튼을 활짝 열자마자 기다렸다는 듯 창문으로
쏟아져 들어오는 빛. 뒷덜미를 태우지 않는 적당한 따사로움.
　집에 필요한 가구와 생활 집기를 마련하는 데까지는 생각보
다 꽤 오랜 시간이 걸린다. 이미 갖춰져 있는 세탁기와 냉장

고, 에어컨을 제외한 나머지를 전부 새것으로 구입해야 하기 때문이다. 물건들을 고를 땐 모든 부분을 꼼꼼히 따져가며 조금이라도 마음에 들지 않는 것은 제외시킨다. 꼭 그런 것들을 몇 번이고 구입해본 사람처럼. 밝은 원목 프레임 침대 위에 라텍스 매트리스를 깔고 점원의 추천으로 구입한 얇은 토퍼를 얹는다. 부드러운 순면 재질의 연보라색 이불은 물론 베개 커버와 한 세트다. 침대 옆에는 낮은 협탁, 협탁 위에는 조화를 꽂은 유리병. 그런 식으로 빈 공간을 차근차근 채워나간다. 이런 데 쓸 거라곤 평생 생각하지 않았던 돈을 쓰면서.

그 과정에서 많은 것을 새로이 배운다. 암막 커튼을 치면 낮에도 불을 켜야 할 만큼 방안을 어둡게 만들 수 있다는 것, 벽걸이 에어컨은 일 년에 한 번씩 청소를 해주는 것이 좋으며 오만원 정도를 내면 출장 청소를 받을 수 있다는 것, 관리비라는 것을 매달 내야 하는데 그것은 수도 및 전기, 가스비와는 별개라는 것 등등. 나는 갓 태어난 아기처럼 그 모든 사실을 온몸으로 흡수한다. 이런 것을 모르고 살았던 나 자신과 이런 것들을 전부 알고 살아온 사람들을 모두 신기하게 여기면서.

살림살이가 얼추 갖추어진 어느 날 아침, 전기밥솥을 사러 가기 위해 집을 나선다. 목적지는 집에서 조금 떨어진 곳에 있는 대형 전자마트다. 이미 전자레인지와 청소기를 구입한 적이 있는 곳이다. 허리를 숙이며 인사한 점원이 나를 주방 가전 코너로 안내해준다. 나는 다양한 색깔과 크기와 기능을 갖춘 밥솥들 앞에서 원하는 바를 정확히 이야기한다. 혼자 사는데요. 그래도 밥은 자주 해먹을 거예요. 백미밥보다는 잡곡밥 위주로. 이왕이면 찜이나 죽도 되는 거였으면 좋겠어요. 점원은 정확히 내 요구에 맞는 물건을 보여준다. 작지만 깔끔하고 심플한 디자인이라 주방 미관을 해치지 않고, 다기능인데다 대기업 제품이라 에이에스까지 꼼꼼하다는 밥솥. 나는 그것의 뚜껑을 여닫아보고 사용 설명서에 나와 있는 다양한 기능을 읽어본 뒤 구매하기로 결정한다. 박스에 든 밥솥을 품에 안고 전자마트를 나서는데, 아무래도 이걸 들고 집까지 걸어가기는 힘들 것 같다. 마침맞게도 다가오는 빈 택시를 잡아타고 집으로 돌아와 밥솥을 싱크대 옆 상판에 올려놓는다. 전원을 꽂자마자 정상 작동을 알리는 초록빛 불이 들어온다. 나는 그 불빛을 바라보며 생각한다. 내가 산 것들에 대해서.

물론, 그것은 밥솥뿐만이 아니다.

필요한 것을 사기 위해 고민하는 데 드는 시간. 남들이 일을 하는 한낮에 밥솥을 사러 가는 여유. 올바른 구매자가 되기까지 필요한 실패 경험, 거기에 드는 돈과 시간. 점원의 인사와 친절한 안내. 내가 원하는 조건에 맞는 밥솥을 가져다주고 얌전히 서서 기다린 점원의 노고. 가격보다는 기능과 디자인에

중점을 두는 선택의 자유. 내가 이 밥솥 정도는 살 수 있는 사람임을 나타내기 위해 갖춘 옷차림과 말투와 행동. 그 모든 것이 내가 돈으로 산 것들이다. 돈이 없으면 무엇도 그냥 얻을 수 없다. 무엇도 공짜로 생겨나지 않는다. 그 무엇도.

밥솥 안에서 쇠로 된 내솥을 꺼낸다. 쌀을 두 컵 붓고 물로 문질러 씻은 뒤 밥물을 잡고, 도로 집어넣어 취사 버튼을 누른다. 쿠쿠가 맛있는 취사를 시작합니다! 나는 물 묻은 손을 앞섶에 문질러 닦으며 경쾌하게 소리치는 밥솥을 사랑스러운 눈길로 바라본다. 밥이 잘될까. 밥솥마다 물 양이 다르다고들 하던데. 하지만 잘되지 않으면 또 어떤가. 진밥이든 된밥이든, 아니 도저히 먹지 못할 것이 나오더라도 상관없다. 버리고 다시 지으면 되니까. 실패할 기회는 얼마든지 있다. 이깟 밥 한 솥쯤이야. 나는 밥솥 앞에 짝다리를 짚고 서서 기다린다. 내가 구입해야 할 또다른 무언가가 떠오르기를.

밥솥이 조금씩 칙칙거리는 소리를 내기 시작한다.

언제까지라도 기다릴 수 있을 것만 같다.

45

그로부터 며칠 뒤, 나는 원을 집으로 초대한다.

원은 청소 일을 마치고 자정 넘어에나 들르기로 했건만 나는 아침부터 괜히 부산을 떤다. 현관이 심심해 보이는 것 같아 보송보송한 깔개를 사다 깔고, 충분히 깨끗한 변기에 세정제를 듬뿍 뿌려 박박 닦아낸다. 너무 멋을 부렸나 싶어 손님용 슬리퍼는 신발장 구석에 보이지 않게 숨겨둔다. 그러고는 일층에 있는 마트로 내려가 한참을 돌아다니다, 과일 코너 앞에서 고민에 빠진다. 사과는 예쁘게 깎을 자신이 없고 바나나는 너무 신경 안 쓴 것 같은데 그렇다고 체리나 망고는 왠지 허세를 부리는 것처럼 느껴져서, 한참 망설인 끝에 딸기 한 팩을 장바구니에 담는다. 참, 그러고 보니 과일용 포크가 없구나.

포크를 사는 김에 예쁜 무늬의 접시도 몇 장 산다. 그리고 뭐가 더 필요할까. 슈퍼를 빙빙 돌다가 주류 코너를 지나며 그 앞에 서 있는 한 여자를 본다. 반바지에 슬리퍼를 신고 머리를 질끈 묶은 내 또래의 그 여자는 휴대폰을 한쪽 어깨와 볼 사이에 끼운 채 누군가와 통화를 하고 있다. 맥주도 사? 뭘로? 카스 아님 테라? 흑맥주도 있네. 어, 어. 모자르면 이따 내려와서 더 사지 뭐. 그러면서 여자는 길쭉한 맥주 캔을 몇 개 집어 자신의 장바구니에 넣고 돌아선다. 그 모습을 통해 나는 빠르게 학습한다. 친구가 놀러올 때는 맥주를 사는 것이 일반적이며 한 번에 보통 네 캔 정도를 사간다는 것을. 여자가 떠난 뒤, 나는 여자가 고른 것과 똑같은 맥주 네 캔을 장바구니에 넣는다. 원이 술을 마시는 건 본 적이 없지만 혹시 마시고 싶어할지도 모르니까.

집으로 돌아와 사온 것들을 정리하고 음식물은 냉장고에 넣어둔다. 이 정도면.

그리고 새벽 두시쯤, 드디어 초인종이 울린다.

벌떡 일어나 무심코 현관으로 달려가려다 아차 하고 돌아선다. 이 건물에 출입하기 위해서는 카드키를 갖고 있거나 공동 현관의 비밀번호를 알고 있어야 하며, 그렇지 않은 경우 방문하려는 집의 호수를 입력해 인터폰 호출을 해야 한다는 사실에 아직도 익숙해지지 못한 탓이다. 벽에 붙은 손바닥만한 인터폰 화면을 통해 원이 보인다. 카메라가 위쪽에 달려 있어 원의 더벅머리와 얼굴이 크게 확대되어 있다. 원을 이 각도에서 보는 것은 처음이다. 어릴 때부터 나보다 키가 한 뼘은 더 컸으므로. 일을 마치고 왔으니 당연히 그렇겠지만 피곤해 보인다. 여기저기 여드름이 나 있는 푸석한 피부와 왠지 뚱해 보이는 눈초리. 여전하구나. 반가움에 얼른 열림 버튼을 누르려다 말고, 나는 갑자기 멈칫한다.

내가 이것을 누르지 않는다면.

원은 들어올 수 없을 것이다. 잠긴 문을 열어주지 않으면 들어올 수 없는 거야 물론 구름 위에 살 때도 마찬가지였다. 하지만 지금 이 경우는 다르다. 나는 원이 무슨 행동을 하는지, 어떤 표정을 짓고 있는지 집안에서 훤히 지켜볼 수 있다. 원이 화를 낼 수도 있고 문을 걷어찰 수도 있겠지만, 그것은 우리집과 무관하다. 그건 십사층 아래 있는, 원이 통과해야 하는 몇 겹의 문 중 겨우 첫번째 문일 뿐이다. 원은 절대로 그 높이를 극복할 수 없을 것이다. 나의 허락 없이는. 내가 고작 이 작은 버튼 하나를 눌러주지 않음으로 인해.

그러나 열림 버튼을 누른 뒤, 원이 공동 현관으로 들어오는 모습을 나는 끝까지 지켜본다.

잠시 후 초인종이 다시 울린다. 현관문을 여니 지친 모습의 원이 서 있다. 나는 원아! 외치고 싶은 마음을 눌러 참으면서,

그가 들어올 수 있게 한쪽으로 비켜준다. 원은 답지 않게 조금 쭈뼛거리며 현관으로 들어서서는 신발도 벗지 않은 채 집안을 휘둘러본다.

집 좋네.

……어어.

왠지 부끄러워져 눈길을 피하는 사이, 원은 신발을 아무렇게나 벗어놓고 깔개 위로 올라선다. 자연스럽게, 자연스럽게. 나는 속으로 중얼거리며 냉장고 쪽으로 돌아선다.

뭐라도 먹을래? 배고프지 않아?

밥은 됐어. 목말라. 마실 거 없냐.

아 맥주, 냉장고에 맥주 있는데.

너 이젠 술도 마셔?

아무 저의도 없는 질문임을 알면서도 나는 움찔한다. 대답하지 않고 냉장고에서 차게 식힌 맥주 캔과 미리 씻어서 손질해놓은 딸기 접시를 꺼내 식탁 위에 올려놓는다.

먹어.

와, 진수성찬이네.

그렇게 말하지만 원은 식탁 앞에 앉을 생각이 없어 보인다. 여전히 입구에 선 채로 신발장 문을 열어본 원은 그 안을 한참 들여다본다. 이크, 저 안에 손님용 슬리퍼를 넣어놨는데. 나는 이유 없이 조마조마한 마음으로 원이 하는 짓을 지켜본다. 이번엔 현관 옆 싱크대로 다가와 씻어서 엎어놓은 냄비와 컵을 보더니, 팔을 뻗어 싱크대 위 상부장을 열고는 다시 닫는다. 그다음은 냉장고다. 냉장고 문을 벌컥 열고 머리를 처박곤, 뭘 하는 것인지 한참 동안 나오지 않는다.

야, 뭐하냐. 먹으라니까.

잘 해놓고 사네. 존나 부자처럼.

냉장고 문을 닫은 원이 식탁으로 다가와 앉는다. 나는 원의 얼굴을 물끄러미 본다.

화났어?

내가 화가 왜 나.

포크를 집어든 원이 딸기를 콱 찍어 입에 넣고는 과장된 동작으로 입을 움직이며 우적우적 씹는다. 화가 났다는 것을 감추려는 건 알겠는데 너무나 어색하다. 그럴 수밖에, 나는 원이 화내는 모습은 여러 번 보았지만 화를 참는 모습은 한 번도 본 적이 없으니까. 이윽고 원은 두번째 딸기를 포크로 찌른다. 마치 누군가의 배를 찌르듯이. 그 기세에 눌려 나는 절대 하지 않기로 다짐했었던 질문을 해버린다.

방송 봤어?

봤지. 잘 찍었던데 아주.

즉답. 오히려 당황한 것은 내 쪽이다. 나는 괜히 포크를 만지작거리다 딸기 하나를 입에 넣는다. 차갑고 새콤하다.

그래서, 얼마 받았냐?

……그건 왜?

그냥 궁금해서 묻는 건데. 물어보지도 못하냐?

그 말에 돋친 가시를 못 알아차릴 내가 아니라는 것쯤은 원도 알고 있을 것이다. 나는 가만히 혀끝을 깨문다.

……춘여사는 잘 지내?

잘 있겠냐, 집이 헐리게 생겼는데.

웃기는 소리를 들었다는 듯 한쪽 입꼬리를 올리고 어깨를 으쓱한 원이 마지막 남은 딸기 두 알을 한꺼번에 찍어 입에 넣는다.

할머니는 발판 봐야 돼서 아무데도 못 가. 사람들 다 내려가고 나면 그때 마지막으로 가겠대.

……그렇겠구나.

침묵. 빈 딸기 접시에 분홍빛 물이 조금 고여 있다. 이윽고 원이 의자를 드르륵 끌며 일어선다.

잘사는 거 봤으니까 됐고. 나 갈게.

간다고? 왜, 왜 벌써 가?

나도 모르게 따라 일어서는데 성큼성큼 걸어간 원은 이미 현관에서 신발을 신고 있다. 정말로 빨리 떠나고 싶은 사람처럼.

야, 잠깐만. 조금만 더 있다 가. 밥도 안 먹었잖아.

이 시간에 뭔 밥이야.

그래도 이렇게 잠깐 있다 금방 가는 게 어딨어.

나는 원의 티셔츠 자락을 검잡고 말한다. 본의 아니게 조금 울먹이는 목소리가 나온 것도 같다. 그러자 원은 잠시 내 얼굴을 바라본다. 지금까지 한 번도 본 적이 없는 표정이 스쳐지나갔다고 생각한 순간, 원이 씨익 웃으며 말한다.

그럼, 나 여기서 살까?

나는 눈을 크게 뜬다. 원은 대답을 기대하지 않았다는 듯 몸을 돌려버린다. 짧은 찰나, 그 사실이 무참하게도 안심이 된다. 어차피 그게 말도 안 되는 소리라는 건 원 스스로도 알고 있다는 뜻이라서. 내가 그걸 원하지 않는다는 것을 말하지 않아도 되어서.

잠깐만, 갈 땐 가더라도 잠깐만.

나는 원을 현관에 세워놓은 채 침대로 달려간다. 베개 아래 밀어넣어둔 것을 가져와 원에게 쥐여준다. 뭐야, 하며 내려다본 원의 얼굴이 딱딱하게 굳는다.

너……

받아, 제발. 받아줘.

씨발 사람을 좆으로 봐도 정도가 있지……

많지도 않아. 후원금 받은 거 함부로 쓰면 문제될 수도 있다고 해서 진짜 많이 안 넣었어. 진짜야.

두꺼운 돈봉투가 바닥에 툭, 떨어지며 무거운 소리를 낸다.

나는 그것을 잽싸게 주워 다시 원의 품에 우격다짐으로 밀어 넣는다. 원의 몸에서 시큼한 땀냄새가 난다.

제발 받아. 제발 좀. 앞으로 다신 나 안 봐도 좋으니까.

이건 진심이다. 상상력이 좋은 편이 아니더라도 원은 충분히 그려볼 수 있을 것이다. 현금 인출기 앞에서 얼마를 뽑아야 적당할지 고민하는 내 모습을, 돈을 봉투에 넣으며 그걸 쥐여주는 장면을 상상하고 있는 나를. 원은 앞으로 다시는 나와 만나주지 않을 것이다. 주제도 모르는 년, 구걸해서 팔자 고친 주제에 제가 뭐라도 된 줄 알고 사는 년이라고 평생 나를 욕할 것이다. 상관없다. 정말로 상관없다. 이 돈을 받아준다면. 원이 거칠게 몸을 돌리고, 나는 나대로 온몸에 힘을 주어 밀어붙인다.

제발, 자존심 세우지 마. 받으라고.

씨발 니가 뭔데?

지금이 자존심 부릴 때야? 병신아, 니네 할머니랑 동생들 생각해.

거세게 저항하던 원의 몸이 그만 딱딱하게 굳는다. 그때를 놓치지 않고 나는 원의 팔과 몸 사이에 돈봉투를 끼워넣는다.

가져가. 가져가서 빨리 방이든 뭐든 구하라고. 고집 부리지 말고.

천장에 달린 현관 센서 등 때문에 원의 얼굴은 원래보다 훨씬 더 수척해 보인다. 잠시 나를 내려다보던 원이 뭐라고 말할

것처럼 입을 벌린다. 나는 잠자코 기다린다. 무슨 말이든 들어
줄 준비가 되어 있다. 저주든 감사든 뭐든지 좋다. 그러나 한
편으로, 나는 원이 결국은 아무 말도 하지 않을 것을 안다. 과
연 원은 벌린 입을 힘없이 다물어버리곤 돈봉투를 바지 뒷주
머니에 쑤셔넣은 뒤 미련 없이 나가버린다. 곧바로 현관문 도
어락이 잠기는 소리. 뒤이어 터벅터벅 복도를 걸어가는 발소
리가 들린다.

그제야 나는 현관에 주저앉는다.

온몸이 땀에 푹 젖어 있고 관자놀이가 두근두근 날뛴다. 꼭
한바탕 전쟁이라도 치른 것 같다. 나는 방금까지 원이 서 있던
자리를 물끄러미 바라본다. 아침에 깨끗하게 닦아놓은 현관
타일에 신발 자국이 까맣게 나 있다. 그 자국에 대고 나는 낮
게 중얼거린다.

집이 생겼으니 친구를 초대하는 게 당연하잖아.

센서 등이 툭 꺼진다. 내 독백에 스포트라이트 따위는 비추
고 싶지 않다는 듯이. 상관없다. 나는 어둠 속에서 무릎을 끌
어안고 말한다.

씨발 그럼 나랑 바꾸든가.

너는 할머니도 동생도 다 있잖아.

존나 씨발 지는 다 있으면서.

훌쩍 일어서자 센서 등이 다시 환히 켜진다. 나는 식탁으로

걸어가 물티슈를 몇 장 뽑아온 다음 현관에 엎드려 타일을 깨끗이 닦아낸다. 얼룩은 금세 흔적도 없이 사라진다. 지저분해진 물티슈를 구겨 쓰레기통에 던져 넣는다. 식탁 위에는 원이 손도 대지 않은 맥주 캔이 겉면에 물기가 맺힌 채 그대로 놓여 있다. 가져가라고 할걸, 무심코 생각했다가 이내 말도 안 되는 일임을 깨닫고 그만둔다.

맥주 캔을 도로 냉장고에 집어넣으며 나는 원이 집으로 돌아가는 모습을 상상한다. 심야버스가 다니는 정류장까지 터벅터벅 걸어간 원은 정류장 벤치에 앉고 나서야 봉투를 열어볼 것이다. 돈을 세어보고 이 돈으로 당장 할 수 있는 것들을 가늠해볼 것이다. 그리고 어쩔 수 없이, 마음이 그득해질 것이다. 내게 고마워해야 하는지 욕을 해야 하는지 몰라 버스가 올 때까지 휴대폰을 켠 채 망설일 것이다. 그리고 버스를 타고 구름으로 돌아가겠지. 할머니가 내려준 발판을 타고, 가족이 기다리는 낡고 좁은 집으로.

그런데 나는 정말 원과 바꾸고 싶은 게 맞나.

침대에 풀썩 드러눕자 푹신한 매트리스가 기다렸다는 듯 등을 감싼다. 누구도 나를 이렇게 포근하게 안아준 적은 없었다. 단 한 사람도. 나는 천장을 바라보다 눈을 감는다. 집안은 고요하고 아늑하다. 이제 아무도 이 집에 오지 않을 것이다. 내가 허락하지 않으면.

46

방송국 일층 카페는 한적하다. 드문드문 오가는 사람들 대
부분이 방송국 로고가 찍힌 명찰을 지니고 있다. 내 앞에 앉은
김노을의 목에도 같은 것이 걸려 있다. 다큐3팀 김노을. 명찰
속, 지금보다 훨씬 앳된 얼굴의 증명사진을 나는 티나지 않게
눈여겨본다. 한쪽 눈에 하트 모양 스티커가 붙어 있다.

김노을이 말한다.

잘 지내는 것 같네요.

나는 웃으며 대답한다.

네, 덕분에요.

사실이다. 정말로 덕분에 잘 지내고 있으니까. 김노을은 후
후 웃고는 입을 쭉 내밀어 커피를 마신다. 저 커피, 그리고 우

리 둘 사이에 놓인 모카 초콜릿 케이크는 내가 산 것이다. 만나자고 한 쪽이 계산하는 게 당연하니까. 계산대 옆에 방송국 직원은 명함을 제시하면 십 퍼센트 할인을 해준다는 안내판이 있었는데도 김노을은 자기 명함을 내놓지 않았다. 마치 이 정도 금액쯤이야 낼 수 있지 않느냐는 듯이. 그 사실이 왠지 나를 기쁘게 한다. 꼭 무슨 증명이라도 얻어낸 것만 같은 기분이다.

멀리까지 오라고 해서 미안해요. 요즘 방송국이 정말 정신이 하나도 없는 시즌이거든요.

아니에요. 덕분에 이렇게 방송국 구경도 해보고 좋죠, 뭐.

이왕이면 하늘씨 새로 얻은 집에도 한번 가보고 싶었는데, 도저히 짬이 안 나더라고요. 이렇게 내려와서 커피 마시고 있는 것도 우리 팀원들이 보면 배신자라고 난리 칠 거예요.

김노을이 너스레 떨며 과장된 동작으로 주변을 두리번거린다. 나 역시 과장되게 웃는다. 주책맞은 건 그대로구나. 말마따나 김노을의 얼굴은 격무에 시달려 피곤해 보인다. 바쁘다는 말을 자꾸 하는 건 어서 용건을 말하라는 재촉일 것이다.

저기 다른 게 아니라, 여쭤보고 싶은 게 있어서요.

뭔데요? 뭐든지 물어봐요.

그…… 방송 말인데요. 혹시 제가 원하면 영상을 내릴 수 있나요?

김노을의 표정이 변하기 전에 나는 빠르게 말을 잇는다.

방송국 홈페이지 들어가면 다시보기 메뉴에서 볼 수 있잖아요. 유튜브에도 올라가 있고. 그거 언제까지 공개돼 있는 건지 궁금해서요. 좋은…… 영상도 아니고 해서.

말을 맺은 뒤, 구차해 보이지 않도록 가슴을 활짝 편다. 그러나 사실은 어젯밤부터 계속 상상했다. 이렇게 말하면 김노을이 뭐라고 대답할지를. 어머 간사한 것 좀 봐, 화장실 들어갈 때와 나올 때 마음 다르다더니, 그거 찍어서 팔자 고친 주제에 이젠 쪽팔리다 이거죠? 상상 속 김노을이 나를 마구 비난했으므로 거기에 대한 대답도 준비해놓았다. 제 얼굴이잖아요. 제 마음대로 할 수 있는 거잖아요. 당신 같으면 좋겠어요? 내가 거지였고 내 동생도 거지라서 죽었다는 게 어딘가에 영영 박제되어 있는데, 당신 같으면 좋겠냐고요. 하지만 예상과 달리 김노을은 흔쾌히 대답한다.

아, 내려줄게요.

……그럴 수 있어요?

그럼요. 원래 정해진 게시 기한이 있긴 한데, 다큐멘터리 같은 경우엔 본인이 원치 않으면 영상을 내려주기도 해요. 그렇게 해달라는 사람들도 많고요. 워낙 민감하고 개인적인 얘기들이니까. 아무튼 이따 올라가서 담당 부서에 얘기 전해둘게요.

나는 대답 대신 케이크를 한 조각 잘라 입에 넣는다. 쌉싸름한 단맛이 입안에 핑 돈다. 내 얼굴에서 안도감이 느껴졌는지,

김노을이 나를 보며 웃는다.

아이구, 그거 물어보려고 이 먼길을 왔어요? 그냥 전화나 문자하지.

아 그냥…… 얼굴도 뵐 겸 해서요. 감사하다는 인사도 제대로 못 드렸고.

감사는 무슨? 내가 하늘씨한테 고맙죠. 그 다큐 잘 빠졌다고 윗선에서도 되게 좋아했어요. 시청자들 반응도 좋았고.

잘 빠졌다는 건 그러니까 내가 얼마나 가난하고 불쌍한지가 잘 드러났다는 거겠지. 누구나 절로 동정심이 들 만큼. 그러나 나는 그런 말을 하는 대신 케이크를 한입 더 먹는다. 이 케이크도 그 동정심 덕분에 살 수 있었다는 것을 생각하지 않으려고 애쓰면서. 그리고 다음 순간, 나는 전혀 계획하지 않았던 말을 내뱉는다.

있잖아요. 그…… 장례식 하고 나서, 어땠어요?

웅? 무슨 장례식?

피디님 어머니 돌아가셨을 때요.

김노을이 눈을 동그랗게 뜨고 나를 빤히 바라본다. 나는 완전히 당황해서 테이블 아래로 양손을 쥐어짠다. 미쳤나봐, 왜 이런 말을 한 거지. 그러나 김노을은 이내 엷은 미소를 지으며 말한다.

힘들었죠, 엄청. 근데 시간 지나니까 괜찮아졌어요.

……괜찮아져요?

그럼요. 그 당시엔 죽을 것 같아도, 봐요. 안 죽었잖아요. 세상에 안 괜찮아지는 일은 없어요. 모든 게 다 괜찮아져요.

……네.

너무 곱씹지 말고, 그렇다고 너무 곱씹지 않으려고 애쓰지도 말고. 시간아 얼른 가라, 얼른 가라 하면서 버티면 어느 순간 괜찮아져 있어요. 이건 진짜 내가 장담해. 하늘씨도 나아질 거예요.

나는 그저 웃어 보인다. 깊은 위로를 받은 사람처럼 보이려고 애쓰면서. 시간이 지나면 나아진다는 건 나도 경험으로 알고 있다. 하지만 나아질 뿐이지 아예 사라지지는 않는다. 흐릿하다가도 순간순간 되살아나 생생해지는 고통, 고통들. 나는 그것에 대해 묻고 싶었다. 김노을도 그런지. 당신의 상실도 내 상실과 같은지. 하지만 더는 아무 말도 하지 못한다.

힘내요. 무슨 일 있으면 연락하고. 내가 도와줄 수 있는 거면 뭐든지 도와줄게요.

……감사합니다.

감사하긴 뭘.

김노을이 요란한 소리를 내며 자기 몫의 커피를 쪽 빨아먹고는, 얼음만 남은 컵을 내려놓는다. 그것을 신호로 삼아 나는 남은 케이크 조각을 한 번에 푹 찍어 입에 욱여넣는다.

바쁘신데 올라가서 일하세요. 저도 이제 가볼게요.

그럴래요? 그래요, 그럼. 영상은 내려가는 데 시간 좀 걸릴 거예요.

나는 고개를 끄덕이곤 트레이에 빈 케이크 접시와 포크, 컵을 챙겨 일어선다. 김노을도 부산스럽게 일어나 의자에 걸쳐두었던 겉옷을 입는다. 그러고는 갑자기 내 한쪽 어깨를 꼭 잡더니, 얼굴을 빤히 들여다보며 중얼거린다.

아이고, 아직 너무 애긴데.

내가 깔깔깔, 큰 소리로 웃음을 터뜨린 건 김노을과 헤어지고 방송국 건물을 나와 한참을 걷고 난 뒤의 일이다. 갑작스런 폭소에 지나가던 행인들이 깜짝 놀라지만 아랑곳없다. 나는 거리 한가운데 멈춰 서서 허리를 꼬부리고 웃는다. 웃겨 정말, 누가 누구보고 애기래. 지가 더 애기처럼 생겼으면서. 아하하, 아하하하. 배가 아플 때까지 실컷 웃고 난 뒤에야 나는 허리를 편다. 아무렇지 않은 얼굴로 다시 걷기 시작한다.

47

눈을 뜨니 이미 해가 중천이다. 누운 채 암막 커튼을 걷으니 햇빛이 왈칵 쏟아져 들어온다. 늘어지게 기지개를 한 번 켠 뒤, 부스스 일어나 식탁으로 향한다. 며칠 전 새로 산 커피머신에 캡슐을 집어넣고 커피를 한 잔 내린다. 금세 고소한 커피 냄새가 집안을 가득 채운다. 냉동실에서 얼음을 한 주먹 꺼내 커피잔에 그득 채워넣고 홀짝홀짝 들이킨다. 뱃속에 차가운 것이 들어가니 잠이 싹 깨는 느낌이 들지만 별맛은 없다. 하지만 아침엔 으레 다들 커피를 마시니까. 잔을 들고 식탁에 앉아 방안을 한번 둘러본다. 어디 더 필요한 것이 없는지, 사야 한다고 생각해두곤 잊어버린 것은 없는지. 없는 것 같다. 아니, 오히려 물건이 너무 많아서 좀 어수선하게 느껴지는 것 같기도 하다. 당장 식탁 위만 봐도 그렇다. 조그만 이인용 식탁 위에 커피머신과 캡슐 거치대를 비롯해 티슈 케이스, 꽃병, 그림 액자, 시리얼 디스펜서 같은 것들이 다닥다닥 붙어 있어 정작 밥그릇 하나 놓기가 어려울 지경이다. 하나하나 떼어놓고 보면 다 예쁜 물건들인데 이렇게 한데 뭉쳐놓으니 왠지 지저분하고 정신없어 보이는 것 같다. 나는 그림 액자를 집어 이리저리 위치를 바꿔본다. 이름은 모르지만 무슨 유명한 화가의 그림이라고 해서 산 것인데, 어디에 놓아도 썩 마음에 들지 않는다. 결국 포기하고 있던 자리에 그냥 두기로 한다. 뭐, 상관없다. 오후의 햇살이 비쳐든 방안은 온통 밝고 고요하고, 이 안에 놓인 모든 게 그런대로 만족스러우니까. 나는 커피잔을 빙글빙글 돌리며 얼음이 달그락달그락 부딪는 소리를 듣는다. 공중에 떠도는 먼지가 빛줄기 속에서 반짝거린다.

자, 이제 뭘 할까.

뭘 할 수 있을까.

은행 어플을 켠다. 계좌를 만들러 갔을 때 은행 직원에게 앱 사용법을 배운 이후 하루에 대여섯 번씩은 하는 짓이다. 얼마인지 뻔히 알고 있지만 그래도 매번 일십백천만, 하면서 손가락으로 화면을 짚으며 숫자를 세어본다. 아직 칠천만원 정도가 남아 있다. 칠천만원 어치의 무언가를 해볼 수 있는 것이다.

예를 들면, 그래, 여행을 떠날 수도 있다. 비행기를 타보기는커녕 근처 다른 도시도 가본 적 없지만, 이만한 돈이면 지구 어디든 찾아갈 수 있을 것이다. 나는 일하던 고깃집 벽에 붙어 있던 소주 광고 포스터를 떠올린다. 비키니를 입은 예쁜 여자가 허리를 숙이고 서 있는, 야자수가 늘어선 에메랄드빛 해변. 그런 곳에 가보면 어떨까. 아니면 공부를 할 수도 있다. 난 머리가 좋은 편은 아니지만 꼭 책상 앞에 앉아 하는 공부만 공부인 건 아니니까. 기술을 배워놓으면 유용할지도 모른다. 커피 만드는 일을 배워보면 어떨까. 하는 김에 제과제빵도 같이. 나중에 작은 카페를 열 수도 있겠다. 아니면 아주 비싼 물건, 컴퓨터나 자동차 같은 것을 사도 된다. 성형수술을 해서 얼굴을 뜯어고칠 수도 있고, 평생 먹어보고 싶었던 모든 음식을 한꺼번에 차려놓고 먹어볼 수도 있다. 나는 머릿속에서 그 모든 가능성을 하나씩 구체화하며 음미한다. 제각기 다른 맛으로 달콤하고 화려하다. 상상하는 것만으로도 물론 재미있지만 단지 상상에 그칠 뿐이라면 이렇게까지 즐겁진 않을 것이다. 진짜 즐거움은 이것들이 정말로 실현 가능하며, 마음만 먹으면 당장 실제가 될 수 있다는 사실에서 온다.

그때, 휴대폰이 한 번 짧게 울리는 바람에 내 상상은 단번에 뚝 끊어진다.

확인하기도 전에 느낄 수 있다. 상대가 누구든 간에 반가운 연락은 아닐 거라는 예감을. 한눈에 다 들어오지도 않는 길이

의 메시지가 와 있다. 읽기 전에 보낸 이의 이름부터 확인한
다. 김연수다. 순식간에 얼굴 근육이 딱딱하게 굳어진다.

─하늘아 안녕? 나 연수야... 그날 카페에서 만나고 오랜만에 연
락하네 뭐라고 얘기를 꺼내야 할지 아니 내가 이 얘기를 하는 게 맞
는지도 모르겠어서 꽤 오랫동안 문자를 쓰고 지우다가 이제야 보내
음... 방송 봤어 솔직히 말하면 네가 그렇게 힘들게 지내는지 난 전
혀 몰랐어 동생 얘기도 듣긴 했는데 그게 네 동생일 줄은 꿈에도 몰
랐고... 방송 보면서 얼마나 울었는지 몰라 그날 카페에서의 내 행동
이 너무 후회되더라 네가 화낸 것도 이해해 네 사정도 모르고 내가
철없는 소리 했지 음... 어떻게 생각할진 모르겠지만 후원 계좌에 내
한 달치 용돈 넣었어 마침 방송 본 날이 용돈 받는 날이었어서... 적
은 금액이고 네게 잘 전해질지도 모르겠지만 그날 내 실수에 대한 사
과라고 생각해줘 다시 한번 정말 미안해 다신 나 안 보고 싶대도 이
해해 답장도 안 해도 돼 건강하게 잘 지내길 바랄게 진심을 다해서
말해 하늘아 잘 지내

첫 문장으로 되돌아간다. 하늘아 안녕? 안녕? 안녕?……
순식간에 대여섯 번을 반복해서 읽은 뒤에야 머리에 뜨끈하게
열이 오르는 것이 느껴진다. 나는 악 소리지르며 휴대폰을 침
대에 집어던진다. 물론 그런다고 분이 풀릴 리 없다. 이거 진

짜 미친년인가. 어떻게 이렇게 끝까지 개념 없고 자기밖에 모
를 수가 있지. 생각할수록 화가 나 돌아버릴 것만 같다. 한 달
치 용돈? 나는 씩씩거리며 벌떡 일어나 방안을 빙글빙글 돈
다. 이불과 커튼과 오후의 햇살이 나를 따라서 돌아간다. 방금
까지 아름답다고 생각했던 것들이건만, 거기 김연수의 돈이
섞여 있다고 생각하니 이젠 전부 똥물을 덮어쓴 듯 더럽고 끔
찍하기만 하다. 도저히 참을 수 없다. 전부 부숴서, 형체를 알
아볼 수도 없도록 박박 갈아서 없애버리고 싶다. 나는 분노에
사로잡혀 식탁 위 그림 액자를 확 낚아챈다. 그리고 그것을 바
닥에 내리치려다 멈칫한다. 다음 순간 산산조각나 바닥에 흩
뿌려질 액자를 떠올리자마자 이 액자의 가격이 생각났기 때문
이다. 정확히 얼마였는지는 확실치 않지만, 무슨 코딱지만한
게 이렇게 비싸냐고 중얼거리며 값을 치렀던 기억이 난다. 그
때를 생각하자 이상하게도 순식간에 머리가 차갑게 식으며 호
흡이 가라앉는다.

돈은 그저 돈일 뿐이다.

누구에게서 어떻게 나왔든, 내 손에 들어온 이상 내 것이다.

나는 천장까지 뻗었던 손을 천천히 내려놓는다. 그러고 나
니 액자를 깨려고 했던 내 자신이 바보같이 느껴진다. 이게 얼
마짜린데. 돈이 무슨 잘못을 했다고. 잘못은 김연수에게 있는
데 그것을 이 액자가 대신 감당할 이유는 없다.

나는 침대로 걸어가 털썩 주저앉는다. 긴 한숨을 내쉬고 나서는 아예 푹 드러누워버린다. 천장을 가만히 바라보며 여러 가지 감정이 한데 섞여 마음속에 소용돌이치도록 내버려둔다. 분노, 모멸감, 억울함, 창피함. 이윽고 그 소용돌이가 일으킨 흙먼지가 조금씩 잦아들자, 천천히 다시 드러나는 마음의 밑바닥에는 하나의 생각이 가라앉아 있다.

얼마를 가졌다고 해도, 나는 김연수처럼 누군가에게 사과하기 위해 돈을 내지는 않을 것이다.

나는 오래전 가까웠던 사람의 얼굴을 바라보듯 그 생각을 들여다본다. 그러다 김연수를 떠올린다. 김연수의 손목에 걸려 있던 가느다란 금팔찌와 가죽 샌들, 노트북에 붙어 있던 토끼 스티커를. 그래, 나도 노트북을 하나 살까. 필요할지는 모르겠지만 일단 하나 갖고 있으면 도움이 되겠지. 갑자기 기분이 좋아진 나는 훌쩍 몸을 일으킨다. 방안의 모든 것은 어느새 다시 평화롭고 아름다운 모습으로 돌아와 있다. 언제 그랬냐는 듯이. 나는 옷장을 열고 새 옷을 꺼내 입는다. 이것들을 모두 버리려고 하다니, 정말 멍청한 짓을 할 뻔했다고 생각하면서.

48

인공 강우제가 뿌려지기 전날 밤, 나는 구름 아래로 향한다.
혹시 아는 사람이라도 마주칠까 싶어 일부러 조금 떨어진 곳
에 택시를 세웠으나 그럴 필요 없는 일이었다. 거리는 텅 비어
있었으니까. 가게들은 모두 문을 닫은 지 오래된 듯하고 불이
켜진 집도 없다. 나는 챙 넓은 모자와 마스크를 쓴 채 주위를
두리번거린다. 생전 처음 오는 곳에 지금 막 도착한 사람처럼.
가장 가까운 가로등에 커다란 대자보가 붙어 있다. 나는 그것
을 천천히, 골똘하게 읽는다. 위험, 추락물 주의. ☐월 ☐일 오
전 9시부터 ○○동 구름 철거를 위해 인공 강우제가 살포될
예정입니다. 주민 여러분들은 안내된 장소로 대피해주시고 주
차된 차량은 지하 또는 다른 지역으로 이동해주시길 당부드립

니다. 아래에는 대피소들의 위치가 표시된 약도가 그려져 있다. 이곳에서 가장 가까운 대피소는 마침 내가 졸업한 중학교다. 그것을 보니 실감이 좀 나는 것 같다. 정말로 하는구나. 그러고 보니 건물 꼭대기마다 설치된 넓은 강철 그물망이 서로 이어져 있다. 마치 거인이 쳐둔 그물 같다. 내일이면 분홍색 빗방울과 함께 온갖 것들이 떨어져내릴 텐데, 저런 그물 따위로 그걸 다 막을 수 있을까.

길고양이 한 마리가 내 앞을 쏜살같이 가로질러 달려간다.

소리 없이 걷는다. 이윽고 익숙한 골목에 접어든다. 예전에 일하던 고깃집이 있는 길이다. 역시 문이 닫혀 있다. 손차양을 만들어 유리창에 대고 안을 들여다보니, 가게 안은 기억 속 그대로인데 어딘가 좀 낯설어 보인다. 실제로는 그리 오래되지 않았건만, 여기서 일했던 것이 아득한 옛날 일 같다.

계속 걷는다. 언젠가 네일아트를 받았던 네일 숍을 지나고 김연수와 만났던 카페를 지난다. 그리고 조금 더 걸어가자 마침내 발판이 나타난다. 아무도 없다는 것을 알면서도 나는 습관적으로 주변을 둘러본다. 영애 엄마가 여기서 내게 베이비 파우더 통을 던졌었지. 그날은 아주 더웠고 우리는 땀을 뻘뻘 흘리고 있었다.

발판 가까이로 다가간다. 항상 그랬듯이, 두터운 쇠로 된 발판이 가로등 불빛을 받아 검게 빛난다. 발을 올려놓는 부분이 반들반들하게 닳아 있다. 나는 손잡이를 꽉 쥐곤 차고 익숙한 쇠의 감촉을 느낀다. 그러다 무심코 위를 올려다본다.

저 높이 새까맣게 보이는 구름이 그저 까마득하다.

수천 번을 오르내렸던 곳인데도.

그제야 나는 내가 왜 이곳에 왔는지 깨닫는다. 나는 이 발판을 보러 온 것이다. 내가 이제 평생 발을 디딜 일 없는, 그러므로 앞으로 더이상 발판이라고 부르지 않아도 되는 이것을.

어둠 속에서 발판은 조용하게 웅크려 있다. 마치 나를 기다리고 있었던 것처럼, 내가 당장이라도 올라탈 것을 안다는 듯이. 나는 가만히 발판을 쏘아본다. 살아온 날들이 지독하게 길고 재미없는 한 편의 농담 같다고 생각하면서.

그러나 농담은 금방 끝이 나지만, 삶은 쉽게 끝나지 않는다.

먼 허공에서 바람이 불어온다. 나는 얼굴을 똑바로 들고 바람을 정면으로 맞는다. 구름 위에도 바람이 불고 있을 것이다. 이 바람과 그 바람은 무엇이 같고 다른가. 왜 어떤 바람은 얼굴을 할퀴고 어떤 바람은 그저 상쾌하게 머리를 흩어놓는가. 그 질문의 답을 찾기도 전에 나는 돌아선다. 발판을 뒤로하고 온 길을 되밟기 시작한다. 나는 정말로 아무것도 모른다는 사실을 온몸으로 곱씹으면서. 내가 아는 건 단 하나, 앞으로 다시는 이곳에 오지 않을 것이라는 사실뿐이다.

뒤를 돌아보지 않고 걷는다.

돌아보지 않아도 등뒤의 모든 풍경을 그려볼 수 있다.

다음날부터 진행된 인공 강우제 살포는 성공적으로 끝난다. 방역복을 입은 공무원들이 대포처럼 생긴 기계를 가져와 인공 강우제 파우더가 든 캡슐을 쏘아올리는 장면이 뉴스로 방영된다. 방진마스크로 얼굴을 가린 공무원이 말한다. 구름 위 거주자들이 모두 이주한 것을 확인했으며, 추락시 위험할 만한 물건들은 전부 사전에 철거했으니 시민 여러분은 안심하셔도 됩니다. 총 세 번에 걸친 살포가 끝나고 반나절 뒤 드디어 모두가 기다렸던 비가 내리기 시작한다. 처음엔 새빨간 안개 같던 빗방울은 이내 굵어져 사흘 내내 분홍색 장대처럼 쏟아진다. 아이들은 하늘에서 딸기우유가 내린다고 소리치고, 부모들은 창밖으로 손을 내밀려는 아이들을 호들갑 떨며 제지한다. 어떤 시사 프로그램에선 그 비의 유독성을 실험하기 위해 빗속에 커다란 물풍선과 디지털시계를 놓아둔다. 다섯 시간 삼십오 분이 지나는 순간, 물풍선이 퍽 소리를 내며 기어이 터지는 모습에 출연진들이 경악한다.

그리고 마침내 비가 그치자, 구름은 거짓말처럼 사라져 있다.

주민들은 아직 귀가하지 못하고 대피소에서 머물고 있다. 미리 고지된 대로, 비에 섞여 내린 유독성 물질을 정화하는 데에 열흘 정도가 걸리기 때문이다. 위험 마크를 단 방역차들의 행렬이 동네를 부지런히 돌아다니며 맵싸한 약품냄새를 풍기고, 도로에 고인 분홍색 빗물 위로 살수차가 맑은 물을 쏟아붓는다. 시에서는 정화 작업이 끝나면 대기와 수질이 모두 인체에 무해한 수준으로 정상화된다고 밝혔지만 대다수의 주민들은 이를 믿지 않는다. 그래봤자 소용없다는 것이다. 돈이 있는 사람들은 이미 진작에 이 동네를 떠난 지 오래니까.

결국 주민들은 웅성거리며 자신들의 집과 가게가 있는 곳으로 돌아오고 만다. 물론 곳곳에서 크고 작은 소동도 일어난다. 밖에 내놓은 장독들이 다 상했다며 울상을 짓는 사람부터 세워둔 자전거의 도색이 온통 벗겨졌다는 사람, 삭아버린 가게 간판을 물어내라며 민원을 넣겠다는 사람도 있다. 그러나 그들은 분통을 터뜨리다가도 마지막에는 시무룩해지며 제풀에 말을 멈춘다. 어쨌든 구름이 철거된 것은 좋은 일이니까. 언젠가는 벌어졌어야 하는 일이니까.

구름에 살던 사람들의 행방을 궁금해하는 주민들도 있다. 그 사람들은 괜찮을까. 아기를 업고 다니는 여자도 있었고 어린애들도 있었던 것 같은데 그들은 모두 어디로 갔을까. 물론 거기에 대해서도 소문이 분분하다. 시에서 두당 얼마씩을 찔러주고 내보냈다더라, 다른 지역에 있는 구름으로 옮겨갔다가 텃세를 당해서 거기서도 쫓겨났다더라 하는 이야기들이 두서

없이 떠돈다. 그러나 그 소문은 금세 흐지부지 사라진다. 주민들에게는 당장 토론해야 할 더 중요한 화제가 있기 때문이다. 화젯거리는 물론 집값이다. 지금은 유독성 물질이니 뭐니 해서 부동산 가격이 처참하게 떨어진 판이지만 곧 천천히 회복되어 오를 것이다. 지하철이며 버스 정류장이며 없는 게 없는 곳이니 오르지 않을 리가 없다. 곧 이 지저분한 빌라촌이 헐리고 아파트가 들어설 것이다. 깨끗한 상가건물이 올라가고 공원도 지어질 것이다. 백화점과 대형마트, 영화관, 고급 레스토랑. 거기엔 젊고 돈 있는 사람들이 온다. 명품 유아차를 밀고 다니며 아이를 키우고 매 끼니 외식을 하며 상권을 먹여살릴 사람들이. 그 모습을 상상만 해도 주민들의 마음은 그득해진다. 이미 호주머니 속에 아파트 열쇠 하나씩을 넣어둔 것만 같은 기분이 된다.

○○동의 하늘은 이제 푸르다. 베란다마다 바짝 마른 빨래들이 걸리고, 노인들은 집 앞에 의자를 가지고 나와 해바라기를 한다. 옥상에 스티로폼 박스로 작은 텃밭을 만들어 가꾸기 시작한 주민들도 있다. 골목에서 종일 뛰어노는 아이들의 볼이 새빨갛게 익는다.

그리하여 마침내, 모두가 행복해진다.

에필로그

그로부터 아주 오랜 시간이 지난 어느 날, 내게 한 통의 부고 문자가 도착한다.

오후에 온 문자였으나 밤이 늦어서야 그것을 읽었다. 저녁 손님이 막 몰아치는 바람에 휴대폰을 보기는커녕 화장실도 가기 힘들 만큼 바빴기 때문이다. 누군가는 고작해야 동네 작은 백반집 주제에 뭐가 그리 바쁘냐고 할지도 모르겠지만, 이젠 홀서빙 아르바이트생 한 명으로 버티기가 슬슬 버거워진 참이다.

문자를 읽은 뒤, 나는 가게 뒤편으로 돌아나간다. 에어컨 실외기 위에 놓아두었던 담뱃갑을 집어든다. 저녁에 나갔던 그릇들의 애벌 설거지까지 끝낸 지금이 유일하게 담배를 피울 짬이 나는 시간이다. 불을 붙인 뒤 깊게 연기를 빨아들이며 문자를 다시 한번 읽는다.

김노을의 모친 고 김순희님께서
20××년 ×월 ×일 별세하였기에 삼가 알려드립니다.
상주 김노을, 사위 장한석.
빈소 □□병원 장례식장 ×호실 장지 ○○.

이 문자가 왜 나한테까지 오게 되었는지는 모른다. 우리는 부고를 알릴 만큼 가까운 사이가 아니니까. 김노을을 만난 건 그날 방송국 일층의 카페에서가 마지막이었고 그뒤로는 어떤 연락도 주고받은 적이 없다. 상을 당해 경황이 없는 와중 단순히 전화번호부에 있는 모든 이에게 한꺼번에 전송한 문자일 수도 있고, 나와 이름이 같은 누군가에게 보내려던 것일 수도 있다. 아무튼 내가 기억하는 김노을은 그다지 꼼꼼한 편은 아닌 것 같았으니까. 그러나 담배 한 개비를 다 피운 뒤, 나는 그렇게 생각하지 않기로 한다. 이것이 내게 온 건 그럴 만한 이유가 있기 때문일 것이다. 김노을의 어머니가 지금 돌아가셨다면 나는 그 사실을 꼭 알아야 하는 사람 가운데 하나이므로.
잠시 망설이다, 나는 부고 문자 하단에 쓰인 계좌번호에 십만원을 송금한다. 내 이름은 김노을의 계좌에 영영 남을 것이다. 언젠가 김노을이 그것을 본다면 떠올릴지도 모른다. 아주 오래전 자신이 감쪽같이 속여넘겼던 가난한 여자아이를.

그러나 그렇지 않더라도.

반찬거리와 채소들이 곧 배달되어 올 것이다. 그것들을 정신없이 손질하고 다듬다보면 곧 밤이 깊을 것이고, 여느 날처럼 나는 집에 돌아가자마자 푹 쓰러져 잠들 것이다. 그의 거짓말에서 시작된 많은 것에 대해서는 생각할 겨를도 없이, 어디서부터 어디까지가 온전히 나의 것인지 재어볼 틈도 없이 깊고 깊게.

그리고 다음날 아침 눈을 뜨면 나는 이미 모든 것을 잊은 뒤일 것이다. 더이상 나를 떠난 이들에 대해 생각하지 않는 것처럼. 내가 버린 것들을 떠올리지 않는 것처럼.

발문

말이 되지 않는 방식으로 주어진 삶

강보원(문학평론가)

쓰고 싶지 않은 것

보통 작품 뒤에 따라붙는 글을 쓸 때에는 아무래도 그 글이 작가의 마음에 들지 않으면 어쩌나 걱정을 하게 된다. 내가 쓰기는 하지만 어쨌든 그 작가의 책에 실리는 글이니 말이다. 그런데 『구름 사람들』을 읽고 나서 글을 구상하기 시작했을 때는 어쩐지 작가인 이유리보다 소설 속 주인공인 오하늘이 더 신경쓰인다는 느낌을 받았다. 그러니까 나는 내가 어떤 글을 쓰게 되든 오하늘을 화나게 만들 법한 내용은 쓰고 싶지 않았다. 정확한 이유는 모르겠지만 왠지 그래야만 할 것 같았다. 실제로 그렇게 할 수 있을지는 별개의 문제이지만 말이다.

그래서 글을 쓰기 전에 나는 내가 쓰지 말아야 할 것들을 일단 생각해보았다. 먼저 오하늘을 이해하는 척하지 말기. 그러니까 "방송 보면서 얼마나 울었는지 몰라 그날 카페에서의 내 행동이 너무 후회되더라 네가 화낸 것도 이해해"(325쪽)라던 김연수의 문자처럼 쓰지 않기. 오하늘은 김연수가 자신에게 보낸 문자를 보고 분개하다 "얼마를 가졌다고 해도, 나는 김연수처럼 누군가에게 사과하기 위해 돈을 내지는 않을 것이다"(327쪽)라고 다짐한다. 하지만 내 생각에 오하늘이 화가 났던 이유는 꼭 김연수가 그 문자에 미안한 마음에 후원금을 보냈다고 썼기 때문만은 아니다. 오하늘이 그토록 참을 수 없었던 것은 김연수가 자신을 이해했다고 착각했다는 것, 그리고 그것을 굳이 자신에게 문자로 알리기까지 했다는 사실 자체다.

그렇다고 오하늘이 처해 있던 상황과 나의 상황이 얼마나 다른지를 말하는 데에 열중하는 것도 좋지 않아 보인다. 물론 극도로 위험하고 열악한 주거환경과 의무교육을 마치면 곧바로 일을 시작해야만 하는 형편 등을 고려했을 때 오하늘을 비롯한 '구름 사람들'이 예외적이라고 할 만한 빈곤에 처해 있는 것은 맞다. 자신이 넉넉하다고 느끼며 지내는 사람이 얼마나 되겠으며, 또 객관적으로 아주 힘든 시기를 보내고 있는 사람도 물론 있겠지만 그렇다 해도 오하늘의 형편은 이 책을 읽는 우리 대부분보다 좋지 않을 것이 분명하다. (오하늘이 이 소설에서 책을 읽는 장면은 한 번도 나오지 않는데, 나는 이 사실이 중요하다고 생각한다.) 하지만 그것이 오하늘을 비롯한 구름 사람들을 절대적인 타자로 여겨야만 한다는 뜻은 아니다. 선불리 누군가를 이해한 척하지 말자는 것과 누군가를 결코 이해할 수 없는 존재로 설정하는 것은 다르다. 게다가 그런 방식으로 차이를 심하게 강조하는 것은 사실 이해한 척하기의 위장된 방법이자 자기방어의 수단으로 흐를 수 있다.

　여기에 하나만 덧붙이자면 나는 오하늘이 구름 위에서 보냈던 시간들 중 슬프면서도 아름답게 느껴졌던 순간들에 대해서도 가급적 쓰지 않고 싶다. 왜냐하면 그런 순간들에 대해 이야기하다보면 결국 오하늘이 끔찍하게도 벗어나고 싶어했던 구름 위를 어느 정도는 낭만화하게 되기 때문이다. 그렇다고 구름 위라는 조건을 철저하게 부정하려는 것은 아니다. 어쨌든 오하늘이 살았던 곳이니 그곳이 얼마나 나빴는지를 얘기해서 괜히 오하늘의 심기를 건드리고 싶지 않으니까. 조금 과하게 신경쓰는 것 같기도 하지만 원래 "누군가의 심기를 거스르지 않는 것은 쉬운 일이 아니다"(18쪽). 그런 이유로 나는 이 글에서 오하늘의 동생이 훌쩍이며 리코더를 불 때 났던 "삐, 삐 하는 작은 소리"(47쪽)나 한밤중 쇠사슬 도르래 위에서 공중으로 흩뿌려지던 장미 꽃잎들에 대해 쓰지 않을 것이다. "학종이, 색연필, 갓 빨아 말린 수건 냄새"(31쪽)가 나는 고양이 인형과 또다른 열네 개의 인형이 들어 있는 상자에 대해서도.

계급적 감정

대신 이런 순간들에 대해 이야기하고 싶다. 그러니까 오하늘을 비롯한 구름 사람들이 어떤 지나친 생각이나 행동을 했던 순간들. 이 소설을 읽으며 우리는 심정은 이해하지만 완전히 동의할 수는 없는, 심지어 동의하기가 도저히 불가능한 몇몇 생각이나 행동을 마주치게 된다. 예를 들면 오하늘이 땅 사람들은 "좋은 직장에 다니"고 "좋은 옷을 입고 좋은 차 타"(12쪽)고 다니니 자살할 이유가 없을 것이라고 여기는 것이나, 깨끗하고 따뜻한 병원에서 "모두가 불행했으면 좋겠다"(101쪽)고 생각할 때, 혹은 아이 때문에 데모를 빨리 이탈했던 영애 엄마에게 "애새끼 머리 다 쥐어뜯어놓기 전에 꺼져요. 나한테 말 걸지 말라고요"(207쪽)라고 화를 내는 순간이 그렇다. 이때 오하늘을 사로잡고 있는 것은 빈곤으로부터 비롯한 감정, 다시 말해 '계급적 감정'이다. 많은 경우 계급적 감정은 과하고 갑작스럽게 공격적이며, 전혀 죄가 없는 누군가에게 부정적 인상을 투사하고, 엉뚱한 것에 지나치게 연연하는 것처럼 보이거나 맥락을 전혀 알 수 없는 것처럼 느껴지기도 한다. 요컨 대 그것은 비합리적이고, 한마디로 말이 되지 않는다.

하지만 바로 그 점이 가장 중요하다. 내게 『구름 사람들』은 이 '말이 되지 않음'에 바쳐진 소설로 보인다. 물론 이 소설은 무엇보다 빈곤에 대한 이야기지만, 바로 그런 이유에서도 말이다. 이렇게 생각해보자. 구름 사람들은 땅 위에 거처를 마련할 수 없기에 유독성 구름 위에서 살아가는 이들이다. 그러나 인공 강우제로 구름을 해체해버린다고 해서 그들이 땅에 자신의 집을 갖게 되지는 않는다. 그렇다고 해서 유독성 구름 위의 삶을 계속해서 보장해주는 것이 좋은 해결책인 것도 아니다. 결과적으로 구름 사람들은 어디에도 적절하지 않으며, 그들의 위치성은 '위치 없음'이라는 특성으로만 가장 온전히 설명될 수 있다. 이와 마찬가지로 '말이 되지 않음'이라는 특성을 빼놓고는 계급적 감정에 대해 제대로 말할 수 없다.

이때 말이 되지 않는다는 것은 단순히 합리성의 반대를 의미하는 것이 아니라, 그 감정이 합리적인 것과 비합리적인 것 어느 편에도 온전히 속할 수 없음을 뜻한다. 그냥 어떤 사람들은 그런 감정과 함께, 그러한 감정 위에서 살아가게 된다. "나는 구름 위에서 태어났다"(14쪽)라는 소설 속 문장은 물질적 거주지뿐만 아니라 빈곤한 이들이 살아갈 감정적 거주지에 대한 설명이기도 하다. 그리고 우리가 살아가는 곳은 우리의 마음뿐만 아니라 우리가 누구인지에 대해, 또 우리의 신체에 영향을 미친다. 그리하여 오하늘이 잠든 할아버지의 얼굴을 바라보며 "기운이라곤 하나도 없어 보이는 쭈글쭈글한 얼굴. 저것은 나쁜가, 나쁘지 않은가"라고 자문하고 "나는 영원히 이 질문에 답하지 못할 것이"(99쪽)라고 생각할 때, 오하늘은 계급적 감정 자체에 대해 생각한 것과도 같다. 이 질문에 답할 수 없는 이유는 애초에 그것이 좋음과 나쁨이라는 두 영역 중 어디에도 속할 수 없기 때문이다.

나는 『구름 사람들』의 가장 큰 딜레마가 이러한 맥락에서 이해되어야 한다고 생각한다. 이 소설에는 나쁜가, 나쁘지 않은가의 문제를 한번 더 직접적으로 제시하는 부분이 있다.

"잘 생각해요. 분하지 않아요? 방금 뉴스도 그렇고, 사람들은 그냥 동생분 얘기를 가십거리로 소비하면서 불쌍하다, 안됐다 하고 입 싹 닦으면 끝이잖아요. 까놓고 말해서 그런 사람들이 여태 해준 거 있어요? 오히려 뜯어가려고 하면 했지, 도와준 적 있냐고요. 이젠 우리가 그 사람들 이용하자는 거예요. 그게 나빠요? 어디가 왜, 어떻게 나쁜데요?"(281쪽)

김노을의 제안을 받아들인 오하늘은 다큐멘터리 영상에 출연하고, 그를 통해 큰 액수의 후원을 받는다. 하지만 이 결말이 해피 엔딩으로 느껴지는 것은 아니며 오하늘은 오히려 김노을에게 기만당했다는 느낌을 받는다. 그러나 여기서 기만은 정확히 어디에 있는 것일까?

빈곤에 시달리다 비극을 겪은 사람이 자신의 이야기를 전하고 그것으로 후원을 받는 일에는 잘못된 것이 전혀 없어 보인다. 그 모금에 참여한 사람들 중 김노을의 말처럼 편협하고 자기중심적인 의도를 지닌 이들이 없지 않겠지만, 현실적으로 대부분의 경우에 그 의도 자체를 폄하하는 데에는 별 의미가 없다. 우리의 진심은 스스로 의도라고 (부정확하게) 생각하는 바를 통해서가 아니라 겉으로 드러나는 행동을 통해 더 진실되게 표현되며, 중요한 것은 마음이 아니라 행위가 현실의 구조 속에서 작동하는 방식이기 때문이다. 그와 같은 맥락에서는 김노을이 오하늘의 비극을 소재로 다큐멘터리를 찍은 것이 자신의 커리어를 위한 행동이었다는 점이나, 심지어 이를 성사시키기 위해 오하늘에게 자신 역시 어머니를 잃었다는 거짓말을 한 것조차 큰 틀에서 봤을 때 심각한 문제는 아니다. 물론 다큐멘터리 제작과 관련된 직업윤리라는 측면에서는 잘못이라고 볼 수 있겠지만, 그것이 오하늘로 하여금 자신이 기만당했다고 느끼게 하는 결정적인 원인으로 작용하지는 않았을 것 같다는 뜻이다.

내가 보기에 김노을이 행한 결정적인 기만은 계급적 감정을 정당화했다는 사실 자체에 있다. '말이 된다'는 것은 한 문장 안에서 다루어지는 대상이 규칙에 따라 교환될 수 있는 하나의 체계에 속해 있음을 의미한다. 그런 한에서 '말이 되지 않는' 계급적 감정의 가장 큰 특징은, 이 감정이 어떤 다른 가치와도 교환될 수 없다는 것이다. 다시 말해 그것은 '나쁘다'라고 말할 수 없는 만큼이나 '나쁘지 않다'고 말할 수도 없다. 하지만 김노을은 다른 이들을 "이용"(281쪽)해서 후원을 받는 일이 이 감정의 정당한 표현 방식이자 대가라고 주장함으로써 계급적 감정을 다른 무엇과 교환될 수 있는 대상의 목록에 올리고, 그럼으로써 그것을 청산해버린다.

진정으로 불법적인 것은 바로 이 청산이다. 말이 되지 않는 어떤 것은, 비록 구체적으로 어떤 모습일지는 말해주지 않는다 하더라도, 그것이 이해될 수 있는 다른 모습의 세계를 요청한다. 구름 사람들이 진정으로 제자리를 찾기 위해서는 땅 사람들로 이미 포화되어 있는 지상의 배치가 바뀌어야 하는 것처럼 말이다. 그러나 김노을의 방식대로 수행된 교환은 오하늘이라는 한 개인의 삶을 물질적으로 윤택하게 만들었을 뿐, 실질적으로 아무것도 바꾸지 않는다. 거기엔 더이상 어떤 요청도 남아 있지 않다. 그렇게 오하늘은 계급적 감정이라는 자신의 거주지에서 추방당하며 자기 자신으로부터 등을 돌리게 된다. 오하늘이 더이상 구름 사람들이 아니게 되는 것은 이 때문이지, 단순히 땅에서 살게 되었기 때문이 아니다. 그리고 오하늘이 마주해야 했던 또하나의 불행은 정확히 무슨 일이 일어나고 있는지 파악하기도 전에 그 모든 과정이 끝나버렸다는 사실 자체였을 것이다.

남아 있는 것

그래서 무엇이 남았을까? 빈곤은 물론 결핍에 대한 것이지만 그런 만큼이나 어떤 과잉과도 연관되어 있다. 이때의 과잉이란 마치 뱀에 덧붙여진 다리처럼 어떤 대상을 더이상 그것이 아니게 만드는 잉여다. 오하늘에게는 가족이 없었던 것이 아니라 부양해야 하는 가족이 있었고, 사랑이 없었던 것이 아니라 지독한 폭력과 얽힌 사랑이 있었으며, 기회가 없었던 것이 아니라 상실과 기만으로 얼룩진 기회가 있었다. 그러한 과잉으로 빚어진 빈곤 속에서는 삶 또한 삶이 아닌 다른 무엇일 수밖에 없다. 오하늘은 그것을 다만 불행이라고 말할 것이다. "세상은 불행하고 나쁜 것으로만 가득차 있"으며 "세상 끝에서 끝까지 걸어가도 기쁨과는 마주칠 수 없을"(170쪽) 것이라고 말이다. '작가의 말'에서 이유리는 "오하늘이 사는 세상을 이 모습으로 완결 지어 영영 닫아버리는 게 미안하고 두려"(350쪽)워서 에필로그를 썼다고 했지만, 그의 말처럼 오하늘은 그 안에서조차 행복해 보이지 않는다. 이 글을 쓰며 나역시 열심히 상상을 해보았지만 지금으로서는 오하늘의 웃고있는 모습이 잘 그려지지 않는다. 오하늘이 다시 진심으로 웃을 수 있을지 어떨지에 대해 확언하기는 어렵다. 대신 불행과관련된 또다른 소녀의 이야기를 해보는 게 좋을 것 같다.

판도라는 인간에게 불을 가져다준 것으로 잘 알려진 프로메테우스의 동생 에피메테우스의 아내로, 제우스는 판도라에게상자 하나를 주며 절대 열어보지 말라고 경고했지만 어느 날판도라는 호기심을 참지 못하고 결국 그 상자를 열고 만다. 그안에는 질병이나 질투, 욕심처럼 인간세상을 혼란하게 만드는온갖 불행이 들어 있었는데, 판도라가 상자를 열자마자 그것들은 세상 곳곳에 퍼졌고 그때부터 인간은 부조리한 세계에서살아가게 되었다. 깜짝 놀란 판도라가 상자를 닫았지만 그때는 이미 불행들이 모두 빠져나간 후였다. 그러나 판도라가 늦게라도 상자를 다시 닫은 덕분에 다행히 희망만은 빠져나가지않아서, 사람들은 불행으로 가득한 세상 속에서도 희망만은잃지 않을 수 있었다고 한다. 이것이 '판도라의 상자'라는 이름으로 우리에게 잘 알려진 이야기이다.

그런데 여기에는 조금 이상한 점이 있다. 판도라의 상자 속에 들어 있던 불행이 상자를 빠져나가기 시작한 뒤부터 인간

세계에 영향을 끼쳤으니, 사람들이 희망을 가지고 이 불행을 견디기 위해서는 희망도 함께 상자를 빠져나갔어야 하는 것처럼 보이기 때문이다. 하지만 이야기에서는 사람들이 온갖 불행에도 희망을 잃지 않을 수 있었던 이유가 불행과 달리 희망이 상자를 빠져나가지 않았기 때문이라고 설명된다.

이 점에 이상함을 느낀 사람들이 많았던 모양인지 이 이야기에는 판도라가 나중에 다시 상자를 열어 희망도 나가게 했다거나 하는, 좀더 말이 되는 여러 다른 판본과 해석들이 있다. 그렇지만 나는 여전히 앞서 요약한 가장 대중적인 판본이 제일 마음에 든다. 제우스가 굉장히 안 좋은 불행의 씨앗들을 넣어둔 상자에 뜬금없이 희망도 같이 넣어두었다는 점부터 시작해서, 희망이 상자를 빠져나오지 못했지만 그래서 사람들이 희망을 잃지 않을 수 있었다는 앞뒤가 맞지 않는 설명까지, 그렇게 엉뚱하고 미묘하게 말이 안 되는 지점이 그 자체로 희망에 대해 무엇인가를 말해주는 것처럼 느껴지기 때문이다. 우리에게 희망이 있다는 것을 말로 설명하기는 불가능하며, 그것은 말이 안 되는 방식으로만 우리에게 주어져 있다. 그리고 이런 생각을 이어가다보면 어쩔 수 없이 오하늘이 분홍빛 구름의 끄트머리에 묻어두었던 상자를 떠올리게 된다. 그 모든 비극과 슬픔에도 불구하고 이렇게 믿는다는 게 쉬운 일만은 아니지만, 어쩌면 『구름 사람들』은 "불행하고 나쁜 것으로만 가득차 있"(170쪽)는 세상에 묻힌 상자와 그 속에 잠들어 있는 희망에 대한 이야기인지도 모른다. 이 글의 서두에서 그 상자에 대해 쓰지 않겠다고 했으니, 이런 이야기를 하는 것이 앞뒤가 맞지는 않지만 말이다.

작가의 말

나는 좋아하는 것이라면 아주 여러 번, 질리도록 반복하며 곱씹고 또 곱씹는 타입이다. 게임 〈스타듀 밸리〉는 스팀 기준 삼천삼백 시간을 했고 만화책 『헌터×헌터』 속 단 한 컷 등장하는 조연들의 이름까지 전부 외우고 있으며 가장 사랑하는 캐릭터인 포켓몬스터 '푸린' 굿즈는 높은 장식장 세 개에 꽉꽉 찰 만큼 모았다. 그러나 정작 정말 좋아하는 영화 〈레옹〉은 여러 번 보지 못했다. 그 영화의 가장 슬픈 장면인, 마틸다가 레옹을 잃는 순간을 볼 때마다 죄책감이 들어서였다. 내가 영화를 재생한 탓에 그가 그 불행을 한번 더 겪게 되는 것만 같았다. 비슷한 이유로 이 소설을 마무리하고 나서 내내 조금씩 괴로웠다. 『구름 사람들』은 내가 지금까지 쓴 소설 중 가장 길고 슬프고 무거운 이야기다. 내가 오하늘을 이렇게 만들어 내놓는 바람에 이 우주 어딘가에 한 사람어치의 새로운 불행이 존재하게 됐다.

내게 그럴 자격이 있나.

때문에 지금까지 소설을 쓰며 되도록 해피 엔딩을, 그러지 못하겠거든 차라리 열린 결말을 택해왔지만 이번에는 달랐다. 소중한 사람을 모두 잃은 오하늘은 끝내 행복해지지 못한다. 이대로 소설을 끝내버리는 게, 오하늘이 사는 세상을 이 모습으로 완결 지어 영영 닫아버리는 게 미안하고 두려웠다. 그래서 에필로그를 썼는데 그 안에서조차 하늘은 그다지 행복해 보이지 않는다. 아니, 그가 행복해지길 원하는지조차 나는 알 수가 없다.

미안해.

마음속 세계에 대고 그렇게 말하면 하늘은 표정 없는 얼굴로 나를 돌아본다.

이 소설을 쓰며 많은 이들의 도움을 받았다. 언제나 내게 가장 깨끗한 애정과 응원을 주는 김홍, 그리고 구백오십 매에 달하는 긴긴 원고를 흔쾌히 읽어주고 황금 같은 피드백을 준 박서련 작가에게 감사와 사랑을. 더불어 주간 문학동네에 연재되던 작년 봄여름 동안 고생해주신 문학동네 임고운 편집

자님께 따뜻한 포옹과 박수를 보낸다. 여러분 덕분에 해낼 수 있었다.

그리고…… 이 소설이 연재되는 동안 내 첫 조카가 태어났다. 부모에게서 한 글자씩 가져와 만든 이름을 가진, 세상에서 가장 아름답고 순한 아기. 그 아기의 건강과 무사를 이곳에 빈다. 조금 뜬금없긴 하지만, 소설가가 얻을 수 있는 가장 영광되고 드높은 순간은 무사히 완성해낸 하나의 세계를 아물려 닫는 때라고 생각하기에.

2026년 2월
이유리

문학동네 장편소설
구름 사람들
ⓒ 이유리 2026

1판 1쇄 2026년 2월 20일
1판 2쇄 2026년 3월 10일

지은이 이유리
책임편집 임고운 | 편집 이한민
디자인 조아름 최미영 | 저작권 박지영 형소진 주은수 오서영 조경은
마케팅 정민호 서지화 박치우 한민아 왕지경 이민경 정유진 김예진 김혜원
       정경주 이서진
브랜딩 함유지 이송이 박민재 김하연 신은서 이준희 조다현
미디어콘텐츠 함근아 김은솔 박다솔
제작 강신은 김동욱 이순호 | 제작처 천광인쇄사

펴낸곳 (주)문학동네 | 펴낸이 김소영
출판등록 1993년 10월 22일 제2003-000045호
주소 10881 경기도 파주시 회동길 210
전자우편 editor@munhak.com | 대표전화 031) 955-8888 | 팩스 031) 955-8855
문학동네카페 http://cafe.naver.com/mhdn
인스타그램 @munhakdongne | 트위터 @munhakdongne
북클럽문학동네 http://bookclubmunhak.com

ISBN 979-11-416-0302-1 03810

잘못된 책은 구입하신 서점에서 교환해드립니다.
기타 교환 문의 031) 955-2661, 3580

www.munhak.com